Gewalt verbiegt Menschen, und sie bleibt für die Betroffenen lange gegenwärtig. In Zeiten der Selbstoptimierung, wo der Ton härter wird und der soziale Kitt schnell bröckelt, ist wenig Raum für Heilungsprozesse, Versehrtheit macht einsam. Auch die politische Genreliteratur nimmt sich nur selten Zeit, die von traumatischen Erfahrungen hinterlassenen Frakturen aufzuspüren und ihrer Wirkungsweise nachzugehen.

Was, wenn der Boden der Normalität nicht trägt? Zahllose Frauen leben mit der schockierenden, manchmal dissoziierenden Erfahrung, dass ihr Körper de facto nicht ihnen gehört, dass er vielmehr im Konfliktfall eine Geisel ist, die entführt, missbraucht, geschunden werden kann.

Anne Goldmann webt aus diesem Material einen dunklen, packenden, stellenweise fast gruseligen Genreroman. Empathie ist hier die mikroskopisch genaue Beobachtung von Verstrickung, Verdrängung, Rechtfertigung, die feinfühlige Betrachtung des persönlichen Morasts, in dem ein angeschlagener Mensch immer wieder versinkt. Dieses Sumpfland aus erlebten Schrecken, gefühlter Schuld und imaginierter Gefahr liefert miserables Rüstzeug für die funktionale Dynamik unserer Gesellschaft, in der Wärme, Loyalität, Gemeinschaft eher auf dem Rückzug sind. Anne Goldmann findet eine Erzählsprache, in der das Bedrohliche der eigenen Unzulänglichkeit greifbar wird. Sachte verstärkt sie den Druck, bis schon die Bewältigung des Alltags zum Action-Szenario gerät.

Der mühsame Kampf um die Aneignung der selbst erfahrenen Geschichte ist ein existenzieller Befreiungskampf, der vielleicht nie endet. Diesem Ringen wird in *Das größere Verbrechen* ein hochspannend erzähltes literarisches Denkmal gesetzt. *Else Laudan*

Die Wiener Autorin Anne Goldmann, geboren 1961, jobbte als Kellnerin, Küchenhilfe und Zimmermädchen, um sich die Ausbildung zur Sozialarbeiterin zu finanzieren. Einige Jahre arbeitete sie in einer Justizanstalt, derzeit betreut sie Straffällige nach der Haft. Anne Goldmann begann früh zu schreiben, veröffentlichte ein paar Texte, verwarf dann alles und entdeckte erst spät das Schreiben wieder neu. Für die Romane *Das Leben ist schmutzig*, *Triangel* und *Lichtschacht* erhielt sie hymnische Kritiken.

Anne Goldmann

Das größere Verbrechen

Ariadne 1234
Argument Verlag

Ariadne
Herausgegeben von Else Laudan

Deutsche Originalausgabe

Glashüttenstraße 28, 20357 Hamburg
Telefon 040/4018000 – Fax 040/40180020
www.argument.de
Umschlag: Martin Grundmann
Grafik: © Achmed, *Aussicht vom Kahlenberg*, Fotolia.com
Lektorat: Else Laudan
Satz: Iris Konopik
Druck und Bindung: CPI books, Leck
Gedruckt auf säure- und chlorfreiem Papier
ISBN 978-3-86754-234-0
Erste Auflage 2018

2018

Das Fenster steht Tag und Nacht offen. Ich brauche Luft.

»Irgendwann«, sagt Ana, »werden Sie unter einer Schneedecke in Ihrem Lehnstuhl sitzen und ich muss Sie ausgraben.«

Es tut nicht weh, wenn man erfriert, heißt es. Man trinkt eine Flasche Schnaps leer. Es wird warm. Und dann – es dauert nicht lange – ist man weg.

Manchmal flattert mein Herz wie ein verängstigter Vogel. Dann lege ich meine Hände auf die Stelle über der Brust und warte. Meine Beine sind schwer, die Haut ist dünn und trocken wie Seidenpapier. Ich gehe nur noch selten aus dem Haus.

»Es wird Frühling, Ana.« Aber sie ist schon in der Küche, telefoniert und klappert mit dem Geschirr. Ich höre Wasser laufen. Jetzt dreht sie den Hahn zu. Sie reißt ein Streichholz an und stellt die Kanne auf den Herd.

Ana kommt einmal die Woche, immer gegen Mittag. Sie kauft für mich ein und putzt die Wohnung, geht in die Apotheke. Die Schwestern wechseln. Jeden dritten Tag dreht sich kurz nach sieben der Schlüssel im Schloss, stürmt oder schlurft eine herein, fragt, wie es mir geht, kontrolliert die Medikamente, schaut in die Mappe – und dann auf mich. Die meisten beschränken sich so früh am Morgen auf das Nötigste. Zerren mehr oder weniger wortlos den Ärmel meines Nachthemds hoch, um die Manschette anzulegen und den Blutdruck zu messen. Nur die mit den dünnen glatten Haaren, die frisch geschieden ist, redet ohne Punkt und Pause.

Ich warte, bis sie wieder gehen. Ich bin am liebsten allein.

Der Innenhof ist voller Geräusche. Sie verändern sich mit dem Licht. Mit den Jahreszeiten. Bevor die Sonne aufgeht, beginnen die Vögel zu lärmen. Dann schlägt die Haustüre auf der Nebenstiege zu. Die Frau ist immer die Erste, die das Haus verlässt. Stöckelschuhe klacken auf dem Asphalt quer durch den Hof und stoppen bei den Coloniakübeln. Dann rennt sie weiter, und das Gittertor schlägt scheppernd hinter ihr zu. Die ersten Schulkinder kommen zwei Stunden später.

Ana reicht mir den Tee und stellt Butter und Marillenmarmelade vor mich hin. Einen kleinen Teller mit Brot. Es ist weich und flaumig. Der Tee duftet nach Jasmin. Ich wärme meine Hände am Glas. Ana bückt sich. Sie wringt den Mopp aus und beginnt, den Boden feucht zu wischen. Ihr kurzer quergestreifter, schimmernder Rock wippt bei jeder Bewegung mit. Sie hat lange dunkle Haare, die sie einmal glatt, dann wieder lockig trägt. Nachlässig hochsteckt. Zusammenbindet. Oder zu einem Zopf flicht. Sie ist zart und schmal wie ein Kind.

Der Tee ist stark, wie ich ihn mag. Zwei Stück Zucker, besser drei. Meine Hand zittert. Ich stelle das Glas ab und hebe die Beine ein wenig. Es strengt mich an. Meine Kraft ist verbraucht.

Sie hält inne. »Lassen Sie nur!« Der Mopp huscht unter den Polstersessel, um meine Füße herum und an mir vorbei. Die Wohnung ist nicht groß. Zimmer, Küche. Ein Kabinett, in dem die Nacht nicht vergeht. Ana ist rasch fertig. Sie richtet sich auf und stemmt stöhnend die Hände ins Kreuz.

»Du bist müde?«

»Ein bisschen.« Sie lacht und streckt sich. Gähnt verhalten. Ihre Augen unter den schön geschwungenen Brauen werden schmal und glitzern. Wie bei Nava. »Ich werde mich zu Hause kurz hinlegen. Am Abend gehe ich tanzen.«

»Mit wem?«

Manchmal setzt sie sich zu mir, während der Boden trocknet, und erzählt von den Orten, an denen sie unterwegs ist. Von den Nachtgestalten, die sie trifft.

Sie zuckt die Schultern.

»Du gehst nicht allein nach Hause? Du nimmst dir ein Taxi?« Ich kann nicht anders.

Sie lacht. »Machen Sie sich keine Sorgen, Frau Sudić. Ich passe schon auf mich auf.« Ganz kurz berührt ihre Hand meinen Unterarm.

Ich vergesse zu atmen.

Ich war immer von starken Frauen umgeben. Frauen mit einem gesunden Menschenverstand, was sie jedoch nicht daran hinderte, Männer zu heiraten, die ihnen nicht guttaten. Mein Großvater war Spieler. Seine Frau, meine Nana, ertrug es mit dem Gleichmut derer, die versuchen, das Beste aus einer Situation zu machen, an der sich im Grunde nichts ändern lässt. Sie nahm seinen Zorn hin, seine Euphorie und seine Niedergeschlagenheit, schuftete bis spät in die Nacht und hielt die Familie zusammen. Wenn man ihr etwas vorwerfen kann, dann das: Sie hat ihre Tochter nicht davon abgehalten, ihren Fehler zu wiederholen.

Als Kind habe ich mir geschworen, mich niemals einem Mann zu beugen. Was später kam, war nicht abzusehen. Was der Krieg aus den Menschen gemacht hat. Auf der einen wie auf der anderen Seite. Ich bin keine Ausnahme. Ich habe versagt.

Es ist sinnlos, darüber nachzudenken, was gewesen wäre,

wenn … Wenn der Fluss, in dem wir als Kinder gebadet haben, sich nicht rot gefärbt hätte. Wenn die Wälder meiner Heimat ihre Unschuld hätten bewahren können. Jetzt sind sie Gräber für tausende Tote.

Der Mensch ist so: Er reißt sich zusammen, solange er muss. Aber er ist immer auf seinen Vorteil aus. Er nimmt sich, was er kriegen kann, sobald er die Gelegenheit dazu hat. Im Rudel gibt es kein Halten. Er verroht. Er entdeckt seine Lust am Quälen. Er tötet.

Jeder, das weiß ich heute, jeder ist zu allem fähig.

II

Die meisten Menschen können noch nach Jahren den einen Moment bis ins kleinste Detail beschreiben, in dem ein Zufall, eine Begegnung oder ein schlichter Anruf ihr ganzes Leben mit einem Schlag verändert hat.

Für Theres wird dieser Augenblick für immer mit dem Geruch von Bügelwäsche, dem tröstlichen Geräusch des Regens auf den großen Dachflächenfenstern und der unverwechselbaren Stimme von Billie Holiday verbunden bleiben – *All of Me. Gloomy Sunday.* Musik, die Thomas *depressiv* nennt und Nina *antiquiert*. Musik, die sie liebt.

Sie singt leise mit. Geht im hell erleuchteten Schlafzimmer hin und her, legt einen Stapel T-Shirts in den Schrank. Breitet die Arme aus und faltet Bettwäsche zusammen. *Why not take all of me? Can't you see I'm no good without you?* Sie greift nach einem der neuen Geschirrtücher aus Leinen und streicht es glatt. Sie hat große Hände. Dünne, blasse Finger, die sie hässlich findet.

Ich weiß nicht, was du hast. Lackier dir die Nägel. Ein bisschen Farbe … Thomas versteht das nicht. Er findet sie schön. Sagt er. Deine Haare, Theres, deinen Mund.

Immer noch?

Ja, sagt er. Sicher. Klar.

Er weiß, woran sie denkt.

Er hat angerufen: Es wird später werden, ich muss noch zu einem Kunden. Du brauchst mit dem Essen nicht auf mich zu warten. Nina hat sich eine zweite Übernachtung bei den Großeltern ertrotzt. Immer fragt sie zuerst ihren Vater. Theres ist sauer, weil er sich nicht mit ihr abgesprochen hat, Thomas redet auf sie ein, Nina schmollt – und setzt sich durch.

Sie greift zum Bügeleisen und presst es energisch auf den knittrigen Stoff. Eine Wolke Dampf steigt auf. Ein Abendtermin. *Nicht daran denken! Das ist vorbei. Acht Monate sind eine lange Zeit ...* Hastig bügelt sie drei, vier Geschirrtücher und legt sie ordentlich Kante auf Kante. Bis vor einem Jahr haben sie fast alles gemeinsam gemacht. Sie ist nicht gern allein. Also eine Kleinigkeit essen, ein bisschen fernsehen und früh schlafen gehen.

Ihr Handy schrillt. Sie zuckt zusammen. Es vibriert, surrt, kreiselt auf der glänzenden Oberfläche der Kommode wie ein dicker Käfer, der mit aller Kraft versucht, wieder auf die Beine zu kommen.

Sie stellt das Bügeleisen hochkant auf, streckt die Hand aus – und greift ins Leere. Der Boden ist glatt. Das Bügelbrett knallt gegen den Schrank. Metall scheppert gegen Metall. Reflexartig langt sie hin und reißt mit einem Schrei den Arm zurück. Das Bügeleisen pfaucht. Tränen schießen ihr in die Augen. Scharf zieht sie die Luft zwischen die Zähne und wedelt wild mit der verletzten Hand. Im Badezimmer dreht sie den Wasserhahn bis zum Anschlag auf. Das Läuten verstummt und setzt kurz darauf wieder ein.

»Rössler.« Vorsichtig bewegt sie ihre Finger. Sie sind taub vom kalten Wasser. Über der verbrannten Stelle kräuselt sich die Haut. Sie räuspert sich. »Rössler, hallo.« Klemmt das Telefon zwischen Schulter und Ohr, tupft vorsichtig Brandsalbe auf die Wunde und schraubt die Tube wieder zu. Eine Haarsträhne löst sich. Mit einer raschen Bewegung streicht sie sie hinters Ohr zurück. Ihr Mund wird schmal. »Hallo? Wer ist da?«

Stille.

Sie schluckt. Vor einer Woche hat das wieder angefangen: Sie meldet sich, horcht, spricht ins Leere.

Thomas, diese Anrufe …

Verwählt wahrscheinlich.

Kann es sein … glaubst du, dass sie …?

Theres, bitte! Mittlerweile ist er nicht mehr schuldbewusst, sondern nur noch genervt: Deine verdammte Eifersucht macht mich krank. Wie lange wirst du mir das noch vorhalten? Hast du noch nie einen Fehler gemacht?

Das ist der Moment, in dem sie unweigerlich den Blick senkt.

Sie hat so viele Fehler gemacht! Von Anfang an. Einen nach dem anderen: Keinen Beruf erlernt, nicht studiert wie ihre Schwester Caro. Dem Falschen vertraut. Sie war kleinmütig, feige, hat versagt. Moralisch. Als Mutter. Als Mensch.

Früher oder später, denkt sie, kriegst du alles zurück.

Ein fremder Geruch. Eine leise Ahnung. Ihr Mann strahlt, ist aufgekratzt, dann wieder mürrisch und schlecht gelaunt. Springt sofort in die Dusche. Jedes Mal nach der Arbeit. Sie bemüht sich, alles richtig zu machen. Zeigt Verständnis, übt sich in Geduld. Geht abends wieder laufen. Kauft neue Wäsche und lässt sich die Haare wachsen. *Du musst das aussitzen. Das geht vorbei.* Ihr Magen krampft, sie kann nichts essen – aber nachts, wenn er sich über sie beugt, sein Atem ihre Wange streift, sie ihn stöhnen hört, ist alles wieder fast wie früher. *Da ist nichts. Nichts. Das bildest du dir ein.* Sie weiß nicht, warum sie weint.

Dann steht sie zitternd nachts im kalten Flur, den Hörer am Ohr. Und eine Frauenstimme fragt: Thomas? Wo ist er? Ist er da?

Sie ist auf sich selber mindestens so wütend wie auf ihn.

Und jetzt geht das wieder los! Ihr Magen revoltiert. »Was soll das? Wer sind Sie? Sagen Sie endlich, was Sie von mir wollen, oder ...«

Oder was? Ich rufe die Polizei? Ich zeige Sie an?

Mach dich nicht lächerlich, Theres! Hitze steigt ihr in die Wangen. »Ich ...« – sie zögert – »ich lege jetzt auf!«

Seine Stimme erwischt sie kalt. »Spreche ich mit Theres ... haben Sie früher Bürger geheißen?«

Er nennt ihr Geburtsdatum. Und seines. Ein leises Sirren, der Boden schwankt. Sie umklammert ihr plumpes altes Handy und reißt die Augen auf. Ihr Herz klopft wie verrückt. *Gleich bleibt es stehen!* Die Hand zuckt an den Hals. Sie hechelt. *Langsam, Theres, langsam. Ruhig atmen.* Ihr Brustkorb hebt und senkt sich. *In die hohle Hand.* Hebt und senkt sich. *Gleich ist es vorbei.* Hebt und senkt sich. *Ja. Ja, so ist es gut.*

Alles psychisch, hat der Arzt gesagt. Organisch sind Sie gesund.

»Hallo? Sind ... Sie noch da?«

Sie glüht. Sie räuspert sich und krächzt ein »Ja«, nickt, nickt, kann nicht mehr aufhören zu nicken. *Wie eine Idiotin!* Sie beißt auf die Knöchel, aber es hilft nicht. »Ja«, sagt sie mit fremder Stimme. »Ja. Ich heiße Theres ...« Ein Zittern steigt ihre Beine hoch, und sie kann nichts dagegen tun.

»Ich bin Jan«, sagt er. Und nach zwei, drei Atemzügen: »Dein Sohn.«

Da ist ein Druck in ihren Ohren wie im Flugzeug bei der Landung. Sie stemmt die Beine in den Boden, schluckt. Ihr Zeigefinger pocht. Die Armbanduhr tickt. Sie hört ihn reden wie durch Watte. Hört den Wind. Den Regen. Ein Auto hupen. Und Billie klagen: *Dreaming, I was only dreaming. I wake and I find you asleep in the deep of my heart, dear.* Wie damals. Ihr ist heiß, ihr ist kalt. Wasser läuft die Fensterscheiben entlang. Sie sieht sich auf dem Bahndamm. In der Dunkelheit. Durchnässt bis auf die Haut. Das Baby im Bauch. Die Lichter des Zugs …

»Ich möchte dich treffen.«

Sie fährt sich mit dem Handrücken über die Wange. Blickt auf die weiße Wand einen Meter vor sich. Auf ihre Hände mit den kurz geschnittenen Nägeln. Den locker sitzenden schmalen Ehering.

Ab jetzt, das weiß sie, wird nichts mehr sein, wie es war.

II

2018

Bis zu jenem Tag im Herbst vor mehr als zwanzig Jahren – einem Dienstag, fast noch sommerlich warm (immer erinnere ich mich an Nebensächlichkeiten wie diese, während das Ganze an den Rändern unscharf wird und sich auflöst) – habe ich mich gefragt, wie einer weiterleben kann, der anderen das Schlimmste angetan hat, das Menschen einander antun können.

Träumen sie davon? Schreien sie manchmal nachts im Schlaf?

Ihre Gesichter sind glattrasiert – sonntags, wenn sie in der Kirche sitzen. Sie lachen, brechen ein Stück Brot ab und kauen. Singen, umarmen die Frau, das Kind. Sie gehen die Straße entlang wie andere auch, bleiben stehen, um mit dem Nachbarn ein paar Worte zu wechseln. Klopfen einander auf die Schultern. Der eine oder andere trinkt und wird sentimental, wenn eine Geige aufschluchzt oder der Akkordeonspieler zwischen den Tischen auf und ab geht, aber auch das ist nichts Neues. So waren sie vorher schon.

Wenn ich sage, dass es bei mir anders war, dass ich das nicht wollte, wird niemand mir glauben.

Ein Mensch ist tot durch meine Schuld. Ich sitze hier und rede mit Ana, als wäre nichts. Ich esse und schlafe und schaue aus dem Fenster wie davor.

II

Theres konnte später nicht mehr mit Bestimmtheit sagen, warum sie nicht sofort losgefahren war. Aus Feigheit!, wird Thomas sie keine zwei Tage später anschreien. Aus purer Feigheit! Erst, als sie – Wochen später – wieder miteinander sprachen, alles gut geworden war, wie sie glaubte, billigte er ihr freundlichere Beweggründe zu. Da ging Jan schon bei ihnen ein und aus.

An diesem Nachmittag aber, der zunehmend dunkler wurde, während der Wind an den tropfnassen Sträuchern im Vorgarten zerrte, saß er in der gleichen Stadt, *so nahe*, in seinem Hotelzimmer und wartete.

Morgen erst? Sie hört ihn schlucken.

Aber ich muss doch …

Sie sinkt auf das Sofa und springt gleich wieder auf. Zupft an den Kissen herum, schüttelt sie auf und ordnet sie neu. Durchquert das Wohnzimmer, bleibt stehen, runzelt die Stirn und stellt die Obstschale wieder auf den Tisch.

Wo bist du?

Wie sie zum Fenster rennt und aufatmet: Die Straße ist leer. Kein Auto, keine Passanten. Niemand steht am Zaun.

In der Stadt. Ich hab mir ein Zimmer genommen.

Er nennt ihr die Adresse seines Hotels.

Kommst du?

Wie sie da steht wie betäubt, lange, nachdem er aufgelegt hat. Wie die Scheibe beschlägt von ihrem Atem. Und Billie … Billie singt.

Es hatte angefangen wie jede Liebesgeschichte: Ein Mädchen. Ein junger Mann. Herzklopfen, verstohlene Blicke, fahrige Gesten. Sie lebt für die nächste Pause und senkt erschrocken den Kopf, sobald er sich in ihre Richtung dreht. Er steht allein neben der Tür und sieht keinen an. Er ist älter als sie. Sehr schlank. Nagelneue weiße Sportschuhe. Messerscharfer Haarschnitt, hohe Backenknochen. Er sieht anders aus, fremd – und so verloren, wie sie sich fühlt.

Die Geräusche setzen wieder ein: Pausenlärm, Schreien, Lachen. Ein paar von den Jüngeren rennen kreischend herum und schubsen einander, obwohl das streng verboten ist. Die aus den Klassen über ihr stehen im hinteren Teil des Schulhofs in kleinen Gruppen beisammen. Sie rauchen hastig und verbergen ihre Zigaretten in der hohlen Hand.

Er hat seine in der Hosentasche und die Augen auf die gegenüberliegende Mauer gerichtet, wo es nichts zu sehen gibt außer ein paar mickrigen Kletterpflanzen, die ums Überleben kämpfen.

Er wird Ärger kriegen, wenn er sich mit dem Fuß an der frisch gestrichenen Wand abstützt!

Es scheint ihm so gleichgültig zu sein wie die Hitze.

Die Deutschlehrerin aus der Zweiten, die heute Pausenaufsicht hat, ist nirgendwo zu sehen.

Sie zieht ihren Rock übers Knie und streicht ihn glatt. Beißt in ihr belegtes Brot und kaut. Wo der Baumschatten endet, flimmert die Luft. Zwei Mitschülerinnen plumpsen neben sie auf die Bank. Sie rückt ein Stück zur Seite. Als sie wieder hinsieht, ist der Platz an der Wand leer.

Mehr als ein Jahr später – als er nicht mehr da ist, plötzlich wie vom Erdboden verschluckt und alle Versprechen gebrochen – ist der Himmel grau. Die Eltern holen sie aus dem Krankenhaus, wo sie geboren hat, und fahren sie nach Hause: zurück in die mit dunklen Möbeln vollgestellte Villa mit dem unverwechselbaren Geruch nach altem Holz, nach Lavendel und etwas Undefinierbarem, das sie entfernt an Ölkreiden erinnert und ihr noch heute den Magen hebt.

Sie haben auf mich eingeredet, wird sie sich später rechtfertigen. Ich bin aufgestanden, habe mich angezogen und bin mitgegangen. Wo sollte ich denn hin?

Das Neugeborene lassen sie zurück.

Sie wird in einer anderen Schule angemeldet. Tante Frida darf nicht mehr ins Haus. Der Vater gewinnt die Kommunalwahlen. Die Mutter steht neben ihm. Er hat den Arm um sie gelegt. Sie lächelt in die Kamera. *Das ist ihr Triumph.*

Das Leben ist nicht immer einfach, Kind, sagt sie. Da muss man durch. Mit der Zeit …, sagt sie. Du wirst sehen … Es wird wieder. So ist es immer.

Theres' Augen weiten sich. Sie öffnet den Mund und schließt ihn wieder. Die rechte Hand liegt auf ihrer Brust. Es ist wie eine Amputation, flüstert sie. Sie beugt den Nacken. Die Haare fallen nach vorne und verdecken ihr Gesicht.

Ein blasser, feuchtkalter Tag lässt sie frösteln, als sie erneut aufs Amt fahren. Sie erinnert sich, dass während der ganzen Fahrt nur der Vater geredet hat. Im Lift hat es nach Essen gestunken. Sie ist aufs Klo gerannt.

Theres!

Die Eltern wechseln einen Blick. Der Vater hebt die Brauen, die Mutter schüttelt den Kopf. Im Besprechungszimmer setzt sie sich neben sie. Er bleibt stehen. Die Beamtin hinter dem Schreibtisch ordnet ein ums andere Mal die Papiere. Sie räuspert sich und schluckt.

Diskretion, sagt der Vater. Ein Wort von Ihnen oder einem Ihrer Mitarbeiter – zu wem auch immer – und Sie sind Ihren Job los. Ich kann keinen Skandal brauchen!

Theres heftet ihren Blick auf die herzförmigen Blätter der einzigen Pflanze, die geduckt in einem schiefen Blumenständer hockt. Auf die Sinnsprüche an der Wand.

Unsere Tochter hat genug mitgemacht! Die Mutter legt ihr die Hand auf die Schulter. Die Armreifen klingeln. Sie reckt das Kinn, die Sehnen straff, der Mund so schmal, als müsse sie an sich halten, um nicht zu schreien. Theres wendet den Kopf.

Die Frau schiebt ihr das Papier über den Tisch. Der Kugelschreiber klickt.

Sie greift zum Stift. Stiert auf das Blatt.

Alle warten.

Aufstehen und sagen: Ich will mein Kind zurück. Ich will es selber aufziehen.

Wie denn? Wo willst du hin? Und wovon leben? Es kennt dich nicht. Es streckt einer anderen Frau die Arme entgegen und lächelt sie an, wenn sie sich über sein Bettchen beugt.

Theres! Der Vater.

Die Mutter zieht abrupt ihre Hand zurück.

Ein halbes Jahr. Es bekommt gerade den ersten Zahn.

Theres!

Dann ist es vorbei. Der Sessel schrammt über den Boden, als sie aufsteht. Sie geht grußlos aus dem Raum, den langen Gang entlang, die breiten, glatten Stufen hinunter, die Schritte der Eltern immer hinter sich, reißt die Eingangstüre auf und lässt sie ins Schloss fallen, ohne auf sie zu achten. Der Wind schlägt ihr ins Gesicht. Auf dem Gehsteig liegt brauner Matsch, Eisregen prasselt auf sie nieder.

Der Wagen steht drei Straßen weiter. Der Vater kratzt fluchend die Windschutzscheibe frei, die Mutter knöpft sich den Mantel auf und beugt sich zur Seite nach dem Sicherheitsgurt. Ihr schweres Parfum – Bergamotte, Honig und Holz – steigt auf und vermischt sich mit dem Ledergeruch der Sitze.

Ein Regionalsender erfüllt Hörerwünsche. Der Vater zündet sich eine Zigarette an und schimpft über das Wetter, die Mutter schweigt, den Blick auf die nasse Fahrbahn gerichtet. Die Härchen ihres schwarzen Pelzkragens zittern unter dem Luftstrom der Heizung.

Theres hatte die ganze Zeit gefroren. Ihre Nagelhaut malträtiert, bis sie blutete. Sie hatte die grauen Bäume am Straßenrand gezählt und gewünscht, sie wäre tot.

II

2018

Es gibt ein Davor. Es gibt ein Danach. Man rappelt sich auf und geht weiter, einfach weil man noch am Leben ist. Weil man atmet und Hunger hat, weil nach allem der Schlaf kommt und lügt, dass es irgendwann vorbei sein wird. Dass es genügt zu tun, was man immer getan hat, dass die Schuld … dass die Zeit … vielleicht …

Aber die Zeit ändert nichts.

Ich habe alles verloren.

Ich bin immer noch dort.

II

Das Zimmer sieht aus wie immer. Nur das Tagebuch fehlt. Das Bett ist frisch bezogen, kühles, festes, steifes Leinen. Sie greift unter die Matratze. Wenigstens die Fotos sind noch da. Sie nimmt sie an sich. Ihre Brüste sind riesig – heiß und hart und von blauen Adern durchzogen. Zwischen ihren Beinen klafft eine Wunde. Sie rollt sich zusammen und zieht sich die Decke über den Kopf.

Die Mutter bringt ihr Hühnersuppe wie einer Kranken. Sie dreht sich weg. Ihr ekelt. Sie rührt nichts an.

Caro steht in der Tür. In einem geblümten rosa Kleidchen. Ihre weiße Strumpfhose wirft Falten über den Knien. Sie hat den Daumen im Mund wie ein Baby. Theres starrt sie an, bis sie erschrocken davonläuft.

Sie liegt in einem Kokon aus Watte. Nichts kommt an sie heran. Die Tage fließen ineinander. Am Morgen, am Abend schiebt sie sich die Tabletten in die Wange, greift zum Glas und trinkt.

Mach den Mund auf.

Sie öffnet die Lippen.

Die Mutter nickt.

Das wird wieder, Kind. Schlaf ein bisschen. Mit der Zeit … mit der Zeit … mit der Zeit …

Sie taumelt aufs Klo und betätigt die Spülung.

Du bist meine Frau. Meine Familie. Mein Alles. Wir gehören zusammen. Volim te. Egal, was kommt: Ich lass dich nicht allein. Vertrau mir.

Sie presst ihre Hände gegen die Ohren, aber es hört nicht auf: Wie dumm du bist! Als er hatte, was er wollte … Immer wieder dieser Satz.

Aber das stimmt nicht: Ihr lügt! Ihr lügt!

Sie geht auf ihre Mutter los, die erschrocken die Arme hochreißt. Dann ist der Vater da. Sie wird zurückgezerrt. Ohrfeigen linksrechts: Es reicht! Jetzt reiß dich zusammen! Du bist ja total hysterisch!

Er packt sie grob und schleift sie in ihr Zimmer. Er schnauft und schwitzt vor Anstrengung. Sie spürt die Schläge nicht.

Caro steht im Flur, den Daumen im Mund, und schaut ihnen nach.

Theres tastete nach dem Lichtschalter und kniff die Augen zusammen. Eine nackte Glühbirne tauchte den Raum in grelles Licht: Regale und ordentlich gestapelte Umzugskisten drängten sich aneinander. Der hintere Teil des Dachbodens war noch im Rohzustand, die Dachsparren sichtbar. Hier lagerten all die Dinge aus der alten Wohnung, für die sie im neuen Haus keinen Platz gefunden hatte.

Sie öffnete das Dachfenster. Das Regengeräusch wurde lauter, frische Luft strömte herein. Die Kopfschmerzen verstärkten sich, sie massierte sich die Schläfen. Fröstelnd legte sie die Arme um sich.

Morgen werde ich ihn sehen. Und dann …

Wie oft hatte sie heimlich an Kinokassen, in Eissalons, ihre kleine Tochter an der Hand, die fröhlich vor sich hin plapperte, nach einem anderen Kind Ausschau gehalten, von dem sie nichts wusste als seinen Geburtstag. In Wien mit ihrer Familie in der Straßenbahn, im Zug nach Salzburg, nach Graz, ein paar Jahre später.

Schülerhorden drängen sich ins Abteil. Wie sie sich gegenseitig stoßen, rempeln, sich auf die Sitze werfen, in ihren Rucksäcken wühlen.

Ob er ihm ähnlich sieht? Ein stiller großer Bub mit hohen Backenknochen und dunklen Haaren?

Thomas beugt sich zu ihr. Er lacht. Bist du müde? Er weiß von nichts.

Ich muss es ihm sagen! Heute noch.

Ihr war übel vor Angst.

Sie wusste nicht, wie lange sie schon da stand. Ein paar Minuten, eine Viertelstunde? Ihre Finger waren blass. Sie zog die Schultern hoch und rieb die Hände aneinander. Der Dachboden war empfindlich abgekühlt. Rasch schloss sie das Fenster.

Sie musste den Kopf einziehen, als sie sich über die große Truhe beugte. Unter alten Kissen und Decken fand sie einen kleinen Karton, der mit einem ausgeblichenen blauen Band verschnürt war. Sie setzte sich auf eine Umzugskiste und hielt die wenigen Fotos, die sie damals vor ihrer Mutter hatte retten können, ins Licht: zwei strahlende junge Gesichter, Wange an Wange. Automatenbilder, ein Passfoto von Edin, zwei Schnappschüsse und ein paar verblasste Polaroids, auf denen sie beide erschrocken in die Kamera blickten.

In ihrer Erinnerung war er ein Mann. Sie sah zwei halbe Kinder, kaum älter als Nina, die sich aneinander festhielten. Auf allen Fotos trugen sie den gleichen Anhänger – sie an einem Silberkettchen, er an einem Lederband. *Wir gehören zusammen. Für immer.* Sie fand ihre Hälfte der scharfkantigen Münze zwischen den alten Briefen an ihren Sohn. Die Entwürfe – atemlos hingeschrieben in ihrer akkuraten Schulmädchenschrift – klangen überhitzt und reichlich dramatisch. Sie war so jung gewesen! So folgsam, fügsam – abgesehen von dem einen Mal. Ihre Kehle brannte. Ihre Finger umklammerten den Anhänger. Sie drückte zu. Die Spitze bohrte sich tief in ihre Handfläche. Es half noch immer. Sie verstärkte den Druck, bis ihre Hand krampfte. Erst dann ließ sie los.

II

2018

Wenn ich Ana ansehe, wie sie am offenen Fenster steht, in einem leichten Sommerkleid, obwohl es morgens noch kühl ist, und raucht – ein bisschen zu hastig, ohne richtig zu inhalieren –, zieht sich mein Herz zusammen. Sie klopft die Zigarette aus der Packung wie ein alter Raucher und reißt ein Streichholz an.

»Stört es Sie, wenn ich …?«

Ich schüttle den Kopf. Sie hat schon Gewohnheiten. Immer wenn sie eine neue Packung öffnet, dreht sie die erste Zigarette um und steckt sie, das Ende mit dem Tabak nach oben, in die Packung zurück. Das habe ich noch nie zuvor gesehen. »Wozu ist das gut?«

»Die rauche ich als letzte. Bringt Glück.«

»Wenn es so einfach wäre!«

Sie lacht und streift die Asche ab. Ich sehe ihr zu, wie sie den Kopf in den Nacken legt und genießerisch den Rauch einsaugt. An der Wand lehnt eine große Mappe. Auf dem Boden steht ihr roter Rucksack, den dünnen Pullover hat sie achtlos darüber geworfen – ein frisches, leuchtendes Grün. Sie greift nach einem kleinen Teller und zieht ihn zu sich. Die Sonne blitzt durch die Blätter und setzt Glanzlichter in ihr Haar. Ich sehe ihren Brustansatz, die zarte helle Haut. Sie ist so jung. So arglos.

»Nava.«

Sie wendet den Kopf und sieht mich an.

II

Theres schreckte auf, als das Gartentor scheppernd ins Schloss fiel. Scheinwerfer glitten über die Zimmerdecke, verharrten kurz. Erloschen. Das Garagentor summte und rastete mit einem klickenden Geräusch wieder ein. Halb eins! Mit einem Schlag war sie hellwach.

Er kam auf Zehenspitzen die Treppe herauf, umging die knarrende Stufe, blieb vor Ninas Tür, vor dem Schlafzimmer stehen. Sie sah ihn vor sich, wie er sich durch die kurzen gegelten Haare fuhr und im Dunkeln lauschte. Ihre Hand tastete nach der Nachttischlampe, zögerte, blieb liegen.

Ich hab ein Kind zur Adoption freigegeben …

Seine Schritte entfernten sich.

Bitte, sag nichts. Hör mir einfach zu. Ich war nicht viel älter als Nina … mein Vater … Sie hörte die Badezimmertür, hörte ihn im Bad herumrumoren, sich die Zähne putzen, den Rasierapparat surren, die Dusche laufen. *Ich hab ein Kind …*

Die Klinke bewegte sich.

Sie knipste die Lampe an. »Du kommst spät.« Ihre Zähne schlugen aufeinander.

Er beugte sich zu ihr herab. »Pscht … schlaf weiter.«

Sie roch sein Duschgel, den Minzegeruch der Zahnpasta. Der Schweiß brach ihr aus allen Poren. Sie setzte sich auf und zog die Beine an den Körper. *Du darfst mich nicht verurteilen …* Er öffnete den Kleiderschrank. Ihr Blick glitt über seinen Rücken, den schmalen Hintern. Die Narbe über dem rechten Schulterblatt, die ihm ein anderes Kind mit einem Spaten verpasst hatte, als er elf war.

Nachgerannt. Und voll erwischt.

Er sprach nicht gern über diese Zeit.

»Thomas, ich muss dir etwas sagen. Ich habe einen …«

Er zog sich ein T-Shirt über den Kopf. »Morgen, Theres.« Er stöhnte. »Ich bin total erledigt. Der Architekt weiß alles besser und will schon wieder irgendwelche Änderungen. Wir haben …« Der Rest ging in Gemurmel unter. Er löschte das Licht, seine nackten Füße tappten über das Parkett. Die Matratze bewegte sich unter seinem Gewicht und federte nach, als er sich ausstreckte, umdrehte und nach der Decke griff.

Theres rückte näher. »Ich habe heute einen Anruf bekommen.«

Er seufzte resigniert. »Theres, bitte!« Die Matratze wippte. »Ich dachte, wir hätten das geklärt. Ich halte das für eine Schnapsidee. Nach wie vor. Dafür gibt es Profis. Kriminelle betreuen! Warum? Wozu? Du arbeitest. Und machst diesen Besuchsdienst. Das reicht doch!« Er sprach zu ihr wie zu einem bockigen Kind. »Nina braucht dich. Was, wenn dir einer was antut?«

»Sie haben abgesagt.« Sie hätte sich ohrfeigen können.

»Gut«, knurrte er.

»Thomas.«

»Schlaf jetzt. Wir reden morgen.« Sein Mund streifte ihre Wange. »Gute Nacht.« Mit einem Ruck zog er sich die Decke über die Schultern. Sie lag fröstelnd im Freien. Nach zwei, drei Minuten begann er leise zu schnarchen.

Mit einem Schlag fühlte sich alles nach Abschied an: sein

breiter Rücken, der flüchtige Kuss, die Schlafgeräusche. Sie schluckte. Sie hatte es vermasselt!

Ihn wecken?

Unmöglich!

Morgen früh …

Wenn er gegen sechs, halb sieben in die Küche kommt, ist er in Gedanken schon in der Werkstatt. Er blättert im Stehen die Zeitung durch, trinkt hastig seinen Kaffee und greift nach der Lunchbox, die sie für ihn vorbereitet hat. Kurz darauf schießt sein Wagen aus der Garage, und Theres schaltet das Radio ein.

Nur am Sonntagmorgen schaut keiner von ihnen auf die Uhr. Theres wird wach vom Duft frisch gebackener Semmeln. Die Kaffeemaschine blubbert, wenn sie, noch im Nachthemd, die Stufen herunterkommt und sich die Augen reibt. Im Sommer steht die Terrassentüre offen, ein leichter Wind spielt mit der Gardine. Da hat er bereits seine fünfzig Kilometer heruntergespult, das Rad verstaut und kommt mit vom Duschen feuchten Haaren aus der Küche.

Nina findet kaum je vor zehn, halb elf aus den Federn: Ein zerzaustes, mattes Wesen in Shorts und einem von ihren oder Thomas' T-Shirts, das ihr viel zu groß ist, schmiert sich ein Brot, wischt über ihr Smartphone, tippt im Höllentempo Nachrichten an ihre Freundinnen, unempfänglich für alles um sich herum.

Ihr Mann drehte sich auf den Rücken, sein Schnarchen wurde lauter.

»Thomas?«

Er reagierte nicht.

Im Bad brannte die kleine Lampe über dem Spiegel. Ihre Zahnbürsten standen nebeneinander in der Halterung.

Wie lange noch? Er wird gehen. Es ist vorbei. Sie bückte sich nach seinem feuchten Badetuch und hängte es auf den Heizkörper. Schraubte zwei Tuben zu und spülte Zahnpastareste weg, lange dunkle Haare und helle Bartstoppeln. An Ninas Bademantel war die Schlaufe abgerissen, auf dem Kragen verschmiertes Make-up. Theres drückte ihr Gesicht in den flauschigen Stoff.

Wie gut sie gerochen hatte als Baby, wenn sie sie behutsam aus dem warmen Wasser der kleinen Plastikwanne gehoben und in ein vorgewärmtes weiches Tuch gehüllt hatte. Wenn sie an ihrer Brust gelegen und getrunken, sie angesehen hatte mit ihren großen blauen Augen, die später dunkel wurden und nun manchmal funkelten vor Empörung. *Wie schön sie ist, unsere Tochter.* Glatte, makellose Haut, Sommersprossen über der schmalen Nase, die sie hasst. Der volle Mund, das weit gezogene Lippenherz.

Thomas sagt … Ihre Schultern zuckten. *Thomas sagt: Sie sieht aus wie du.*

Als Theres gegen sieben das Haus verließ, schlief Thomas noch. Mit raschen Schritten durchquerte sie den kleinen Vorgarten. Amseln liefen über den Rasen. Die Welt war frisch gewaschen, die Sonne leckte die letzten Pfützen von den Steinplatten. Es roch nach warmem Brot und fetter Erde.

Am Gartentor blieb sie stehen und warf einen Blick zurück auf ihr Haus, das sich unter den alten Apfelbaum an der Grenze zum Nachbargrundstück schmiegte und zu schlafen schien.

An der Kreuzung starb ihr der Motor ab. Ein bulliger Kerl in einem Lieferwagen fuhr mehrmals dicht auf, überholte und scherte knapp vor ihr ein. Sie trat die Bremse durch und fiel in den Gurt. Sie sah noch, wie er ihr im Rückspiegel den

Vogel zeigte. Dann bog er in eine Seitenstraße ab. Die Autos hinter ihr hupten los. Sie fuhr bei Gelb über die Ampel, setzte den Blinker und ließ den Wagen auf dem Parkplatz vor dem kleinen Supermarkt ausrollen. Ihre Hände blieben auf dem Lenkrad liegen.

Und wenn er mitkommen will? Nach Hause. Nina kennenlernen, meinen Mann?

Ich habe es ihnen noch nicht gesagt.

Du hast nie mit ihnen über mich gesprochen, Theres? Nie?

Das konnte sie ihm nicht antun!

Sie griff nach ihrer Tasche und löste den Gurt. Die frische Luft tat ihr gut. Der Weg folgte ein kleines Stück der Straße und bog dann nach rechts ab. Im Schatten war es kühler. Das schmiedeeiserne Tor quietschte, sie ließ die alten Bäume, den Teich, wo sie oft mit Nina zum Entenfüttern gewesen war, hinter sich und überquerte die große Wiese, auf der bereits die ersten Krokusse blühten. Der Straßenlärm wurde lauter, ihr Herzschlag galoppierte los.

Sie erkannte ihn sofort. Er stand drei Meter neben dem Eingang der Pension an eine Mauer gelehnt, in roten Sportschuhen und Jeans, ein Bein angezogen.

Edin!

Die Tasche glitt über ihre Schulter und schlug am Boden auf.

Flashback: Sie trägt ein helles Sommerkleid mit kleinen Punkten, ihr Lieblingskleid, als er sie zum ersten Mal anspricht. Er löst sich unvermittelt von der Wand und kommt quer über den Hof langsam auf sie zu. Durch die gleißende Helle in den Schatten. Sie sitzt erstarrt auf der Bank und schaut ihm entgegen, von Röte übergossen. Er bleibt vor ihr stehen und deutet auf ihr Buch. »Was ist das für eine Geschichte?«, fragt er, als nähmen sie beide ein eben unterbrochenes Gespräch wieder auf. »Geht sie gut aus?«

»Ich bin erst ganz am Anfang«, flüstert sie.

Sie bückte sich nach ihrer Tasche und blinzelte in die Sonne. Hob die Hand und winkte, aber er reagierte nicht. Autos hupten, ein Moped knatterte vorüber. Ein zottiger schwarzer Hund rannte hechelnd die Straße herauf – direkt auf ihn zu. Ein gellender Pfiff stoppte das Tier. Es blickte zurück, wedelte und tänzelte auf der Stelle. Die Frau im schicken roten Laufdress, die locker hinter ihm hertrabte, holte auf. Jetzt liefen sie nebeneinander. Jan sah ihnen gebannt entgegen. Er lächelte unsicher. Seine Hände fuhren die Seitennaht seiner Jeans entlang. Sein Lächeln wurde breiter.

Hund und Frau wichen aus und rannten an ihm vorbei. Theres schluckte. Erneut winkte sie, aber er sah nicht herüber. Ihr Telefon läutete. Sie griff in die Tasche, stolperte beinahe über den Randstein und sprang erschrocken zurück. Bremsen quietschten. Ein Radfahrer schlingerte und schrie auf. Theres sah seinen Arm hochfahren, den gestreckten Mittelfinger in ihre Richtung, sah den gelben Rücken sich nach vorne beugen, das Stakkato seiner sehnigen Beine. Den mageren Arsch.

Als sie den Kopf wandte, war Jan verschwunden.

»Alles okay? Haben Sie sich wehgetan?« Er war groß, größer als Edin. Sie reichte ihm nur knapp bis ans Kinn.

»Ja. Nein. Danke. Nichts passiert.« Sie hielt sich an ihrer Tasche fest, ihre Knie zitterten.

»Sind Sie sicher?« Er scannte unentwegt die Straße. Seine Brauen zogen sich zusammen. Dichte glatte Haare fielen ihm in die Stirn. Er strich sie mit einer hastigen Bewegung aus dem Gesicht und ließ ihren Arm los. »Okay, dann …« Er zog die Unterlippe zwischen die Zähne. *Genau wie Nina.*

»Jan!«

Seine Augen weiteten sich. Sein Kiefer sackte herab. Theres sah seinen Brustkorb sich heben und senken.

Der Hals wurde ihr eng. *Warum sagt er nichts? Ich hätte ein Kleid anziehen sollen! Andere Schuhe. Die Frau im roten Laufdress …* Sein enttäuschter Blick. Ihr war kalt.

»Ich … ich …«

Seine Hand legte sich warm auf ihren Nacken. Sie neigte den Kopf. Sein Pullover roch nach dem Waschpulver, das ihre Mutter seit jeher verwendete. Die Knopfleiste seiner Jacke drückte gegen ihre Wange. »Jan«, sagte sie leise. »Jan.«

Er ließ sie unvermittelt los. »Ich hab mir dich immer blond vorgestellt«, hörte sie ihn sagen. Seine Stimme klang ein wenig rau. »Lange blonde Haare. Keine Ahnung, warum.« Er lachte ein bisschen zu laut. »Hast du sie gefärbt?«

»Nein.« Sie blinzelte.

»War ein Scherz.« Er grinste schief. »Hey, das ist doch kein Grund zu weinen. Komm«, sagte er. »Da vorne ist ein Café.«

Zögernd setzte sie einen Fuß auf die Straße. Er rannte, als wäre er auf der Flucht. Sie hatte Mühe, mit ihm Schritt zu halten.

Das Lokal war dunkel, holzgetäfelt – wie früher die Gasthäuser auf dem Land, dachte Theres – und fast leer. Er steuerte zielstrebig einen Platz ganz hinten am Fenster an und bestellte für sie beide. Der Kaffee war heiß, sie verbrannte sich die Zunge und trank hastig einen Schluck Wasser nach. Edins Augen schauten sie an. Sobald er lächelte, war er ihr wieder fremd. Was hatte sie erwartet? Das hier war das Leben, kein verdammter Film!

Sie hatten die ganze Zeit keine fünfzig Kilometer voneinander entfernt gewohnt. Der Adoptivvater war Polizist. Wenn Jan von der Adoptivmutter sprach, wurde seine Stimme weich. »Auf Mam kann ich mich zu hundert Prozent verlassen.« Er schenkte sich nach. »Sie ist immer für mich da. Sie würde alles für mich tun. Alles.«

Theres schluckte.

»Du wirst sie mögen.«

»Bestimmt«, bestätigte sie benommen. »Sie wissen, dass du hier bist?«

»Jaaa.« Er zupfte an seinem Ohrläppchen. Vor dem Fenster sammelte sich ein Pulk Schulkinder. Zwei Lehrpersonen traten zu ihnen, die Gruppe scharte sich um sie und formierte sich in einer Zweierreihe. »Noch einen Kaffee?«

Sie nickte. Er hob die Hand, um die Bedienung auf sich aufmerksam zu machen, und deutete auf ihre Getränke. Das Mahlwerk begann zu lärmen, Kaffeeduft stieg ihr in die Nase. Sie beugte sich über Jans Smartphone. Die Adoptivmutter war zart und blass. Keine, nach der man sich umdreht, dachte Theres. Ein Allerweltsgesicht. Sie wurde rot.

»Und?«

»Sie ist sehr … sympathisch.« Der Vater stand wie eine Mauer hinter ihr. *Ein Berg von einem Mann.* Seine Rechte lag schwer auf ihrer schmalen Schulter. Es war Sommer, im Hintergrund sah man einen Park. Einen Garten?

Sie hoben gleichzeitig den Kopf. Das Klacken hoher Schuhe näherte sich, ein leicht gewölbter Bauch schob sich in Theres' Sichtfeld. Der schwarze Rock spannte. Die Frau beugte sich vor – schwere Brüste, Dekolleté –, *zu nah, viel zu nah*, eine Hand legte sich auf Jans Schulter, die andere stellte sein Getränk vor ihm ab. Ihre Blicke verhakten sich ineinander. Die Linke blieb liegen und strich sanft seinen Arm entlang. *Was will die von ihm? Sie könnte seine Mutter sein! Ein Mädchenparfum. Wie peinlich!* Sie sah Jans gelöstes Lachen, ihre beringte Hand, den viel zu roten Mund. Sie griff nach ihrer Tasse und verbrannte sich erneut die Zunge.

Die angemalten Lippen bewegten sich. »Alles okay?«

»Ja.« Er strahlte sie an und drückte ihre Hand. Ihr Zeigefinger strich über seinen Handrücken, dann ließen sie einander los.

Theres stellte ihre Tasse ab, die Untertasse kippte, der Kaffee schwappte über, spritzte hoch. Das Tischtuch war völlig versaut.

Beide sahen sie an.

Sie hatte Fragen erwartet. Aber da kam nichts. »Du willst sicher wissen … ich meine –« Sie verhaspelte sich. »Du wirst wissen wollen –«

»Ich hab deine Briefe gelesen«, unterbrach er sie. »Du hattest keine Wahl.«

War das Sarkasmus?

Sein Blick war offen, das Gesicht glatt, der Mund leicht geöffnet.

»Jan, ich muss dir erklären –«

»Musst du nicht. Es ist, wie es ist. Ich bin dir nicht … ich meine, ich versteh das. Du warst noch fast ein Kind. Meine Mam, sie sagt –«

Er will nichts hören! Sie atmete aus. *Er hat beschlossen, mich zu mögen. Er hätte die blonde Frau mit dem Hund gemocht. Einen Freak. Irgendeine Verrückte. Jede Frau!*

Er blinzelte nervös. »Ich muss dich was fragen, okay?«

»Ja?« Sie stemmte ihre Füße in den Boden.

»Hast du irgendwelche Allergien?«

»Allergien?« Er ist krank, dachte sie erschrocken. *Aber er sieht doch ganz gesund aus!* Sie sah seinen Mund sich bewegen, sah ihn nach seinem Getränk greifen, trinken. Das Glas wieder abstellen. »Was hast du gesagt?«

»Eine Allergie. Ich bin als Kind beinahe an einer Kiwi erstickt. Arg, oder? Mam hat zum Glück richtig reagiert.«

»An einer Kiwi?«, fragte sie entgeistert.

»Ja. Hast *du* das auch?«

Sie schüttelte den Kopf.

»Mein Vater?« Er fixierte die Dose mit dem Energiedrink, drehte sie nach links, nach rechts. Er sah sie nicht an.

»Er hat mir nichts davon gesagt.«

»Du hast ihn« – er zögerte – »nicht so gut gekannt?«

»Ljubavi moja«, sagte sie leise.

»Was?«

»Mein Liebling. So hat er mich genannt. Und als er plötzlich weg war –«

»Weg?«

»Ich hab gewartet, hab ihn gesucht. Er ging nicht ans Telefon. Die Wohnung, in der wir, wo du …« Sie biss sich auf die Lippen. »Fremde Leute«, sagte sie. »Sie kannten ihn nicht.«

»Warum –?«

»Ich weiß es nicht.« *Als er hatte, was er wollte …*

»Und später? Hast du nie … auf Facebook oder …?«

Sie fühlte, wie sie rot wurde.

»Das war kein Vorwurf.« Er beugte sich vor und griff nach ihrer Hand. »Theres …«

Seine plötzliche Nähe verwirrte sie. Sie sah die hellen Einsprengsel in seinen Augen, die langen Wimpern, spürte seine Körperwärme und sah seinen Atem schneller gehen. Ihr war zum Heulen. »Er wollte mich nicht mehr«, sagte sie viel zu laut und wandte sich erschrocken um, aber niemand beachtete sie. Vier ältere Herren spielten Karten, die beiden Frauen vom Tisch neben der Tür waren bereits gegangen.

Die Kellnerin polierte mit abwesendem Blick ein Glas und hielt es gegen das Licht.

»Sein Name steht nicht in den Papieren.«

»Er heißt Edin.« Sie kramte in ihrer Tasche. »Edin Osmanović«, sagte sie. »Ich hab dir Fotos mitgebracht.« Zwei Bilder segelten zu Boden. Sie tauchte mit glühendem Gesicht wieder auf und schob sie über den Tisch zu ihm hin.

Er nahm eines nach dem anderen in die Hand und betrachtete sie lange. Die Haare fielen ihm in die Stirn, sie konnte seine Augen nicht sehen. »Edin Osmanović. Ich sehe ihm ähnlich.« Er klang erschrocken.

»Ja. Du hast seine Stimme. Du bewegst dich wie er.«

»Die Bilder?« Er räusperte sich. »Kann ich –?«

»Sind für dich.« Ihre Finger zerpflückten eine Papierserviette. »Wirst du nach ihm suchen?«, fragte sie nach einer Weile.

»Mal sehen.« Plötzlich hatte er es eilig. Er verstaute die Fotos und erhob sich.

Es geht ihm nur um seinen Vater! Was hast du dir erwartet? Er hat ja seine Mam. Sie nestelte ein Taschentuch hervor und putzte sich umständlich die Nase. ›Sie würde alles für mich tun, alles.‹ *Das war's dann.* Sie griff nach ihrer Brieftasche, aber er wehrte ab.

»Geht auf mich. Komm.« Er legte einen Geldschein, ein paar Münzen auf den Tisch und nahm seine Jacke. »Ich muss eine rauchen.« Die Kellnerin lächelte und nickte ihm zu. Theres ging hinter ihm her wie betäubt. Vor dem Lokal blieb er stehen. Autos rauschten vorbei. Er fingerte eine zerknautschte Zigarettenschachtel aus seiner Jackentasche und hielt sie ihr hin. »Erzähl mir von meiner Schwester.«

Geistesabwesend griff sie zu. »Sie hat sich immer einen Bruder gewünscht«, sagte sie tonlos und wartete, bis er ihr Feuer gab.

Meine erste Zigarette habe ich mit meinem Sohn geraucht, würde sie später erzählen. Sie würde sich an den Geschmack erinnern – scharf, rau, ein wenig bitter. An das leichte Brennen auf der Zunge. Daran, dass sie ganz benebelt war davon.

»Wir fahren ein paar Tage weg, Mam hat sich das gewünscht. Aber dann … Ich möchte deine Familie kennenlernen. Nina, wie alt ist sie? Sehen wir uns ähnlich?«

Theres nickte.

»Kann ich zu euch kommen?«

»Ja, klar.« Sie hätte weinen mögen vor Erleichterung.

II

Seit Ana denken konnte, hatten die Erwachsenen an ihr herumgezerrt, sie hineingezogen in ihre Geschichten, als wäre sie nur da, um zu bezeugen, was sie einander anzutun imstande waren, und als sie endlich volljährig geworden war, erwachsen, änderte sich daran nur wenig. Sie hatte sich für ihre Eltern geschämt: den großspurigen, impulsiven Vater, der es mit Glück und den richtigen Kontakten zu passablem Wohlstand gebracht hatte, die überdrehte Mutter, die nach wie vor seine Texte zu einem lesbaren Ganzen zusammenfügte und von allen hofiert wurde: dem losen Haufen verkrachter Künstler und ihren Musen, männlichen wie weiblichen, frische Gesichter zwischen verwüstetem Fleisch. Dem Journalistenpack, das mit ihnen soff und die Nacht zum Tag machte.

Selten war einer von ihnen handgreiflich geworden, aber Ana erinnerte sich an das Auf und Ab ihrer Stimmen durch die Wand, ihr Kreischen und Schreien, die Musik, das Gelächter, das sich in ihre Träume fraß und sie um den Schlaf brachte. Einmal lag jemand, eine halbnackte ältere Frau mit strähnigen Haaren, heulend neben ihr im Bett und umklammerte ihre Hand. Mehrmals trommelte jemand mit Fäusten von außen an die von da an versperrte Tür.

Als sie noch ganz klein gewesen war, fünf oder sechs, hatte sie einen Bruder gehabt, den nur sie allein sehen konnte, und als sie sich ein paar Jahre später wieder daran erinnert hatte, war sie sich sicher gewesen, dass sie auf dem besten Weg war, verrückt zu werden. Sie hatte die Bong weggeworfen und sich zu einer Streberin entwickelt, die nächtelang über ihren Büchern saß, nur um sich zu beweisen, dass mit ihrem Kopf alles in Ordnung war.

Im Laufe der Jahre waren die Gelage seltener geworden – und weniger schrill. Sie tranken langsamer, konzentrierter und vertrugen nicht mehr so viel, aber noch immer rieben sich ihre Eltern aneinander, lachten, keuchten, schrien, wüteten wie niemand sonst, den sie kannte – eine Telenovela mit und ohne Zuschauer, die kein Ende nahm.

Ana bereitete ihren Auszug vor.

Für kurze Zeit schien die Welt stillzustehen. Der Vater eilte nach Hause. Alles drehte sich plötzlich um sie. Es war Samstag, das Telefon läutete unentwegt, aber keiner der beiden ging an den Apparat. Ana blickte zu ihrer Mutter, die zeitlebens weit unter ihren Möglichkeiten geblieben war. Der Vater war ihr nicht gewachsen. Er brauchte sie – und bestrafte sie dafür.

Das Publikum geht, dachte Ana und fühlte sich schuldig.

Als Amir und Charles an der Tür läuteten und sie aufstand und die bereits gepackten Koffer, die Kartons mit ihnen zum Auto schleppte, ein letztes Mal die Treppe hinauflief und die Mutter, den Vater hastig und steif umarmte, verlegen vor so viel Nähe, als klar wurde, dass sie nicht mehr umzustimmen war, ging alles noch einmal von vorne los.

Der Vater brüllte auf die Mutter ein, die seine Vorwürfe mit ihrer kehligen Stimme eloquent, aber nicht minder geräuschvoll parierte.

Eigentlich war ich ihnen die ganze Zeit im Weg, dachte Ana, als sie den Schlüsselbund in den Korb im Vorzimmer legte und die Haustüre hinter sich zuzog. Sie hätten nie ein Kind haben sollen. Sie waren einander genug.

II

Es dauerte keine zehn Minuten. Theres hörte, wie die Tür vom Vorraum in die Garage hinter ihrem Mann zuschlug, hörte das Metallregal gegen die Wand donnern, den satten Ton der Autotür und schließlich den Motor aufheulen. Dann das vertraute Summen, und in der Ausfahrt leuchteten die Bremslichter seines Wagens auf.

Es war vorbei. Mit einer heftigen Bewegung hatte er ihre Hand von seinem Arm gefegt, war nach oben gerannt und mit seiner blauen Sporttasche über der Schulter die Treppe wieder heruntergestürmt.

Sie beugte sich vor und lehnte ihre Stirn ans kühle Glas. Es beschlug sofort. Sie wischte eine kleine Fläche frei und sah im Geniesel Kinder mit gelben Regenjacken den Zaun entlang Richtung Bäckerei laufen. Autos fuhren vorüber – Nachbarn auf dem Weg nach Hause. Ihre Schultern sanken herab.

Vorbei, dachte sie. *Es ist vorbei.*

Der Wagen bog auf die Straße hinaus. Im Licht der Scheinwerfer eines entgegenkommenden Kleintransporters leuchtete sein Profil auf, die vorne hochgegelten Haare, das starke Kinn. Er warf keinen Blick zur Seite – und keinen zurück.

Langsam löste sie sich vom Fenster. Sie sah sich zu wie

einer Fremden, wie sie einen Fuß vor den anderen setzte, über den hellen Parkettboden ging, über den dicht gewebten Teppich, sich bückte, um ein paar Fransen zu glätten. Eine Vase zurechtrückte.

In der Küche nahm sie ein Glas aus dem Schrank, ließ es volllaufen, überlaufen, starrte auf das sprudelnde Wasser, die Bläschen, die sich auf ihrem Handrücken sammelten und seitwärts wegschwammen. Das rote Mal auf dem Finger, die Brandnarbe, mit der alles begonnen hatte, leuchtete auf ihrer hellen Haut.

Langsam drehte sie den Wasserhahn zu. Sie hob das Glas und trank. Trocknete sich die Hände ab, strich das Geschirrtuch glatt und hängte es ordentlich gefaltet über den Backofengriff. Die Küchenuhr zeigte halb sieben. Es waren noch keine zwanzig Minuten vergangen.

Früher, in den ersten Jahren, hatte er sich einfach tot gestellt und gewartet, dass es vorüberging: ihre Fragen, die Vorwürfe, ihr Weinen. Meistens, nicht immer, hatte *sie* eingelenkt. Eine Ehe war kein Spaziergang. Man musste zurückstecken, musste lernen, Kompromisse einzugehen.

Andere werden laut, dachte sie. Sie ziehen los und betrinken sich.

Er war jedes Mal zurückgekehrt, immer nüchtern, hatte sich neben sie ins Bett gelegt, zwei, drei Stunden später schweigend in der Küche seinen Kaffee geschlürft und kurz ihre Hand gedrückt. Eine Familie gab man nicht so einfach auf!

Selbst damals …

Ich habe ihm verziehen, dachte sie. *Und er …*

Nein. Er nicht!

Wieder hatte sie das Bild vor Augen: wie er erstarrt und seine Augen schmal werden. Der kalte Blick unter halb geschlossenen Lidern, der hässlich verzogene Mund.

So muss er seine Mutter angesehen haben: als ob er sie anspucken wollte.

Nein, er kommt nicht mehr zurück.

Es war vorbei.

||

2018

In der Mittagssonne scheint die Küche sich auszudehnen. Der schmale Raum füllt sich mit Licht. Wie Dotterblumen leuchten die Griffknöpfe vor dem Weiß. Sie redet nicht viel, Ana. Hat zügig die alten, zersplitterten abgeschraubt und neue montiert.

Jetzt können Sie sich nicht mehr verletzen.

Aber Gelb, Ana!

Sie lacht. Warum nicht?

Warum nicht? Weil alle Tage grau sind. Und viel zu lange dauern. Meine armen Hände liegen auf dem Wachstuch. Da stehen ein Teller und ein Glas. Liegt manchmal ein Rätselheft. Ich fülle die Kästchen. Ich runzle die Stirn. Die Sonne wandert. Die Zeiger der Uhr sind festgeschraubt. Ich stehe auf. Ich koche Tee. Ich setze mich wieder hin. So geht das jeden Tag.

Im Mai weht Pappelflaum zum Fenster herein, sanft wie Schnee, und später, im Juli, betäubt mich der Duft der Linden. Ich bin ein Schatten am Fenster, wenn die Dämmerung einfällt. Wenn draußen die Lichter angehen, wende ich mich um.

||

Theres trat vor die Tür und warf einen Blick gen Himmel, wo dünne Wölkchen einander jagten und sich laufend zu neuen Gebilden zusammenfügten. Das freundliche Blau trog. Es war noch immer empfindlich kühl. Im Mantel, den Regenschirm in der Hand, verließ sie das Haus. Der Kühlschrank war leer. Also einkaufen, danach zur Bank. Herr Nejedly, den sie seit zwei Monaten regelmäßig besuchte, lag praktisch auf dem Weg. Dann hatte sie es für diese Woche hinter sich.

Ihr Wagen stand auf der gegenüberliegenden Straßenseite, ein älteres Modell, an dessen Lackierung sich der Vorbesitzer ausgetobt hatte. Es gab vermutlich nicht viele PKWs in diesem speziellen Blauton, und sie hätte ihn nicht gekauft, wäre der Wagen nicht dermaßen günstig gewesen. Er erregte Aufmerksamkeit und bedeutete für eine ungeübte Fahrerin wie sie zusätzlichen Stress.

Während sie langsam die Straße entlangfuhr, auf dem Parkplatz und später an der Kassa im Supermarkt nestelte sie ihr Handy aus der Tasche, aber jedes Mal war es blinder Alarm.

Herr Nejedly lebte in einem Pflegeheim am anderen Ende der Stadt. Kurz rasierte Rasenstreifen, Beton und viel Glas empfingen die Besucher. Die Türflügel schwangen zur Seite. Theres beschleunigte den Schritt. Noch immer löste der Anblick der dumpf vor sich hin starrenden Alten eine unangenehme Mischung aus Mitleid und Entsetzen in ihr aus, für die sie sich schämte. Sie schlüpfte durch den Gang wie durch eine Schleuse, den Kopf gesenkt, um möglichst wenig davon mitzukriegen. Der Wintergarten, ein Glastunnel mit mageren Pflanzen, verband die beiden Gebäudeteile, Pflege- und Wohnheim.

Auch hier bestand der Tag aus Warten: auf das Frühstück, die Medikamente, das Mittagessen, das bereits am späten

Vormittag ausgegeben wurde. Die Nacht kam früh. Während draußen der Feierabend begann und die Lokale und Gastgärten sich mit lebhaften Menschen füllten, lagen die alten Frauen und Männer auf den Stationen bereits in ihren Betten und stierten an die Decke.

»Es ist eine schöne Aufgabe. Sie bringen Abwechslung in das Leben des Bewohners. Die Patienten sind dankbar, wenn Sie sie ein bisschen aufheitern.« Die Frau, die den privaten Besuchsdienst organisierte, hatte tatsächlich »aufheitern« gesagt.

Herr Nejedly war nicht dankbar. Er hatte sie empfangen, als wäre sie eine weitere Zumutung, die ihm das Alter bescherte. Bei jedem Besuch musterte er sie von oben bis unten, als hoffe er, neue Mängel an ihr zu entdecken. Er wiegte seinen kahlen Schädel, der mit weißem Flaum bedeckt war, pfiff leise durch die Zähne und sank seufzend in seinen Ohrensessel, um sie während der ganzen nächsten Stunde herumzukommandieren.

»In Gottes Namen, wenn du schon da bist ... Lies mir vor.«

Er bevorzugte langatmige Romane, in denen es von fragwürdigen Helden, frischen jungen Mädels und mütterlichen Frauen wimmelte. Sie musste schreien, damit er sie verstand. Nach ihrem zweiten Besuch war sie drauf und dran gewesen, das Handtuch zu werfen. Er hatte eine Art, sie klein zu machen, der sie nichts entgegenzusetzen vermochte. Aber – jetzt aufgeben? Man hatte ihr einen weiteren Patienten versprochen. Ob sie sich eine Frau vorstellen könne? Hausbesuche? Nach kurzem Zögern hatte sie zugestimmt.

Als sie das Zimmer betrat, hockte der alte Mann zusammengesunken in seinem Sessel vor dem Fenster und rührte sich nicht. Das zweite Bett war leer. Sie blieb stehen.

»Herr Nejedly?« Das Fenster stand einen Spalt weit offen, eine Fliege flog beharrlich gegen die Scheibe. »Herr Nejedly?« Sie trat näher.

»Er ist tot.« Der kantige Schädel bewegt sich auf und ab, als müsste er das eben Gesagte bestätigen.

»Das … das tut mir leid.«

»Ich habe ihn überlebt«, triumphierte er und zog sich an der Lehne hoch. »Da bist du ja endlich! Hilf mir. Wir gehen in den Garten.« Er klammerte sich an ihrem Arm fest, dass sie Mühe hatte dagegenzuhalten, und setzte sich langsam in Bewegung. »Schön«, sagte er nach einer Weile, als sie das Schwesternzimmer hinter sich gelassen hatten, »du hast dich schön gemacht.« Sein Gesicht verschloss sich. »Aber ich tanze nicht.«

Im Aufenthaltsraum spielte Musik, Schlager, die die alten Leute in ihrer Jugend gehört haben mussten. Sie schoben sich paarweise durch den Saal. Meistens waren es Frauen, die sich miteinander drehten. Theres versuchte sich vorzustellen, wie sie ausgesehen hatten, als sie jung waren, aber es gelang ihr nicht.

Die Wand entlang saßen alte Frauen mit unbewegten Mienen. Immer wieder holte eine Schwester eine von ihnen zum Tanz, verbeugte sich ein Pfleger. Es schien ihnen tatsächlich Freude zu machen. Theres schaute in lachende Gesichter. Auch der Zivildiener hielt eine alte Dame im Arm. Sie strahlte ihn an, ihr Gesicht leuchtete.

Herr Nejedly blieb stehen. »Da sitzen sie und warten auf den Tod«, sagte er so laut, dass alle es hören konnten. Er nickte. »Keiner ist freiwillig da. Keiner kommt gern hierher.« Er legte den Kopf schief und verzog den Mund. »Nicht einmal zu Besuch.«

Sie fühlte sich ertappt.

»Das ist die letzte Station«, dröhnte er. Schwankend setzte

er sich wieder in Bewegung. »Für andere ist das Beste gut genug. Nur für uns …«

Eine junge Schwester hob den Blick.

»Was schaust du so?«, fuhr er sie an. »Alles Ausländer«, zischte er Theres zu. »Was tun die alle bei uns? Unser System ausnützen! Und für uns, die wir ein Leben lang gearbeitet haben, bleibt nichts mehr übrig.« Theres fühlte sich unbehaglich. »Na, hab ich nicht recht?«, forderte er ihre Zustimmung. Sie biss sich auf die Lippen.

Rasche Schritte näherten sich. »Und wer würde Ihnen den Hintern abwischen und die Zehennägel schneiden, Herr Nejedly? Schon einmal darüber nachgedacht?« Der alte Mann riss die Augen auf. Theres drehte sich um. Der durchtrainierte Pfleger, den sie eben noch auf der Bettenstation gesehen hatte, beugte sich zu ihm hinab.

»Aber Sie können doch …«, protestierte sie schwach.

»Herr Nejedly verträgt das schon, nicht wahr? Wer austeilen kann …«

Zu ihrem Erstaunen lachte der Alte. »Frech ist er halt, der Bursche. Kein Respekt«, röhrte er und tätschelte tatsächlich seinen Arm. »Na ja. Keine Disziplin, keine Haltung. Ein Weiberberuf. Und nie gedient. Das merkt man.«

Langsam tappte er weiter. Er hing schwer an ihrem Arm. Der Weg in den Garten war ihm zu weit. In der Cafeteria klagte er, noch bevor die Serviererin an ihren Tisch kam, über Erschöpfung. Er ließ sich von Theres in sein Zimmer bringen und schickte sie weg.

Im Dienstzimmer war niemand zu sehen. Krankenakten lagen aufgetürmt, ein Bildschirm flimmerte. Ein nervtötendes Piepsen erfüllte den Raum. Unschlüssig blieb sie stehen.

»Ah, Sie gehen schon wieder?«

Sie räusperte sich nervös. »Herr Nejedly ist müde.«

Der Pfleger sperrte die Tür auf und tippte auf einen

Schalter. Das Piepsen erstarb. Er wandte sich zu ihr um und lachte. »Müde? Er ist beleidigt.«

»Er ist ein alter Mann«, sagte Theres zögernd.

»Ich habe gesehen, wie er mit Ihnen umspringt.« Er lehnte sich an den Türrahmen und verschränkte die Arme vor der Brust. Unter den hochgekrempelten Ärmeln blitzten dreifarbige Tattoos hervor. »Er hat keinen Respekt vor Ihnen. Er kommandiert Sie herum. Er kotzt Ihnen seinen Frust vor die Füße.«

Betreten sah sie zu Boden. »So schlimm ist es auch wieder nicht. Er ist einsam«, murmelte sie.

»Weil er alle vergrault hat! Fürchten Sie sich vor ihm?«

»Nein, wieso?« Ihr wurde heiß.

Er musterte sie. »Sie dürfen sich das nicht gefallen lassen.«

Mit einem Mal war ihr alles zu viel. Was tat sie hier? Sollte sie sich nicht um Nina kümmern, ihre Ehe retten, ihren Mann nach Hause holen? Und Jan …

»Ich glaube, ich kann das nicht«, sagte sie leise.

Ehe sie es sich versah, klopfte er ihr auf die Schulter. »Alles Trainingssache«, sagte er. »Sie kriegen das hin. Einen erstklassigen Sparringspartner haben Sie ja.« Hinter ihm gellte eine Klingel.

Sie war entlassen.

II

2018

Ich beobachte den kleinen Vogel, der direkt vor meinem Fenster in einer Mauerspalte verschwindet. Ich habe ihn erst vor zwei Tagen entdeckt. Hier sind er und seine Brut sicher. Die Katze, die ich manchmal über den Hof schleichen sehe, weiß nichts von ihm.

Heute sind sie zu zweit. Die blonde Schwester, die immer ein bisschen abgekämpft wirkt, quetscht sich durch die Tür. Die andere bleibt mitten im Raum stehen. Ihre Augen sind flink. Sie tasten mein Gesicht ab, die Wände, die Möbel, die wenigen Fotos, die mir etwas bedeuten.

»Stört es Sie, wenn ich den Fernseher einschalte?«

Schon flimmert der Bildschirm. Ich sehe ausgelaugte erschöpfte Menschen. Die Kamera zoomt auf einzelne Gesichter: Männer, Frauen, Kinder. Im Hintergrund ist ein desolates Gebäude zu sehen. Zäune mit Stacheldraht. Wachpersonal steht herum. Dann spricht ein Politiker, nicht viel älter als Ana. Ein Gesicht wie frisch geschrubbt, die Wangen leuchten. Er lächelt verbindlich, nickt. »Wenn man sicherstellt, dass jemand, der sich illegal auf den Weg macht, nicht in Mitteleuropa ankommt ... Tun wir nicht so, als wäre das derzeitige System ein besonders humanes.«

Mein Hals wird eng. Ich höre ein Keuchen. Es kommt aus meiner Kehle. »Ja, das stört mich.«

Das Bild verlöscht. Die Schwester zuckt die Achseln. »Ein wenig Ablenkung würde Ihnen guttun. Aber – wenn Sie meinen ...« Geschäftig blättert sie in der Mappe. Die andere hantiert an mir herum. »Ihr Blutdruck. Nehmen Sie Ihre Medikamente?« Schon hat sie den Tablettendispenser in der Hand. Ich nicke. Sie seufzt.

Ich gelte als schwierig, seit ich einer von ihnen die Hand weggeschlagen habe.

Dann machen Sie es eben selber!

Ich habe es versucht. Ich kann das nicht. Meine Hände beben, ich schnappe nach Luft.

Wieder sehe ich ihren gebeugten Nacken, den hellen Scheitel, wie sie auf den Knien liegt inmitten der Scherben. Nava! Ich hätte es wissen müssen. Ich habe dich nicht beschützt! Der Boden schwankt.

Immer das Gleiche mit Ihnen!

Ich höre sie fluchen. Ihr breiter Rücken ist direkt vor mir. Dann eine neue Spritze.

Und diesmal tut es weh.

II

Theres ging zum Fenster und schob den Vorhang ein kleines Stück zur Seite. Es war bereits dunkel. Ihr Vater hupte dreimal und ließ den Wagen vor dem Haus ausrollen. Die Innenbeleuchtung ging an. Nina beugte sich zu ihm hinüber. Er wartete mit laufendem Motor, bis sie ausgestiegen war und mit eingezogenem Kopf losrannte. Kurz vorm Haus wandte sie sich noch einmal um und winkte ihm. Es schüttete schon wieder. Im Licht der Scheinwerfer glänzten Asphalt und Sträucher wie frisch lackiert. Theres ließ den Vorhang los. Er hupte erneut, dann brauste der Wagen davon.

Nina schüttelte sich, als sie das Haus betrat. Der Rucksack flog in die Ecke. »Hallo, Mama. Wir waren noch in der Stadt. Opa sagt, ihr müsst unbedingt …« Sie schlüpfte aus der Jacke und zippte die Stiefel auf. Kleine Tropfen lösten sich aus ihren Haaren. Sie richtete sich auf, ihre Brauen hoben sich. »Was ist los, was hast du?«

»Komm. Zieh dir trockene Sachen an.« Nur mit Mühe widerstand Theres dem Impuls, hinter ihrer Tochter herzuwischen. Sie stellte die durchnässten Stiefel auf die Abtropftasse und folgte ihr ins Wohnzimmer.

»Opa sagt, ihr sollt endlich Bescheid sagen wegen Pfingsten. Und ob ich –«

»Diesmal nicht. Nina, wir –«

»Ahhhh …« Nina funkelte sie an und fetzte den feuchten Pullover aufs Sofa. »Ich hab es gewusst! Du bist so … so …«

Verbissen zerrte sie sich die Hose vom Leib und stand jetzt in Unterwäsche da.

»Nina –« Theres nahm die Wolldecke vom Sofa und faltete sie auf.

»Ich kann das nicht mehr hören! Du hast Stress mit Opa, okay. Und was hat das mit mir zu tun? Das sind meine Großeltern. Ich hab nur die.« Sie riss ihr die Decke aus der Hand und wickelte sich bis zum Hals darin ein. »Man kann über alles reden! Sagst du immer! Aber wenn es dich betrifft: nix!« Sie schob die Unterlippe vor und warf sich bäuchlings aufs Sofa. »Und ich muss dafür büßen!«

»Nina … Liebes –«

»Ich rede mit Papa.« Ihre Tochter angelte nach ihren Jeans auf dem Boden. Sie fummelte das Smartphone aus der Tasche, setzte sich kerzengerade hin, tippte und riss es ans Ohr. Ihr rechter Fuß wippte auf und ab. »Er hat das Handy ausgeschaltet!«, beschwerte sie sich.

»Wir hatten eine Aussprache. Es kann sein –«

»Ihr habt gestritten.« Sie rutschte ein Stück von ihr weg und zog die Beine an den Körper. »Ihr lasst euch scheiden.«

»Nein!«

»Und weswegen?« Hektisch öffnete sie eine App nach der anderen und schloss sie wieder.

Theres holte Luft. Es war der denkbar schlechteste Moment, aber sie konnte nicht mehr warten. *Wenn Thomas abhebt …* »Du hast einen Bruder, Nina.«

Keine Reaktion. Ihre Tochter saß vornübergebeugt, die Haare verdeckten ihr Gesicht. Ihre Finger flogen über das Display.

»Nina?«

Sie stoppte und griff nach einer Strähne, wickelte sie um den Finger, zog sie lang, ließ sie los und begann von neuem. Strähne um Strähne, immer wieder.

»Du hast einen Bruder«, wiederholte Theres.

Nina hob den Kopf. Sie war blass. Ihr Mund stand ein wenig offen.

»Er heißt Jan.«

»Super Nachricht. Danke!« Sie sprang auf und verhedderte sich in der Decke.

Theres streckte die Hand aus. »Ich weiß –«

»Was weißt du? Was?« Sie schniefte, Rotz lief ihr aus der Nase. »Einen Bruder! Super!«, schrie sie. »Jetzt auf einmal! Ich wollte immer Geschwister! Aber ihr habt es nicht hingekriegt!«

»Nina, komm her. Ich … dein Vater –«

»Wir hätten … wir hätten ein Baby adoptieren können, aber das wolltest du nicht. Lass mich!« Sie wehrte Theres' Hand ab und funkelte sie an. Ihre Augen wurden schmal. »Seit wann weißt du es?«

Theres schluckte. »Ich habe gestern mit ihm gesprochen, und –«

»Und dann haut er ab! Das ist so erbärmlich. Hast du geglaubt, ich kriege nichts mit? Ich hab ihn mit der Kuh in der Stadt gesehen, voll peinlich! Meine halbe Klasse war da.«

Mit der Kuh in der Stadt. Theres fuhr herum. »Wann?«

»Im November. Als ich mein neues iPhone bekommen hab.« Sie schluckte. »Was hätte ich denn tun sollen?«

Im November noch! Im November. Theres hörte sich atmen. Ihr Herz stolperte. »Das ist vorbei«, sagte sie heiser.

»Ach ja? Und das Kind?«

Das Kind? Erst jetzt begriff sie. »Nina, du verstehst das falsch.«

»Er hat dich beschissen, Mama! Checkst du das nicht? Hauptsache heile Familie, oder? Nicht hinsehen, nicht drüber reden. Augen zu und durch.« Ihr Kinn begann zu zittern. »Und jetzt? Zieht er jetzt zu denen? Und … und … ich?«

»Nina, dein Vater hat kein Kind außer dir.«

Nina riss die Augen auf. »Aber, aber …« Ihre Wimperntusche war verlaufen, sie sah elend aus.

»Nina, Jan ist mein Sohn.«

Ihre Tochter erstarrte in der Bewegung.

||

Ana schob sich durch die wogende, dampfende Menge. Die Bässe wummerten und zwangen ihren Herzschlag in einen anderen Takt. Ihr ganzer Körper pulste. Lachende Gesichter wandten sich ihr zu und wieder ab. Sie streifte fremde Körper und sog ihre Gerüche ein: Parfum, Rauch und Schweiß, fühlte nackte Oberarme an ihren, rauen Jeansstoff und kühles, glattes Gewebe. Die Menschen waren schöner und strahlender in diesem Licht.

Amir stand an der Theke. Sie warf den Kopf in den Nacken und winkte ihm zu. Gleich wird sie sich zu ihm stellen, ihn umarmen, ihm eine Weile zuhören, immer wieder unterbrochen von anderen, die etwas von ihm wollen. Und sich dann auch an sie wenden.

Willst du …?

Sie wird lächeln, den Kopf schütteln und sich wieder ins Gewühl stürzen.

Sie schaut nie zurück.

||

2018

Heute war ich kurz davor, Ana nach ihren Eltern zu fragen. Sie saß mir gegenüber, unsere Unterarme berührten sich fast. Ich habe gezögert, der Moment ging vorbei. Ich weiß, ihr

Gesicht, es verschließt sich, wenn jemand ihr zu nahekommt. Wie Nava verschränkt sie die Arme und wendet sich ab.

Ich selber war ein glückliches Kind. Die ersten Jahre lebten wir auf dem Land. Die Winter waren kalt mit viel Schnee, die Sommer dafür umso schöner. Wir spielten in lichten Wäldern und rannten und warfen uns bäuchlings ins Gras. In der Erinnerung reiht sich ein Fest an das andere. Selma, sagte die Mutter, lauf hinüber zu den Nachbarn. Ihr Gesicht war rot vom Dampf über dem Herd. Die Kochtopfdeckel klapperten. Es duftete nach Paprika, Zwiebeln und Fleisch.

Wir feierten Bajram. Und Ostern, Chanukka und Weihnachten feierten wir mit den anderen mit. Da waren Violeta und Jerka. Und eine Emina war auch dabei. Wir stritten und wir versöhnten uns, wir lachten. Teilten Geheimnisse und gingen Arm in Arm die Straße entlang. Es war nicht wichtig, zu welchem Gott man betet. Auch auf den Grabsteinen *meiner* Ahnen waren die Namen eingraviert, lagen Blumen, standen Kerzen, und ich dachte, das sei überall so.

Meine Nana hat uns geschrubbt, meine Mutter gestreichelt. Der Vater war selten da. Natürlich gab es Regeln, die einzuhalten waren. Auch später, in der Stadt, betraten wir die Moschee nach Geschlechtern getrennt, aber abends hielten wir heimlich Händchen draußen im Hof.

Mit Einbruch der Dunkelheit verschwanden die Frauen im Haus. Im Restaurant meiner Tante saßen die Männer und spielten und tranken. Und stützten einander torkelnd auf dem Weg durch die Nacht.

Später, als junge Frau, ging ich weg. Ich war frei. Ich lernte, ich reiste durch ganz Jugoslawien. Von den Bergen bis hinunter ans Meer.

‖

Das Haus war mit einem Mal viel zu groß. Die Garage war aufgeräumt, alle Fenster blitzten. Morgen kam Ana, die auf das Geld aus ihren Putzjobs angewiesen war. Theres hängte die gebrauchten Handtücher im Bad wieder hin und ließ den Staubsauger im Schrank.

Was wird sie sich denken? Im Schlafzimmerschrank schaukelten leere Kleiderbügel zwischen ordentlich gebügelten Hemden, lagen Ninas Kissen und ihre geblümte Decke auf der anderen Betthälfte. »Nur, bis Papa wieder da ist.« Die beiden telefonierten jeden Tag. Wenn Theres ihn anrief, drückte er sie weg. Sie verfluchte ihre Entscheidung, sich ein paar Tage freizunehmen. Aber – mitfühlende Blicke waren das Letzte, was sie jetzt brauchte. Und um Himmels willen bloß nicht vor anderen weinen!

Theres wartete.

Darauf, dass die Nacht endlich um war. Auf das Läuten ihres Handys, Scheinwerfer in der Einfahrt, das Motorengeräusch seines Wagens. Den Schlüssel, der sich im Schloss dreht. Darauf, dass ihre Tochter aus der Schule kam. Sie beantwortete ihre Fragen, so gut sie es vermochte, aber bald erlosch Ninas Interesse und sie zuckte die Schultern, wenn Theres von früher sprach.

Ein-, zweimal rief Theres Jan an und hatte sofort das Gefühl, ihn zu stören. Nach ein paar holprigen Sätzen stammelte sie eine Entschuldigung und legte auf. Ihr Gesicht glühte.

War es das wert gewesen?

Ich hätte weitermachen sollen wie bisher. Ihn treffen und abwarten, wie sich alles entwickelt. Achtzehn Jahre. Zwei Menschen, die einander fremd sind. Was hatte sie erwartet? Dass er ihr um den Hals fiel?

Ihr spätes Geständnis ohne Not hatte alles zerstört.

Unvermittelt kochte eine Wut in ihr hoch, die ihr die Luft

nahm. Sie hätte schreien mögen, aber sie blieb starr, als hielte sie jemand mit eisernem Griff umklammert. Eine Rakete, die knattert, ruckelt, ein paar klägliche Funken hervorbringt und schließlich auf dem Boden krepiert. Zusammengekrümmt lag sie auf dem Sofa. Selbstverschuldet, dachte sie. *Geschieht dir recht.* Ihr Magen krampfte. Keuchend hing sie über der Kloschüssel.

Du hast es nicht anders verdient.

II

Etwas blockierte die Eingangstür. Ana drückte energisch dagegen, schlüpfte durch den Spalt ins Haus und schob die Kopfhörer in den Nacken. Im Flur standen zwei Kartons und eine kleine dunkelblaue Reisetasche. In der Küche plätscherte Musik aus dem Radio und im oberen Stockwerk rannte jemand hektisch hin und her. Sie hörte das Echo weiterer Schritte, aufgeregte Stimmen – dann folgte ein dumpfer Knall. Das klang nach Stress.

Sie zog ihr Smartphone aus der Tasche: kurz nach neun. Eigentlich sollten alle längst aus dem Haus sein. Sie legte die Hand auf die Klinke. Noch konnte sie die Tür hinter sich zuziehen und vorne in der Bäckerei in Ruhe einen Kaffee trinken.

Zu spät – sie kamen schon die Treppe herunter. Ana kannte den Hausherrn nur von den Fotos, die überall herumstanden: Vatermutterkind wie in der Sparkassenwerbung. Die penetrante Inszenierung einer glücklichen Familie. Er war schlanker als auf den Bildern, fast hager. Seine jugendlich hochgegelten Haare begannen sich über der Stirn bereits zu lichten. Das Mädchen, ein Abbild ihrer Mutter, hing an seinem Arm. Sie trug Shorts, ein zerknittertes Shirt in Übergröße und sah verheult aus.

Der Mann schien sich nicht entscheiden zu können, ob er sie in den Arm nehmen oder sich losreißen sollte. Er umfasste ihre Schulter und versuchte gleichzeitig, ihr seinen linken Arm zu entwinden. »Jetzt hör aber auf, Nina! Ich haue nicht ab.«

»Und warum … Ach, vergiss es! Ich glaub dir gar nichts mehr.«

»Wir brauchen einfach ein bisschen Abstand, okay?«

»Wie damals?« Sie reckte ihm ihr Kinn entgegen. »Ziehst du zu ihr?«

Er sog hörbar die Luft ein.

Jetzt ist genug, dachte Ana. Sie öffnete die Tür einen Spalt und schlug sie lautstark zu. »Guten Morgen.«

Beide fuhren herum. Der Mann sah sie erschrocken an. Er eilte auf sie zu. »Guten Morgen. Sie sind die … Sie machen bei uns, also –«

»Ich bin die Putzfrau.« Ana legte Telefon und Kopfhörer aufs Sideboard und schlüpfte aus der Jacke. Dann kickte sie die Schuhe von den Füßen, bückte sich und stellte sie ordentlich nebeneinander hin.

Das Mädchen ignorierte sie völlig. »Warum sagst du nichts? Ich habe also recht. Papa?« Sie kam näher. »Papa!«

»Nina, es reicht. Ich hab dir gesagt …«

Ertappt, dachte Ana. Genau so hatte ihr Vater reagiert, wenn er Mist gebaut hatte. »Ich fange oben an, gut?« Sie öffnete den schmalen Schrank neben dem Eingang und zerrte den Staubsauger heraus.

»An Mamas Stelle hätte ich dir auch nichts …« Das Radio plärrte jetzt irgendwelche Werbejingles. Das Mädchen drosch gegen das Geländer. »Fuck.« Sie rieb sich die Hand.

Ana drückte sich an ihnen vorbei. Der Staubsaugerschlauch schlug bei jedem Schritt gegen ihre Wade.

»Wenn Mama … wenn sie es dir gleich erzählt hätte, wäre ich jetzt gar nicht auf der Welt!«

Du lieber Himmel, dachte Ana.

»Nina!«

»Geh doch!«, schrie das Mädchen. Die Stufen vibrierten unter ihren Schritten, als sie an Ana vorbei nach oben rannte. Die Tür schlug zu, der Schlüssel drehte sich im Schloss.

Im Elternschlafzimmer standen die Kastentüren weit offen, leere Kleiderbügel lagen auf dem Bett. Sie hob ein frisch gebügeltes Hemd vom Boden auf, begutachtete es, schwang es aus und hängte es zurück in den Schrank.

Jetzt ging das Ganze vor der verschlossenen Türe weiter. »Nina, mach auf. Nina, das stimmt doch nicht. Du weißt, ich hab dich …«

Ein dumpfer Schlag. Er fluchte.

»Komm, was soll das?« Seine Stimme wurde lauter. »Nina, du machst jetzt sofort auf!«

Ana gähnte und öffnete das Fenster. In der Nacht war sie mehrmals aufgeschreckt. Irgendein Idiot mit unterdrückter Nummer hatte sich einen Spaß daraus gemacht, sie wach zu halten. Einer aus dem Club? Der Typ aus der Fahrschule? Sie kapierten es einfach nicht.

Endlich war alles ruhig. Sie spürte ein Kribbeln im Nacken, einen leichten Luftzug, und drehte sich um. Der Mann stand in der Tür und räusperte sich verlegen.

»Ja?«

»Frau …?«

»Ich bin Ana.« Sie hängte die restlichen Kleiderbügel weg. Die Schiebetür glitt lautlos zurück.

»Ana, könnten Sie kurz nach meiner Tochter sehen, bevor Sie gehen? Ich muss in die Werkstatt. Wir hatten eine … Meinungsverschiedenheit. Vielleicht … wenn sie sich erst beruhigt hat … bitte«, sagte er.

Es ist ihm unangenehm, dachte Ana. Mit Schwung zog sie einen Deckenbezug ab, griff nach dem nächsten Kissen und schälte es aus seinem Streublümchenbezug. »Ich weiß nicht …«

Er lächelte unsicher. Nickte. »Ja, klar. Tut mir leid.«

Ana bückte sich und hob die Matratze hoch. Der kommt zurück, dachte sie. Das ist nicht der Typ Mann, der alles hinschmeißt. Der bleibt.

II

2018

Die Krankenschwester reißt die gelbweiße Packung auf, die Zunge im rechten Mundwinkel, entfernt in zwei Anläufen die widerspenstige Folie, die graue Gummikappe, schraubt zügig Spitze und Nadel zusammen, legt sie ab und beugt sich über mich. Wie immer hat sie es eilig. »Machen Sie den Bauch frei.« Sie riecht aus dem Mund. Ihr Schenkel reibt sich an meinem.

Ich schiebe den Rock ein Stück nach oben und drehe den Kopf zur Seite. Der Vogel ist nicht zu sehen. Ein leichtes Lüftchen bewegt die Zweige und lässt sie tanzen. Der Stoff knistert. Eine Hand zieht mir die Hose hinunter, es wird kühl, Desinfektionsgeruch steigt auf. Der Sessel quietscht, dann fasst sie mit zwei Fingern meine Haut, hebt sie an und sticht und stößt die Nadel ganz in mich hinein.

Der rechte Fensterflügel bewegt sich. Die Luft riecht schon nach Frühling. Ana wird das Fahrrad an die Hauswand lehnen, ihre schönen Haare zusammenfassen und … Da ist es wieder: Es sirrt. Ein hoher Ton, der sich in meinen Gehörgang schraubt und darin vibriert.

»Frau Sudić?«

Ich habe nicht zugehört. Sie fragen ohnehin immer das Gleiche: »Wo genau tut es weh?«

»Überall.« Es gibt Tage, da bringen die Schmerzen mich fast um den Verstand.

»Wie fühlt es sich an? Dumpf, eher ziehend …?«

Ich presse die Zähne zusammen. »Es. Tut. Einfach. Weh.«

Sie drückt einen Tupfer auf die Stelle, wo eben noch die Nadel war und jetzt ein Tropfen hellen Bluts zerfließt, atmet aus und verdreht die Augen. »Morbus Balkan«, sagt sie zu der mit den Wieselaugen, die ihr ein Pflaster reicht.

»Morbus Balkan?« Ich keuche. Sie schauen einander an. »Verschwinden Sie!«, schreie ich. »Los! Raus!«

II

Wenn Theres später an diese Zeit zurückdachte, erinnerte sie sich vor allem an Nebensächlichkeiten. Es hatte viel geregnet. Ana hatte ihren Schlüssel liegen lassen und der Aushilfsbriefträger ihre Post konsequent beim Nachbarn eingeworfen. Sie hatte Mühe gehabt, den loszuwerden, wenn er abends auf der Matte stand. Er hat bemerkt, dass Thomas ausgezogen ist, dachte sie. In einer Straße wie ihrer, in der die Häuser eng beieinanderstanden, blühte der Tratsch.

Zwei-, dreimal rief ihre Schwester an, aus Madrid, wo sie – vorgeblich mit einer Freundin – ein paar Tage verbrachte. »Vergiss unseren Fototermin nicht. Für Vaters Geburtstag. Grüß Thomas von mir. Geht's ihm gut? Und Nina?«

Ahnte sie etwas? »Ja, alles in Ordnung.« Die Verbindung war schlecht, und sie legten schon nach wenigen Minuten erleichtert auf.

Theres machte verbissen weiter wie davor, jeden einzelnen Tag, als wären sie noch eine Familie. Bereitete das Frühstück, kochte für drei und trug später sein unbenütztes Gedeck wieder weg. Sie ging in die Arbeit, lächelte, sortierte Prospekte, beugte sich mit Touristen über ihre Wanderkarten und plagte sich einmal die Woche nach Büroschluss mit Herrn Nejedly.

Sie nickte mitfühlend, wenn ihre Kollegin Elke über die ständigen Kämpfe ihrer pubertierenden Tochter klagte, stocherte in ihrem Salat herum und war in Gedanken weit weg. Mit wachsender Wut löschte sie die Nachrichten ihrer Mutter auf dem Anrufbeantworter und stellte sich tot.

»Du musst sie anrufen. Oma fragt, was los ist, warum du dich nicht meldest«, insistierte Nina beim Frühstück. »Sie hat mich gefragt, ob Papa –«

»Was hast du ihr gesagt?«

Ein langer Blick über den Rand der Milchtasse. Ein Seufzen. »Nichts. Dass du Stress hast.«

»Gut.« Sie atmete aus. »Nina?«

Aber ihre Tochter hatte es eilig. Theres wischte den Tisch ab, stellte die Tasse in den Spüler und öffnete die Tür.

»Nina, wegen Jan.« Gedankenverloren schaute sie auf Ninas Beine. Die Stiege vibrierte unter ihren Schritten. »Ich hab mir gedacht, wir warten mit einem Treffen, bis Papa wieder da ist.«

»Ich komm zu spät in die Schule, Mama. Wo ist mein Schal? Hast du … Danke. Ich muss jetzt los.«

»Ich fahr dich hin.«

Nina zuckte die Achseln und schlurfte hinter ihr her. Schon nach wenigen Metern, mitten im Vorgarten, blieb sie stehen. »Warte.« Sie fummelte an ihrem Telefon herum.

»Ich dachte, du hast es eilig?« Theres knöpfte ihre Jacke zu und hielt ihrer Tochter die Gartentüre auf. Sie überquerten die Straße. Der Wagen stand in der prallen Sonne. Theres öffnete die Fenster, Nina warf ihren Rucksack in den Fußraum und schnallte sich an. Sie fuhren los.

»Ich hab Jan geaddet.«

»Was?« Der Wagen machte einen Satz. Der Motor hustete und verstummte.

»Wir schreiben uns.«

»Seit wann?« Theres startete erneut. Ihre Hände umklammerten das Lenkrad. Die Tachonadel ging langsam nach oben. Sie hatten erst gestern telefoniert. *Er hat mir nichts davon gesagt.* Sie warf einen Blick in den Rückspiegel. Ein Kleinwagen klebte an ihrem Heck. Sie hasste es, wenn jemand so dicht auffuhr.

»Seit einer Woche. Wir treffen uns am Freitag.«

»Moment, Nina.« Sie betätigte die Lichthupe. »Fahr endlich, verdammt! Die Straße ist frei, worauf wartest du?« Der Drängler hinter ihr überholte und zog davon.

Nina runzelte die Stirn. »Ich hole ihn am Bahnhof ab.« Das Seitenfenster surrte nach oben. Sie wandte den Kopf zur Seite. »Ich will ihm mein Zimmer zeigen. Unser Haus. Er will sehen, wie wir leben.«

»Aber –«

»Du musst nichts kochen. Ich kann Pizza bestellen.«

Theres zwang sich zur Ruhe. Die Straße hinter ihr war leer. »Nina, ich finde, das hat Zeit. Wir sollten erst … dein Vater will sicher …« Sie setzte den Blinker und bog auf den Schulparkplatz ein. Langsam rollte der Wagen aus.

»Tschüss, Mama.« Ihre Tochter hauchte ein Küsschen in die Luft.

»Nina, warte!« Sie zögerte. »Oma und Opa – ich will es ihnen selber sagen, okay? Und Tante Caro.« Sofort hatte sie ein schlechtes Gewissen.

»Okay.« Nina nagte an ihrer Unterlippe.

»Was ist los? Hast du –?«

»Jan dachte, wir wissen Bescheid. Also Papa und ich. Und …«

Theres hielt den Atem an.

»Ich hab es ihm erklärt.« Nina bückte sich nach ihrem Rucksack. »Ich muss jetzt wirklich, Mama.« Die Tür fiel zu, sie rannte los. Ihre langen Haare flogen. Sie trug die Sneakers, die Caro ihr letzten Monat aus London mitgebracht hatte, und, wie Theres erst jetzt bemerkte, einen viel zu kurzen Rock. *Thomas hätte darauf bestanden, dass sie sich umzieht.* Sie stoppte bei einer Gruppe Mädchen, die sie sofort umringten. Theres sah, wie sie ihre beste Freundin Alina und zwei andere, die sie nicht kannte, umarmte. Sie steckten die Köpfe zusammen und beugten sich über ihre Smartphones.

Es dauerte noch eine ganze Weile, bis sie sich langsam in Bewegung setzten und im Schulgebäude verschwanden.

II

2018

Sobald man auf andere angewiesen ist, zwingen sie einem ihre Regeln auf. Man ist ihnen ausgeliefert, wird zu einer Nummer. Das Wenige, das du noch hast, wird dir abgenommen. Du selber als Person liegst plötzlich nackt vor aller Augen. Das ist das Schlimmste.

Man sollte meinen, ich hätte mich daran gewöhnt, aber dem ist nicht so. Ich fürchte mich vor dem Tag, an dem ich diese Wohnung werde verlassen müssen: eingelagert neben anderen, die sich nicht wehren können. Trockengelegt, abgefüttert, ruhiggestellt. Ich sammle Tabletten. Zur Sicherheit.

Wenn dir nichts bleibt als der Platz, auf dem du liegst, versuchst du, etwas in deinen Kleidern zu verbergen, das nur dir gehört, das dich tröstet und dir Kraft gibt. Wenn man es dir entreißt, klammerst du dich an Bilder, an Gerüche und Erinnerungen – Splitter aus dem Leben davor. An ein Morgen, das vielleicht nie kommt.

Was man einmal geschafft hat, heißt es, gelingt einem wieder. Aber das stimmt nicht. Das Gefängnis, da bin ich mir sicher, hätte ich nicht überlebt.

II

Ana lehnt an der Kredenz und sät Zweifel: »Man hat Sie überrumpelt. Sie müssen das nicht annehmen, Frau Sudić!«

Ich habe ihr erzählt, dass mir der Besuchsdienst eine Frau vorbeischicken will.

»Ich kann für Sie anrufen, wenn Sie wollen.« Sie wischt über ihr Smartphone, tippt darauf herum und hält es mir vor die Augen. »Schlecht gemachte Homepage, schauen Sie. Das ist keine anerkannte Einrichtung. Wer weiß, wer da antanzt.«

Ihre Sorge wärmt mich. »Ana«, sage ich, »was soll schon sein? Es ist eine Abwechslung. Ich denke zu viel. Es lenkt mich ab.«

»Gespräche. Vorlesen. Besorgungen machen. Mit Ihnen gemeinsam. Spielen. Zeit schenken. Steht da!« Sie weist auf ihr Telefon. »Du lieber Himmel!« Sie rollt die Augen. »Spazierengehen …«

Spazierengehen? Es ist einfacher geworden, seit ich das Haus kaum noch verlasse. Meine vier Wände beschützen mich. Niemand steht unvermittelt vor mir. Keiner drängt sich an mir vorbei. Steht viel zu nahe. In der Straßenbahn. Im Bus.

Ich will nicht daran denken: Panik, wenn sich die Türen schließen. Wenn jemand lacht. Das flimmernde Licht …

»Ich entscheide, was wir machen«, sage ich. »Das hat sie mir versprochen.«

Ana nickt. Sie wirkt nicht überzeugt.

»Ich habe sie schon gesehen. Sie ist ruhig. Zurückhaltend. Sie wird mich zu nichts drängen.«

Ana steckt ihr Telefon weg.

Erst später, als ich ihre Bilder sehe, wird mir klar, dass ich sie die ganze Zeit unterschätzt habe. Sie hat einen Blick für Menschen. Für das, was sie ausmacht. Ihre Fehler, ihre Stärken. Damals habe ich nachsichtig gelächelt.

Ich hatte keine Ahnung.

II

Das Haus, in dem Theres aufgewachsen war, lag in einem ruhigen Ortsteil, doch heute fuhren, von einer provisorischen Ampel unweit der Kirche zurückgehalten und in regelmäßigen Intervallen wieder losgeschickt, Autos wie aufgefädelt an den von halbhohen Hecken abgeschirmten Villen vorbei. Theres warf einen Blick in den Garten, wo blaue und gelbe Krokusse blühten, und lief die Stufen hinauf. Sie drückte auf die Klingel. Ein melodischer Gong antwortete aus dem Inneren des Hauses, rasche leichte Schritte kamen näher und ein Schlüssel drehte sich im Schloss. Die Mutter erschien in der Tür, beugte sich vor – Küsschen links, Küsschen rechts – ein Nickvogel, der in die Luft hackt und wieder zurückwippt. Ihre Frisur saß tadellos.

»Hast du dich also doch noch entschlossen?«

Sie kann es nicht lassen. Theres schluckte eine scharfe Antwort. Der penetrante Lavendel-Ölkreiden-Geruch wurde stärker.

»Vater ist in der Bibliothek, Carolin ist auch da.«

»Caro?« Theres blieb überrascht stehen.

»Du musst dich entschuldigen.«

»Wofür?«

»Ich weiß ja nicht, was diesmal wieder vorgefallen ist. Aber – du hast deinen Vater gekränkt.«

»Eben«, sagte Theres schroff, »du hast keine Ahnung.«

»Ich meine ja nur …« *Na bestens!* Jetzt war sie beleidigt.

Im Wohnzimmer dominierten altdeutsche Möbel. Das Muster der Vorhänge wiederholte sich in den Kissen auf dem wuchtigen Sofa. Ein schwerer Teppich schluckte ihre Schritte. Usambaraveilchen auf dem Fensterbrett komplettierten das Bild.

Der Tisch war für den Nachmittagskaffee gedeckt und die Tür zur sogenannten Bibliothek, Vaters Arbeitszimmer, stand offen. Er thronte hinter dem Schreibtisch. »Was gibt es denn so Wichtiges?«

Er ist dünner geworden, dachte Theres. Die Falten verstärkten seinen Bulldoggenblick.

Caro stand über ihn gebeugt und blätterte in irgendwelchen Papieren. Theres roch ihr Parfum – Karamell und Kardamom, ein Hauch von Orangen –, das sie warm und sanft umfing. Ihre Schwester runzelte die Stirn. »Du bist allein?«

Theres nickte und setzte zu einer Erklärung an, aber da stand sie schon neben ihr, die Unterlagen noch in der Hand, berührte mit den Fingerspitzen ihren linken Arm und küsste die Luft neben ihrem rechten Ohr. Sie dachte an Thomas und ihren ersten gemeinsamen Besuch bei den Eltern. ›Mit Nähe habt ihr es wohl nicht so? Alles ein bisschen steif, oder?‹ Theres hatte sofort gemerkt, dass ihre Familie ihn einschüchterte. Sie war die ganze Zeit an seiner Seite geblieben und hatte in einem fort gelächelt.

Caros Handy läutete. »Das ist in Ordnung. Kannst du unterschreiben.« Sie legte die Papiere vor ihren Vater auf den Tisch, nahm das Gespräch an und ging zum Fenster. Sie lachte, gurrte ins Telefon und spielte mit ihren Haaren.

Erst jetzt erhob sich der Vater. »Zusatzversicherung«,

erklärte er. »Ich war unschlüssig. Gut, wenn man eine Juristin in der Familie hat.« In seiner Stimme schwang Stolz mit. Theres wandte sich um. Sie begegnete dem mahnenden Blick der Mutter.

»Du wolltest –«

»Sag mir nicht, was ich zu tun habe!«, fuhr Theres sie an.

»Also dein Ton –«

»Mutter!« Caro hatte ihr Gespräch beendet.

Die Mutter presste die Lippen aufeinander. »Nehmt Platz.« Sie ging mit der Kaffeekanne herum und vermied es, ihre Töchter anzusehen.

»Der Kuchen?« Caro wies auf die Teller.

»In der Küche.« Sie stellte die Kanne ab.

Theres erhob sich. »Lass, ich mach das schon.« Mochte sie es als Friedensangebot auffassen – es war Zeit, die Lage zu entspannen.

Quietschende Reifen direkt vor dem Haus ließen alle zusammenfahren. Man hörte jemanden schimpfen, einen Motor aufheulen. Mehrfaches Hupen, langgezogen wie Schiffssirenen, dann kehrte wieder Ruhe ein. Theres eilte in die Küche. »So geht das jeden Tag«, hörte sie die Mutter klagen. »Seit dieser Umleitung leben wir hier auf einer Rennstrecke.« Sie nahm Theres die Kuchenplatte ab, legte dem Vater ein großes Stück Schwarzwälder-Kirsch auf den Teller, erst dann bediente sie ihre Töchter.

Er machte sich sofort über die Torte her. Bissen für Bissen verschwand zwischen den fleischigen Lippen. Ihr ekelte. Sie sah ihn kauen, schlucken, hastig nachspülen, mit dem Handrücken ein paar Brösel wegwischen und die Gabel erneut in den Kuchen stechen.

Er hielt der Mutter die Tasse zum Nachschenken hin, nickte und lud ein weiteres Stück auf. Die Mutter hatte ihren Teller beiseitegeschoben.

Hungern und Gymnastik. Man darf sich nicht gehen lassen. Theres verzog den Mund. Sie räusperte sich. »Also, ich …«

Niemand reagierte. Caro tippte auf ihrem Smartphone herum, die Mutter nahm geziert einen Schluck Kaffee. Der Vater kaute.

»Wie zwei Kinder so verschieden sein können.« Die Mutter stellte ihre Tasse ab und eröffnete die nächste Runde.

»Du hast sie verwöhnt. Sie weiß sich nicht zu benehmen«, sagte der Vater mit vollem Mund.

»Bitte!« Caro legte das Handy weg und machte Anstalten aufzustehen.

»Ich frage mich oft, woher das kommt«, fuhr ihre Mutter ungerührt fort.

Sie reden über mich, als wäre ich nicht da, dachte Theres. *Wie über ein Haustier, das einem Sorgen macht – ein unerzogener Hund, der nicht bei Fuß geht, oder eine neurotische Katze.*

Sie beugte sich vor. »Ich möchte –«

»Sie war schon als Kind so … eigen.«

Die Mutter verdeckte ihr Gesicht mit den Händen. »Was habe ich bloß falsch gemacht?«

Caro schüttelte unmerklich den Kopf: Sag nichts. Wir wissen beide, was jetzt kommt.

»Die lange Zeit im Spital … vielleicht … ich meine –«

»Irmgard, ich bitte dich!« Der Vater klang verärgert. »Du phantasierst dir da was zusammen. Sie war noch ein Säugling. Sie erinnert sich nicht.«

Theres zog die Brauen zusammen. Caro war schneller. »Wann war sie im Krankenhaus?« Sie sah Theres an. »Was hattest du?«

»Keine Ahnung. Ich wollte eigentlich –«

»Was kommt jetzt?«, ging der Vater auf sie los. »Vorwürfe, oder? Du bist verzogen, verzärtelt und undankbar. Und immer das Opfer.« Er lachte verächtlich. »*Du* machst nie

Fehler. Aber im Austeilen bist du groß. Immer ist der andere schuld.« Seine Halsfalten zitterten. »Vergiss nicht: Dein Leben hätte auch *ganz anders* verlaufen können, mein Kind.«

Einen Augenblick lang hörte man nur das Ticken der Pendeluhr. Die Mutter saß da, als ginge sie das alles nichts an. Theres hätte sie am liebsten geschüttelt. »Deshalb bin ich hier!«

Der Vater machte eine wegwerfende Handbewegung.

Theres' Herz hämmerte gegen die Rippen, in ihren Ohren rauschte es. »Mein Sohn hat sich bei mir gemeldet«, sagte sie viel zu laut. Es klang wie ein Triumph. Caros Brauen schossen in die Höhe. Theres senkte die Stimme. »Wir haben uns getroffen und –«

Sein Gesicht färbte sich langsam tiefrot. Seine Lippen bewegten sich tonlos, an der Schläfe pochte eine Ader. Dann sauste seine Faust nieder, das Geschirr klirrte und Kaffee spritzte auf das blütenweiße Tischtuch. Fluchend wischte er sich mit der Serviette ein paar Tropfen vom Kinn. »Was soll das?«, blaffte er. Ein Hustenanfall folgte. Er röchelte und griff sich an den Hals. Die Mutter sah ihn erschrocken an, blieb aber sitzen. »Du hast keinen Sohn!«, brüllte er. Wieder schüttelte ihn der Husten. »Er ist nicht mehr dein Sohn!«

Die Mutter löste sich aus ihrer Starre. Ihre langen Perlenohrringe schaukelten. »Wie kann er bei dir auftauchen, Theres? Es hat doch geheißen, die Adoption wird anonym abgewickelt.« Sie wandte sich an ihren Mann: »Woher hat er ihren Namen? Warum weiß er, wo sie wohnt?«

Das Gesicht ihres Vaters nahm nach und nach wieder seine natürliche Farbe an. »Was will er?«, dröhnte er. »Geld?«

Theres räusperte sich. »Mein Kind, mein Sohn, er ist –«

»Moment!« Caro beugte sich vor. »Welches Kind?«

In der nächsten Viertelstunde redeten alle durcheinander, sprangen abwechselnd auf, tigerten durch den Raum und setzten sich wieder hin. Nur Theres rührte sich nicht vom Fleck. Sie registrierte befriedigt sein Schnauben, seine hilflose Wut. Seine Pranken umklammerten die Tischkante. Wenn er könnte, dachte sie, würde er mich erwürgen.

»Ich habe also einen achtzehnjährigen Neffen«, stellte Caro fest.

Er fuhr herum. »Er ist nicht dein Neffe, Carolin. Sie hat ihn weggegeben. Er wurde von einem Ehepaar adoptiert. A-dop-tiert.« Sein Atem ging schwer. »Du als Juristin solltest wissen, dass damit alle verwandtschaftlichen Beziehungen erloschen sind. Er gehört nicht mehr zur Familie. Basta.«

»Darum geht es nicht, Vater.« Caro wirkte völlig unbeeindruckt. »Warum weiß ich nichts davon?« So sah sie wohl bei Gericht aus. Wenn sie die Anklageschrift vortrug. Dem Beschuldigten auf den Zahn fühlte. *Keine Emotion. Und alles im Griff.* »Warum habt ihr nie darüber gesprochen? – Mutter?«

Theres wäre am liebsten davongerannt. Sie sah ihre Schwester an, die ihre Tasse zum Mund hob und ungerührt trank. *Was tue ich hier? Das hat keinen Sinn.* Was hatte sie denn erwartet? *Dass sie einsehen, was sie angerichtet haben? Sich bei mir entschuldigen? Jan freudig in die Familie aufnehmen? Ihm sagten: Hallo, schön, dass du da bist, willkommen zu Hause. Es tut uns leid.*

Der Vater atmete schwer. Seine Augen verengten sich. »Was will sie denn? Soll er vielleicht mit aufs Familienfoto?«, höhnte er. Er fixierte Theres und verzog den Mund. »Willst du jetzt plötzlich Mutter spielen für einen völlig Fremden? Nach fast zwanzig Jahren?« Mit einem Satz war er über ihr und rüttelte sie an den Schultern. »Und alles kaputtmachen? So kurz vor der Wahl! Das werde ich nicht dulden!«

»Helmut, bitte, beruhige dich.«

Unvermittelt ließ er Theres los. »Ich soll mich beruhigen? Sie kommt hierher ohne ein Wort der Entschuldigung, setzt sich an unseren Tisch, isst unseren Kuchen und präsentiert mir feixend, dass das Balg wieder aufgetaucht ist«, schrie er. »Und ich soll mich beruhigen?«

»Es wird sich alles –«

»Gar nichts wird sich!« Ein Speichelfaden hing an seinem Kinn. »Du wirst ihm klarmachen, dass es hier nichts zu holen gibt«, befahl er. »Ich lasse mich doch nicht erpressen! Von dir nicht, Theres, und ganz sicher nicht von einem –«

»Vater, es reicht«, sagte Caro mit schneidender Stimme. »Es geht hier nicht um dich.«

Sein Kinn klappte nach unten.

»Setz dich.«

Mit einer heftigen Bewegung wehrte er ihren Arm ab. Der Sessel stöhnte unter seinem Gewicht.

»Ich verstehe dich nicht, Theres«, schaltete sich die Mutter ein. »Wir waren uns doch einig. Der Kerl hat dich verlassen. Du warst verzweifelt. Du wolltest dieses Kind nicht.«

»Das muss ich mir nicht anhören!«

Caro hob die Brauen. Sie war noch nicht fertig. »Warum habt ihr nie darüber gesprochen?«

»Du warst noch ein Kind, Carolin.«

»Die Sache war abgeschlossen«, erklärte der Vater.

Die Sache! Theres atmete aus.

»Deine Schwester kann von Glück sagen, dass alles so glimpflich abgelaufen ist. Dass ich die richtigen Leute kenne. Dass alles ohne Aufsehen über die Bühne ging. Für einen Abbruch war es, wie gesagt, zu spät. Und der Erzeuger hatte sich aus dem Staub gemacht.«

»Ihr habt mich gezwungen … Und Edin –« Theres hielt sich an Caros Blick fest und drückte ihre Nägel in die Handflächen.

»Das dumme Ding hat die Schwangerschaft vor uns versteckt, bis nichts mehr zu machen war.«

»Ihr habt Theres gezwungen –?«

»Ach, red doch keinen Blödsinn«, brauste der Vater erneut auf. »Ich sag dir jetzt was.« Er deutete mit dem Kopf auf Theres. »Wenn sie *ein* Wort gesagt hätte – rechtzeitig. Man hätte alles regeln können. Aber so …«

»Was stand dagegen, dass das Kind bei uns aufwächst? Die Herkunft des Vaters? Edin, richtig?«

»Soll das hier ein Tribunal werden?«, schaltete sich jetzt die Mutter ein. Sie hatte rote Flecken auf den Wangen. »Du bist hier als Tochter, Carolin, nicht als Anklägerin.«

»Ich möchte das verstehen«, sagte Caro ruhig.

»Hast du denn alles vergessen, Theres?« Die Mutter beugte sich zu ihr herüber. »Wie verzweifelt du warst. Er hat dich geschwängert und sitzen lassen. Du hast gewartet. Und gewartet. Und nichts mehr gegessen. Und nur noch geweint.« Ihre Ohrringe schaukelten. »Der hat doch nicht im Traum dran gedacht, mit dir Familie zu spielen! Man kennt das doch. Herrgott, wie naiv kann man sein!«

»Man hätte ihn anzeigen müssen. Ein dahergelaufener …« Der Vater machte eine abfällige Handbewegung, als sei jedes weitere Wort zu viel. »Die sind ja, wie man weiß« – er sah Theres lauernd an – »sexuell … sehr aktiv –«

»Vater, es reicht!«, sagte Caro scharf.

»… die vögeln doch wie die Karnickel, nur bei den eigenen Weibern …«

Theres schoss hoch wie eine Rakete. »Da redet der Richtige! Damit kennst du dich aus!«, höhnte sie.

»Theres!«

»Stimmt es denn nicht, Mutter? Verteidigst du ihn auch noch? Alles schlucken, immer wegsehen, alles aushalten! Die Märtyrerin spielen. Du, du …!«

Die Mutter saß stocksteif auf der Sesselkante, die Hände ineinandergekrampft.

Caro hob die Hand. »Theres!«

»Wenn wir schon dabei sind, soll alles auf den Tisch.«

Die Pendeluhr tickte. Der Vater betrachtete sie mit zusammengekniffenen Augen. Er führte die Tasse zum Mund. »Kalt«, sagte er vorwurfsvoll. Die Mutter erhob sich sofort. Erst jetzt sah Theres, dass sie weinte. Heul nur, dachte sie grimmig. *Du hast mich im Stich gelassen. Das Kind. Und kapierst es noch immer nicht.* Wie erbärmlich ihre Eltern doch waren! Sie schob den Sessel zurück und stand auf. »Das gemeinsame Familienfoto ist vielleicht gar keine schlechte Idee«, sagte sie mitten in die Stille.

Alle drei starrten sie an. Caro hoch aufgerichtet mitten im Raum. Die Mutter wie ein Standbild: halb umgewandt, auf dem Weg zur Küche, die Kaffeekanne in der Hand. Nach einer Schrecksekunde stürmte der Vater auf sie zu und packte sie am Arm. »So redest du nicht mit deiner Mutter! Nicht mit mir. Das lasse ich mir nicht bieten! Raus hier! Verschwinde! Los!« Er schob sie Richtung Tür.

Die Mutter hatte sich wieder gefangen. »Traurig ist das«, sagte sie. »Und du, Carolin, spielst da auch noch mit!«

Plötzlich kam Theres sich klein und dumm vor. »Es tut mir leid«, würgte sie heraus. Die Eltern reagierten nicht. Caro biss sich auf die Lippen.

Weiterreden, dachte Theres. Sie räusperte sich. »Mein Sohn« – ihr Vater hob den Kopf – »euer Enkel heißt Jan. Er ist achtzehn Jahre alt. Er hat bereits den Führerschein, er wird in Kürze maturieren. Jan will studieren. Medizin wahrscheinlich. Und –«

Der Vater verzog den Mund. »Dann ist ja alles bestens. Und was sagt dein Mann?«

||

Es hätte jeden treffen können. Das habe ich mir lange eingeredet. Aber – das stimmt nicht. Immer noch taste ich nach den Splittern, die unvermittelt aufblitzen, nachts, mitten am Tag – und greife ins Leere.

War es der Geruch, sein Lachen? Eine Geste, ein bestimmtes Wort? Immer wieder sehe ich seine Schuhe vor mir. Die Schuhe, die er damals trug.

Erst später habe ich begriffen, dass es besser war, ihn nicht zu kennen. Ihm nie zuvor begegnet zu sein.

Die Sonne wärmt. Waren da Vögel? Ein Flugzeug? Ich weiß es nicht. Er lacht. Der Boden knarrt.

Komm her! Wie heißt du? Bleib stehen! Verdammt, bleib stehen!

Stopp! Aus! Nicht daran denken. Noch immer drückt mir die Angst die Luft ab. Mein Herz rast.

Er ist ein Mann. Du musst ihm die Grenzen zeigen. Du bist schön. Die Grenzen!

Ich nicke. Da. – Ja. Ja.

Er lacht.

Die Sonne blitzt. Und dann der Knall … Und meine Hand … und dann der Schrei. Es sirrt. Die Luft wird dick. Der Boden wankt. Und dann, gedämpft, ein Schrei aus vielen Kehlen.

Nachts bin ich mit meinen Gespenstern allein. Mit der Schuld. Mit den Toten. Ein Mensch, der stur wie ein Ochse im Kreis geht – und langsam versinkt.

Vesna, die mich ins Nebenzimmer schickt. Vesna, die mich aus dem Raum führt. Später.

Bist du schwindelfrei?

Die Häuser in meinem Dorf sind niedrig, ein, zwei Stockwerke. Als Kind klettere ich auf die höchsten Bäume. Ich habe keine Angst. Meine Mutter schickt mich ins Haus: Was werden die Leute sagen!

Die Leute!

Ein paar Jahre vergehen. Wieder tasten die Augen der Nachbarn mich ab. Folgen mir. Bist du eine von denen?

Aus. Aus. Das ist vorbei.

Ich bin weggegangen.

Ich bin immer noch da.

Wir arbeiten hoch über der Straße. Vesna zeigt mir die Ausrüstung: Gurt, Karabiner, ein Seil. Sie deutet auf einen massiven Ring in der Wand: Es ist Vorschrift, dass man sich anhängt, bevor man aufs Fensterbrett steigt. Aber niemand ist da, der das kontrolliert. Die ersten Tage machst du Innenreinigung. Über die Einteilung entscheidet der Chef.

Der Chef.

Sie öffnet die Flügel – eine Hand am Rahmen – und schwingt sich hinaus. Ihre Schuhe tasten den Sims entlang.

Er ist okay. Er zahlt korrekt. Sie legt die Stirn in Falten. Sie schwebt über dem Abgrund.

Was ist?

Du bist schön, sagt sie. Er probiert es bei jeder. Lass dir nichts gefallen. Männer sind so.

Ein Mensch trifft eine Entscheidung – und reißt alles herum. Ich verdanke es Vesna, dass man mich nicht in Handschellen abgeführt hat. Ihr verdanke ich meine Freiheit.

Da steht sie, breitbeinig wie ein Mann, in fest geschnürten Arbeitsschuhen, schließt den Gurt und hakt ihn ein. Ihre

Stirn glänzt vor Schweiß. Ihr Doppelkinn zittert wie ihre Wangen. Weiches Fleisch von zu viel und schlechtem Essen. Wenn sie lacht, sehe ich das junge Mädchen vor mir, das sie einmal gewesen sein muss: wendig, leichtfüßig, eine gute Tänzerin. Obwohl ich ihre Sprache verstehe und sie meine, sprechen wir von Anfang an Deutsch.

Uniformen, alles ist voller Uniformen, ein paar Zivile sind auch dabei. Mein Kinn, die Hände, meine Knie – nichts gehorcht mir mehr. Fragen schlagen in meinen Kopf ein. Männer. Gesichter. Worte. Der Boden schwankt.

Ich höre Vesnas raue Stimme: »Sie ist mitten im Zimmer gestanden. Sie hat ihn fallen sehen. Sie hat geschrien.«

Aber so war es nicht!

Das Glas schlägt gegen meine Zähne. Ich verschütte das Wasser. Es rinnt mir über das Kinn auf die Brust, die sich dunkel färbt wie von Blut. Blut an meinen Händen. Blut dort … auf dem Boden … auf meiner Brust … alles voller Blut. So viel Blut.

Ihre Stimme kommt aus großer Entfernung: »Seht ihr denn nicht? Sie steht unter Schock. Sie zittert. Sie braucht einen Arzt.« Sie hat mich vom Fenster weggezogen.

Habe ich ihn gestoßen? Er ist tot.

Er ist tot.

Die Worte stecken in meiner Kehle.

Alles gut. Alles gut.

Aber das stimmt nicht! Nichts ist gut.

Sie zerrt an ihrem Reißverschluss, ihre Arme umfangen mich. Sie drückt mein Gesicht an ihren Busen, der weich ist und leicht nach Hefe riecht. Wie helles Brot, bevor man es in den Ofen schiebt. Ich kann nicht weinen. Ich kann nicht sprechen. Stumm bin ich. Dumpf. Taub. Wie damals. Sie wiegt mich hin und her wie ein Kind. »Alles gut. Alles gut.«

Dann zieht sie mich auf die Beine und führt mich aus dem Raum. Ich stolpere neben ihr her.

Niemand hält uns auf.

II

Es dämmerte bereits. Die Straße lag wie ausgestorben da. Die Nachbarn saßen vor den Fernsehgeräten. Theres sah den flackernden blauen Schein in den Fenstern. Sie fuhr langsam, sah Katzen über die Fahrbahn huschen, einen Moment im Licht der Scheinwerfer verharren, ihre Augen aufleuchten. Kurz nach der Stadtgrenze stand ein Reh auf der Straße. Sie trat auf die Bremse, fuhr wieder an, öffnete das Seitenfenster einen Spalt, roch Heu und frisch gemähtes Gras und trommelte auf das Lenkrad. Knöpfte sich die Jacke zu, verriss das Steuer und atmete keuchend aus.

Die Tischlerei am Rand der Industriezone. Das langgestreckte Gebäude war dunkel. Schlief er schon? Um neun? Die Lieferwagen standen in Reih und Glied. Aber wo war sein Auto? Fröstelnd stieg sie aus dem Wagen und umrundete das Haus. Der Kies knirschte unter ihren Füßen. Sie legte die Hände an die Scheiben und spähte in sein Büro, ins Nebenzimmer, wo eine Ausziehcouch stand. An langen Tagen legte er sich manchmal mittags eine Stunde hin, wenn seine Tischler Pause machten oder noch unterwegs waren.

Irgendwo in der Ferne bellte zornig ein Hund. Sie fuhr erschrocken herum, als es hinter ihr im Gebüsch raschelte. Mäuse? Eine Ratte? Der Bewegungsmelder reagierte. Unvermittelt flutete gelbes Licht den Platz. Sie folgte ihrem fliehenden Schatten zurück zum Auto.

Das Handy lag auf dem Beifahrersitz. Nina war sofort am Apparat.

»Bist du zu Hause? – Auf dem Parkplatz vor der Werkstatt. – Papa ist noch unterwegs. Ich warte auf ihn. – Wie jetzt? Ich hab gedacht, er kommt am Freitag. – Moment.« Sie schluckte. »Hallo, Jan. Ja, ich dachte, morgen. Ja. Okay. – Sie wissen Bescheid? Okay. Dann, bis – Jan? Ja, gib sie mir bitte. – Nina? Ja, gut. Bezieh ihm das Bett im Gästezimmer. Und lass den Schlüssel nicht stecken. Ich muss euch sonst wecken.«

Auf der Bundesstraße näherte sich ein Auto, blendete ab, blendete auf – und fuhr vorbei.

»Nina … Schlaf gut, Liebes.«

Der Platz fiel ins Dunkel. Die Scheiben hatten sich beschlagen. Sie wischte mit dem Ärmel über das Glas. Ihr war kalt. Erst jetzt merkte sie, wie erschöpft sie war.

Sie legte den Sitz um und tastete nach der karierten Decke auf der Rückbank. Hinter dem dunklen Gebäude vor ihr pulsten die Leuchtreklamen. Autos fuhren vorbei. Ein Moped knatterte die Straße entlang. Die Sterne blinkten.

Ich sollte heimfahren. Sie sind allein im Haus.

Und? Was soll sein?

Du kennst ihn nicht.

Er ist dein Sohn.

Vielleicht sollte sie noch einmal anrufen. *Und was sagen?*

Thomas war womöglich schon zu Hause, während sie hier auf ihn wartete. Sie zog die Decke weg, stellte den Sitz senkrecht und startete den Wagen.

Die Garage war leer. Im Vorraum brannte Licht, weiße Sneakers standen ordentlich neben Ninas Boots. Theres schlüpfte aus den Schuhen und huschte auf Zehenspitzen die Treppe hinauf. Lauschte und öffnete die Tür zum Zimmer ihrer Tochter. Das Bett war leer! Auch im Gästezimmer war niemand. Erst auf den zweiten Blick registrierte sie das fehlende Bettzeug und atmete auf.

Sie fand die beiden im Wohnzimmer auf dem Sofa. Die kleine Stehlampe neben dem Fernseher war gedimmt. Nina lag eingerollt mit dem Gesicht zur Wand, Jan im rechten Winkel zu ihr auf dem Rücken. Sie teilten sich ein großes Kopfkissen, ihre Haare flossen ineinander.

Ein schönes Paar. Erschrocken schlug sie sich die Hand vor den Mund. Jan bewegte sich im Schlaf, hustete und drehte sich zur Seite. Wie ertappt wandte sie sich ab. Sie beugte sich über ihre Tochter und legte ihr die Hand auf die Schulter. Nina hatte einen leichten Schlaf.

»Hm?« Sie fasste nach der Decke und zog sie sich über den Kopf.

»Komm, leg dich in dein Bett.«

Benommen rappelte Nina sich auf, schnappte sich ihre Decke und stolperte über die Stiege nach oben. Jan bewegte sich nicht. Theres löschte das Licht und zog die Türe leise hinter sich zu.

II

2018

Sie steht auf der Schwelle, halb abgewandt, als wollte sie gleich wieder umkehren. Ihr zaghaftes Lächeln ist das eines Mädchens, das fürchtet, etwas falsch zu machen. Jemand, der um jeden Preis gemocht werden will. Sie streckt mir ein kleines Paket entgegen: Kirschkuchen. Selbstgebacken. Mit Kirschen aus dem Glas.

Es ist schwer, sich gegen diese stille Freundlichkeit zu wehren, die nichts fordert. Niemand macht was umsonst, sagt Ana. Jeder will doch was. Ich habe sie nicht gefragt: Und du? Sie redet nicht gern über sich. Und ja, ich hatte Angst vor ihrer Antwort. Aber – ich schweife ab.

Über Nacht ist es heiß geworden. Das Klettergerüst, die Schaukel im Hof sind verwaist. Die Leute schleppen sich im Schatten der Häuser die Straße entlang. Dicht an der Wand. Winterbleiche Haut und erste Sonnenbrände. Sie hingegen glüht, als wäre sie gerannt. Betupft ein ums andere Mal mit einem Taschentuch die Stirn, dankt für das Wasser, trinkt. Dann springt sie auf und eilt mir in die Küche nach. Nimmt mir die Teller, die Kuchengabeln ab.

Im Wohnzimmer ist es kühl und dunkel. Ein altes Haus mit Ziegelmauern. Der Baum … Ich weise Richtung Fenster.

Sie nickt und zieht die Jacke aus. Sie hebt den Arm. Mein Atem stockt. Sie trägt ein Sommerkleid, ein weißes, rot gefasst, mit weitem Rock. Ein Kleid, das man zum Tanzen trägt, die Arme nackt.

Die Arme! Ich halte mich am Tischtuch fest. Ich streich es glatt und schau auf ihre Hand, den Ring. Den unversehrten Unterarm.

Theres. Die Stimme ist noch da. Theres – ein schöner Name.

Sie greift erneut zum Glas. Dann legt sie Fotos vor mich hin: Das ist mein Sohn. Er hat bereits den Führerschein. Jan will studieren. Die Wangen röten sich vor Stolz.

Der Mann ist Tischler. Das Mädchen sieht ihr ähnlich.

Sie beugt sich vor. Jan ist nicht von meinem Mann, sagt sie, plötzlich lebhaft. Sein Vater ist Bosnier. Er war meine erste Liebe … wir haben … mein Vater … und später … Ihr Mund bewegt sich. Sie redet und redet. Die Sonne dringt durch die Zweige. Ein Vogel singt.

Woher kommen Sie?

Ich schrecke auf.

Frau Sudić? Woher kommen Sie?

Ihre Knöchel sind weiß. Die Hände umklammern das Glas. Die Luft rieselt kühl über meinen Nacken.

Ein Vierteljahrhundert. Wann ist man nicht mehr die Fremde?

Ich weiß, sie meint es nicht so.

Ich habe alles vergessen. Die Sprache. Das Haus, das Dorf, den Fluss und die Wälder.

Bosnien, sage ich.

Haben Sie Familie? Und Kinder? Wo leben die? Sehen Sie sie oft?

Tot, sage ich. Alle sind tot.

Ihre Lider flattern. Ich wusste nicht … Das tut mir leid. Das tut mir leid.

Ihr Handy läutet, surrt, verstummt. Sie rührt sich nicht.

Ich wollte nicht … Sie schluckt. Frau Sudić! Wie Flechten wuchern rote Flecken ihren Hals hinauf.

Schon gut, beruhige ich. Schon gut.

Zu Ana sage ich: Sie hat mir Kuchen mitgebracht.

Von den Narben sage ich ihr nichts.

II

Jan fügte sich so schnell in ihren Alltag ein, als hätte er nur darauf gewartet, seinen Platz einzunehmen. Am Freitagmorgen tappte er ihr verschlafen entgegen, als sie das Wohnzimmer betrat. Er half ihr, den Tisch zu decken, und holte frische Semmeln vorne in der Bäckerei. Das nächste Wochenende verbrachte er bereits bei ihnen.

Während sich Theres am Montag für die Arbeit fertig machte, duschte er im unteren Bad, trank in der Küche einen Kaffee mit ihr, stellte die Tassen in den Spüler und begleitete sie zur Tür.

»Fährst du mit dem Bus?«

Sie deutete auf ihr Auto.

»Das gibt's nicht. Mein Vater hat genau den gleichen.« Er

blieb an ihrer Seite, überquerte die Straße und begutachtete den Wagen. »Sonderlackierung. Ich finde die Farbe ja strange. Aber er … Dabei ist er sonst so … egal.« Er ging in die Knie und kam wieder hoch. »Der Lackierer hat ein bisschen herumexperimentiert, wollte es an seinem eigenen Auto ausprobieren.«

Theres lachte. »Dann ist das hier wohl der Versuch!«

Er zuckte die Schultern. Es schien ihn nicht weiter zu interessieren. »Ist es okay, wenn ich noch bleibe?«

»Klar. Willst du mit in die Stadt? Nina hat die erste Stunde frei. Sie nimmt den Bus und kommt gegen eins nach Hause. Wenn du willst, mache ich früher Schluss. Wir können zusammen essen und –«

»Wir wollten baden gehen.« Es schien bereits alles geklärt.

»Sie hat Unterricht, Jan.«

»Ausnahmsweise?« Er strahlte sie an. »Bitte, Theres. Ich weiß nicht, wann ich wieder kommen kann. Ich muss langsam anfangen zu lernen. Das wird stressig. Mein Vater macht richtig Druck.«

Sie zögerte. »Gut.« *Thomas würde ausflippen!* »Aber das bleibt eine einmalige Sache.« Bald waren ohnedies Ferien.

»Klar.« Er schien nichts anderes erwartet zu haben. Theres sah ihm hinterher, wie er zum Haus ging. Du musst ihn nicht mehr erziehen. *Er weiß, was er will. Er ist ein Mann.*

Als Theres an diesem Tag heimkam, früher als sonst und mit Lebensmitteln bepackt, war das Haus leer. Sie zog sich um und versorgte die Einkäufe. Durch die offene Terrassentür wehte ein lauer Wind den Geruch nach Frühling ins Wohnzimmer – Erde und Grün. Thomas ging nicht ans Telefon. Sie räumte den Geschirrspüler aus, aß einen Apfel und setzte sich auf die Terrasse. Die Abendsonne lag warm auf ihrem Gesicht, der Wind streichelte ihre nackten

Unterarme. Sie lächelte und schloss die Augen. Jan war da – und Nina glücklich. *Über kurz oder lang wird auch Thomas einlenken.* Sie musste Geduld haben. Es würde sich alles finden.

Vielleicht war es ja möglich, Herrn Nejedly abzugeben. Sie würde gleich morgen anrufen. Mit Frau Sudić war es um vieles leichter. Die Frau hatte Schlimmes erlebt und trug ihr Schicksal, ohne zu klagen.

Ein Geräusch ließ sie hochfahren. Sie musste eingeschlafen sein, hatte wirres Zeug geträumt und lag seltsam verdreht da. Ihr Handy lag auf dem Boden und klingelte beharrlich. Mit einem Stöhnen bückte sie sich danach. Ihr Nacken war steif. Sie streckte sich und rollte die Ärmel ihres Pullovers nach unten. Die Sonne stand schon tief, es war kühl geworden. »Caro?« Seit dem Besuch bei den Eltern telefonierten sie alle paar Tage miteinander. Zum ersten Mal, seit Theres denken konnte, hatte ihre Schwester sich an ihre Seite gestellt: Es geht hier nicht um dich, Vater!

»Ist Thomas zurück?«

Theres atmete aus.

»Soll ich mit ihm reden?«

»Wie – mit ihm reden?« Theres runzelte die Stirn. Thomas mochte Caro: Sie ist unkompliziert. Sagt, was sie will. Man muss nicht rätseln, was sie meint. Theres hatte sein zärtliches Lachen noch im Ohr: Du bist ja eifersüchtig, Liebes! Aber das stimmte nicht. »Nein, ich …«

»Wie lange denn noch? So kann er doch nicht mit dir umgehen!«

»Er hat …« Theres' Blick folgte einem hellen Kleinwagen, der langsam die Straße entlangfuhr. Ein neuer Nachbar? Sie schirmte mit der Hand die Sonne ab, aber da war das Auto schon vorne auf Höhe der Bäckerei.

»Er, er, er. Immer er. Und was ist mit *dir*?« Caros Stimme

klang ungewohnt sanft. »Schlimme Kindheit, okay. Haben andere auch. Er ist fast vierzig! Die Pflegeeltern haben ihr Bestes getan. Er hat die Tischlerei geerbt. Und irgendwann muss auch einmal Schluss sein.«

»Ich hätte es ihm sagen müssen.«

»Entschuldige, es muss ihm doch einleuchten, dass du …« Sie drehten sich im Kreis.

Theres zögerte. »Er braucht Zeit.« Sie zog die Schultern hoch.

Caro lachte auf. »Du hättest früher mit mir reden sollen. Das kann man doch nicht allein tragen.«

Es entstand eine Pause.

»Ich weiß, dass ich … Es tut mir leid«, sagte Caro leise.

Theres verstand sofort. »Das ist es nicht. Ich hatte Angst, dass du mich verachtest. Ich bin doch selber schuld.« Sie rupfte an ihrem Pullover herum, ohne es zu merken. Spatzen zankten sich und schwirrten in die Hecke zum Nachbargrundstück. »Ich habe unterschrieben.«

Caro atmete an ihrem Ohr. »Ich muss dir was erzählen. Ich hatte eine Studienkollegin, die hat ihr Kind zur Adoption freigegeben. Wir waren kurz vor dem Abschluss. Sie hatte es sich gut überlegt. Niemand hat sie gedrängt. Sie war älter als du. Es war ihre Entscheidung. Es sprach sich herum, frag mich nicht, wie. Ich habe sie heulend im Waschraum gefunden. Sie war so verzweifelt, dass sie mit mir, die sie kaum kannte, mitgegangen ist.« Jetzt klang sie zornig. »Es war eine Hexenjagd. Ein Spießrutenlauf. Ich weiß also –«

»Sie erzählen dir, dass die Zeit …« Theres stockte. »Dass es eine mutige Entscheidung ist, das Beste für das Kind. Und wenn du dann unterschrieben hast, ist alles anders.«

»Empörte Gesichter, Aufregung, Getuschel. Zwei, drei aus dem Seminar haben sie vor der versammelten Meute zur Rede gestellt: Was bist du nur für eine Frau!« Caro wurde lauter. »Wie mich diese Heuchelei ankotzt: Da warten Paare sehnsüchtig auf ein Adoptivkind und setzen Himmel und Hölle in Bewegung, um eines zu kriegen, aber wer sein Kind freigibt, muss sich vor Wildfremden rechtfertigen und wird von allen verteufelt.«

»Es ist ein Tabu.« Nachdem sie Nina geboren hatte, war alles wieder hochgekommen. Sie hatte fast manisch gesammelt und gelesen, was immer ihr zum Thema Adoption in die Hände gefallen war. Heimlich, atemlos, als begehe sie – erneut – ein Verbrechen. Sie hatte gedacht, es würde ihr helfen. Aber das war nicht der Fall. Die anonymen Schicksale anderer Frauen waren ihr fremd geblieben. »Abgebende Mütter tragen das Stigma der Frau, die in ihrer ureigensten Rolle versagt hat.« Sie schluckte. Worte, Erklärungen halfen nicht. »Was hat sie gemacht, deine Studienkollegin?«, fragte sie schließlich.

»Sie hat die Uni gewechselt. Ich bin ihr vor kurzem auf einer Tagung wiederbegegnet. Sie hat getan, als kenne sie mich nicht.«

II

1997

Es gibt ein Davor. Es gibt ein Danach. Wer das nicht weiß, versteht nichts.

Alle Tage waren ein Tag, und die Nächte wie nie gewesen. Weißkittel huschen hin und her.

Sie müssen essen!

Sie tragen die unberührten Teller weg. Sie kämmen mir das Haar. Ich schlage um mich. Ein Schlauch führt in meine Vene und träufelt mir Gleichmut ein. Ich liege still. Jemand beugt sich über mich und sagt: Sie schreit jede Nacht.

Ich weiß nichts mehr.

Ich erinnere mich nicht.

Später sitze ich auf einem Gang, folgen meine Augen den anderen, die auf und ab gehen. Immer auf und ab. Manche stürzen unvermittelt auf mich zu und reden auf mich ein. Andere stehen in einem wilden Disput mit jemandem, den nur sie sehen. Eine schaut mich die ganze Zeit an. Sie drückt eine Puppe an die Brust und murmelt ihr Koseworte ins stumpfe Haar.

Ich bin unter Verrückten gelandet. Es ist nicht das erste Mal.

||

Diesmal hatte Theres Glück. Thomas stand vor der Werkstatt im Schatten eines Holzstapels und aß eine Wurstsemmel. Sie warf die Autotür zu und rannte zu ihm hin.

»Ich habe keine Zeit.« Er hörte auf zu kauen. Er sah müde aus.

»Du kannst nicht ständig weglaufen.« Dann musst du ihn zwingen, hatte Caro gesagt.

»Weglaufen!« Er wandte sich ab und ließ sie stehen. Die Sonne brannte herab. Theres blinzelte und hob die Hand gegen das Licht. Die Schiebetür öffnete sich, einer der Montagetischler verließ das Gebäude, der neue Lehrling, ein großes blasses Mädchen, folgte. Sie nickten ihr zu, sie grüßte, blieb stehen. Das Weiß der Fassade schmerzte in den Augen. Eine grau getigerte Katze stand plötzlich da, keine zwei Meter entfernt. Theres blickte in große gelbe, furchtsame Augen, dann duckte sich das Tier und wischte an ihr vorbei. Das Gebüsch neben dem Holzlagerplatz schlug hinter ihr zusammen.

Einer der Lieferwagen rollte ein Stück vor und stoppte.

Theres sah ihren Mann wild gestikulieren. Der Fahrer beugte sich aus dem Fenster, Thomas knüllte sein Jausenpapier zusammen und wischte sich über den Mund. Er würde stehen bleiben und warten, bis sie aufgab und ging.

Dann musst du ihn zwingen! Sie wandte sich um und betrat das Gebäude.

Feiner Staub hing in der Luft. Er puderte den Gang und legte sich auf ihre Schuhe. Der warme Holzgeruch, ein Hauch von Firnis verstärkten sich. Das gleichförmige Dröhnen der Maschinen, durchzogen vom hellen Kreischen einer Handkreissäge, wurde mit einem Schlag lauter. Sie betrat das Büro und zog die Türe hinter sich zu. Hinter ihr wummerte es leise, die Kreissäge war verstummt.

Theres setzte sich in den Besuchersessel vor seinem Schreibtisch und wischte mit einem Taschentuch ihre Schuhe sauber. Dann stand sie auf und wusch sich die Hände, ging zum Fenster, zurück zum Waschbecken, füllte eine Mineralwasserflasche und tränkte die zwei blassen Pflanzen auf dem Fensterbrett. Der Lieferwagen stand immer noch da, aber der Fahrer und Thomas waren verschwunden.

Das Faxgerät blinkte und lärmte los. Blätter segelten zu Boden. Sie bückte sich danach und richtete sich langsam wieder auf.

»Du bist immer noch da!« Sie hatte ihn nicht kommen hören. Er nahm ihr den Packen aus der Hand.

»Ich war bei meinen Eltern. Nina –«

»Wir werden eine Lösung finden«, sagte er knapp. »Ich übernehme vorerst die Kosten, lass mich ausreden, für das Haus. Ich überweise dir heute noch das Geld für den laufenden Monat.«

»Aber –«

Mit einer raschen Bewegung schnitt er ihr das Wort ab. »Ich werde hier im Betrieb übernachten. Ich hole mir meine restlichen Sachen am Montagvormittag, wenn du in der Arbeit bist.«

»Thomas, es tut mir leid, ich –«

»Bringen wir es hinter uns. Das Haus werden wir auf Dauer nicht halten können.«

»Du bist so … Es tut mir weh.«

»Das tut *dir* weh, ja!« Sein Mund war hässlich verzogen. »Und? Schon einmal daran gedacht, wie es mir geht?«

»Ja«, sagte sie leise.

»Mit wem habe ich gelebt all die Jahre? Mit wem?« Unvermittelt drosch er auf den Schreibtisch. »Unsere Ehe ein einziger Betrug. Unser gemeinsames Leben: Lügen – von Anfang an.«

»Thomas, ich …«

Er bewegte seine Finger, strich über die Handkante und verzog das Gesicht. »Was?«, blaffte er. »Spar dir deine Erklärungen. Ich hatte weiß Gott genug Zeit nachzudenken. Und jetzt verstehe ich: Es ging dir nie um mich. Ich war dein Sühneprojekt.«

»Was?«

»Der, an dem du wiedergutmachen wolltest, was nicht gutzumachen ist. Das Kind aus üblen Verhältnissen, das in einer Pflegefamilie aufwächst, eine gute Tat?« Er lachte verächtlich. »Wolltest du nicht Psychologie studieren?«

»Bist du verrückt geworden? Nein! Wie in aller Welt kommst du auf so eine Idee?«

»Kein Wort. Kein einziges Wort«, sagte er, ohne sie anzusehen. »All die Jahre. Und ich Trottel glaube an die große Liebe.«

»Aber ich lieb dich doch.«

»Verstehe«, sagte er sarkastisch.

Schweigen. Sie biss sich auf die Knöchel, bis es wehtat. Es half nicht. Sie hörte seinen Atem. Schluckte. Wartete. Aber da kam nichts.

»Ich war erst siebzehn.« Ihre Stimme kippte. »Die Situation –«

Er explodierte aus dem Stand. »Ach ja? Die Situation!« So hatte sie ihn noch nie gesehen. »Die Situation ist schwierig«, brüllte er. »Zu blöd, um zu verhüten. Und dann: Ich sehe keinen anderen Ausweg. Ich bin noch nicht reif für ein Kind! Also weg damit!« Schwer atmend stützte er sich auf den Schreibtisch. »Hat meine Gebärerin auch gesagt. Alles klar. Muss man doch verstehen!«

»Bitte –«

»Nur das dumme Kind – das versteht leider gar nichts.« Seine Stimme wurde leise. Sein Gesicht war seltsam flach. »Nicht, warum es im Heim war. Nicht, warum man es abgeschoben hat. Warum seine Mutter es nicht will. Es zerbricht sich vergeblich seinen dummen kleinen Kopf.« Er schien vergessen zu haben, dass sie da war. »Es ist bockig, erfindet Geschichten, lügt, wo die Pflegeeltern sich doch so bemühen. Die einen wie die anderen. Es wartet. Und wartet. Aber niemand kommt.«

»Aber das –«

»Ihr macht es euch verdammt einfach«, zischte er. »Das Kind passt nicht zur Situation. Also weg damit! Und ein paar Jahre später noch einmal. Man lügt sich seine Vergangenheit schön – und fängt einfach von vorne an, als wäre nichts gewesen.«

»Deine Mutter –«

»Deine Mutter, deine Mutter«, äffte er sie nach. »Das ist keine Mutter! Ich kenne kein größeres Verbrechen. Wie kann man jemanden neun Monate unter dem Herzen tragen und dann einfach weggeben? Das macht kein Tier.«

Sie schluckte. »Ich weiß –«

»Was weißt du? Nichts weißt du«, schrie er. »Gar nichts. Dich hat niemand … weggeworfen.« Er wehrte ihre Hand ab. »Schon vergessen: Ich hab's am eigenen Leib erfahren. Drei Kinder – alle von verschiedenen Männern. Alle fremduntergebracht, wie das so schön heißt. In kühlem Amtsdeutsch. Alle zwei Jahre eines. Es hat nie gepasst. Doch, warte – das vierte hat dann gepasst. Zum Mann. Zur Situation. Da war dann ein bisschen Geld da. Ein Auto. Sie konnten sich Italienurlaube leisten. Caorle. Rimini. Und ein Kind.« Er lachte freudlos. »Sie hatten sogar einen kleinen Hund. Einen weißen Hund mit Knopfaugen. Der Herr Handelsreisende und sie!« Sein Gesicht war grau. Als habe er den Faden verloren, murmelte er: »... einen Hund und ein Kind.« Dann begannen seine Schultern zu zucken. Er wandte sich ab.

Sie trat zu ihm.

»Fass mich nicht an!«

Erschrocken zog sie ihren Arm zurück. Ein paar Herzschläge lang standen sie einander gegenüber. Dann stieß er sie zur Seite und stürzte davon.

||

Das knallige »Bitte nicht stören«-Schild baumelte schief an der Klinke. Die Prinzessin schlief noch. Ana schleppte den Staubsauger ein Stück weiter und stellte ihn ab. Unten war sie bereits fertig. Trotz der Größe des Hauses war es leicht verdientes Geld. Nirgendwo lagen Sachen herum, und das Klo hatte wie das Bad wieder vor Sauberkeit geblitzt. Sie putzt, bevor ich komme, dachte sie. Im Grunde genommen brauchen die mich nicht.

Die Badezimmertür war nur angelehnt. Ana stieß sie mit der linken Schulter auf und prallte auf einen Kerl in Boxershorts, der sich mit einem hellblauen Handtuch die Haare trockenrieb.

»Hey.« Er riss die Augen auf, sein Mund ging in die Breite.

»Ich komme später.« Schon war sie wieder auf dem Flur.

»Kein Problem. Bin schon fertig.«

Ana nahm seine Hand von ihrem Oberarm und musterte ihn. War der nicht ein bisschen zu alt für die Kleine?

»Ich bin Jan.« Er strahlte sie an. »Und du?«

»Die Putzfrau.« Sie bückte sich nach dem Nilfisk und zerrte das Gerät hinter sich her ins Schlafzimmer.

»Sorry. Du studierst, oder?« Er ließ sich nicht abschütteln.

»Nein.« Sie drängte sich durch die Tür an ihm vorbei und holte Eimer und Mopp. »Ich putze.«

Er stand noch genauso da, wie sie ihn verlassen hatte. »Wie heißt du?«

Sie beugte sich vor und begann die Betten abzuziehen. »Ana.«

»Anna.«

Sie biss sich auf die Zunge.

»Anna, was hab ich dir getan?«

»Warum ziehst du dich nicht an und machst dir Frühstück?«

Er grinste. »Okay. Verstehe. Du bist schüchtern?«

Ana raffte die Bettwäsche zusammen. »Genau.«

Nackte Füße tappten über den Holzboden. »Jaaan?« Das Mädchen hatte frisch gebürstete Haare, der Träger ihres Nachthemds war über die rechte Schulter gerutscht. Sie zog ihn hoch und gähnte herzhaft.

»Morgen, Schlafmütze.« Er drückte die Kleine an sich und strich ihr durchs Haar. Sie nahm seine Hand. Dann machte sie kehrt und zog ihn mit sich.

II

Schon im Flur roch es nach Pizzeria. Die Kinder hatten Essen geholt. Nina kam mit Tellern aus der Küche, Jan folgte mit Besteck und Gläsern. Sie beugten sich abwechselnd über den Tisch. Jan goss Saft ein. »Wir dachten, wir essen miteinander und –« Er rückte Ninas Sessel zurecht und ließ sich neben ihr nieder.

»Sie möchten dich kennenlernen«, platzte Nina heraus. Sie lehnte ihren Kopf an Jans Schulter.

»Mam meint, es wäre an der Zeit. Rufst du sie an? Ich schicke dir ihre Nummer aufs Handy.« Ihre Ellbogen berührten einander. Er flüsterte ihr etwas zu. Nina lachte auf und boxte gegen seinen Oberarm. Er packte ihre Hände und zog sie an sich.

Bruder und Schwester. Es schien so einfach. Sie waren jung. Sie hatten keine Vergangenheit, die um ihren Hals hing wie ein Stein.

Ihre Geschichte begann jetzt.

Es war eine Straße wie die, in der Theres aufgewachsen war, aber die Häuser waren älter und verschwanden mitsamt den Gärten hinter mannshohem Grün. Sie war viel zu früh dran. Hier, das nächste Haus musste es sein! Eine akkurat gestutzte Buchsbaumhecke zog sich gut zwanzig Meter den Gehsteig entlang. Sie konnte schlecht hier stehen bleiben und warten. Also ein Stück die Straße hinunter, bis es Zeit war anzuläuten.

Eine kräftige Männerstimme zog ihre Aufmerksamkeit auf sich. »Ich halte das nach wie vor für eine Schnapsidee, und das weißt du. Was erwartest du dir davon?« Eine Frauenstimme im Haus antwortete, aber sie war zu weit weg.

»Das sagst *du*. Einfacher wird es dadurch mit Sicherheit nicht. Aber wie du meinst.«

Hinter ihren Hecken fühlten sich die Leute unsichtbar

wie in ihren Autos, dachte Theres. Sie bohrten in der Nase, kratzten sich ungeniert zwischen den Beinen, stritten, sangen lauthals und kommentierten ihre Umgebung, als wäre diese blind und taub.

»Sie hat sehr nett geklungen am Telefon.« Die weibliche Stimme näherte sich. »Und Jan sagt …« Erschrocken blieb Theres stehen.

»Mir erzählt er ja nichts.« Sie hörte Porzellan klirren. »Ja, schon gut. Ich weiß. Ich überlasse dir das Reden.«

Jetzt war es still. Sie stellte sich vor, wie er den Arm um seine Frau legte und sie an sich drückte. *Wenn Thomas jetzt bei mir wäre …* Langsam ging sie weiter. *Ich hätte ein Kleid anziehen sollen, freundliche, helle Farben. Der erste Eindruck … zu spät.* Sie passierte das Gartentor und schritt aus, als habe sie es eilig. Ein Flugzeug zerteilte den Himmel, die Straße war menschenleer. Hinter einem Zaun lachten Kinder, ein Ball flog hoch.

Nach der dritten Abzweigung kehrte sie um. Jetzt stand das Gartentor offen. Sie ging über den schmalen Kiesweg auf das Haus zu. Vermutlich standen sie am Fenster, hinter dem Vorhang, und taxierten sie. Tatsächlich öffnete sich die Tür, bevor ihr Finger den Klingelknopf fand.

Die Frau war blond und zierlich. Sie trug wie Theres helle Jeans. Der lichtblaue Pullover hatte exakt die Farbe ihrer Augen. Sie strich sich die kinnlangen Haare hinter die Ohren, lächelte und streckte Theres beide Hände hin. »Ich bin Betti. Ich freue mich«, sagte sie. Ehe sie es sich versah, fand Theres sich in einer Umarmung wieder. Die Frau schien zu glühen, ihre Haare dufteten nach Babyshampoo. »Ich … wir sind Ihnen sehr dankbar«, sagte sie atemlos. »Ich hab so oft an Sie gedacht.«

Erst jetzt registrierte Theres den Mann. Die Statur, die Boxernase, das flächige Gesicht erinnerten sie an einen französischen Schauspieler, dessen Name ihr nicht einfiel. Er machte einen Schritt auf sie zu und quetschte ihre Hand. »Kommen Sie. Wir setzen uns in den Garten.« Er lotste sie durch einen hellen Vorraum und ein geräumiges Wohnzimmer, das von einer wuchtigen Sitzgarnitur dominiert wurde. Sie betraten eine kleine Terrasse. Korbstühle standen um einen runden Tisch.

»Setzen Sie sich doch«, sagte die Frau.

Theres zeigte auf den üppig blühenden Garten. »Schön.«

»Danke. Ich liebe Blumen.« Eine leichte Röte flog über ihr Gesicht. »Ich habe das Haus von meiner Tante geerbt und mich sofort auf den Garten gestürzt. Jetzt bauen wir nach und nach um. Oben ist schon alles neu. Jans Zimmer im Erdgeschoss auch. Küche, Bad und Wohnzimmer wollen wir im Herbst in Angriff nehmen.« Sie wies auf die akkurat geschnittene Hecke. »Und der Buchs muss weg. Man fühlt sich dahinter wie eingemauert, finden Sie nicht?«

Sie ist genauso nervös wie ich, dachte Theres. Das machte es leichter.

Hinter ihr klirrte es leise. Der Mann erschien mit einem Tablett im Türrahmen. »Unsere frühere Wohnung war ganz hell. Betti sagt, sie erstickt zwischen diesen schweren Möbeln.«

Theres räusperte sich. Ihr Kiefer war verspannt. »Ich bin in einer Villa wie dieser aufgewachsen. Ein bisschen größer, aber ähnlich angelegt.« *Ein bisschen größer! Du lieber Himmel! Jetzt hält er mich für eine arrogante Gans.*

»Jan hat uns davon erzählt.«

»Ist er nicht da?« Sie warf ihrem Gegenüber einen raschen Blick zu.

»Er ist bei einem Freund. Sie lernen miteinander. Und, ehrlich gesagt, wir möchten gern allein mit Ihnen reden.«

Theres nickte.

»Betti wollte Sie unbedingt kennenlernen.« Der Mann gab sich keine Mühe, höflich zu sein. Er stellte einen Teller mit Früchtekuchen vor sie hin und ließ sich neben seiner Frau nieder. Der Korbsessel ächzte.

»Greifen Sie zu. – Für Jan war es wichtig, Sie zu treffen. Er hatte Fragen, die wir ihm nicht beantworten können. Ich habe ihn bei der Suche unterstützt. Obwohl ich Angst hatte.« Die Adoptivmutter betrachtete ihre Hände und hüstelte nervös. »Was, wenn er nicht hört, was er sich gewünscht hat? Wenn Sie ihn zurückweisen? Ich wollte nicht, dass ihm jemand wehtut. Von den Briefen hat er mir erst später erzählt.« Sie hob den Kopf. »Bitte, Theres – ich darf doch Theres sagen? –, nehmen Sie mir das nicht übel. Wir kannten Sie ja nicht.«

»Man will sein Kind beschützen.« Sie tauschten ein Lächeln. Theres lehnte sich zurück.

Der Mann musterte sie. »Sie sehen einander gar nicht ähnlich«, sagte er. Es klang wie eine Rüge.

Bettis helle Brauen zogen sich zusammen. »Er hat ihre Hände, Gerald. Warum sagst du so was?«

»Jan kommt nach seinem Vater. Edin …«

»Über den Vater wissen wir gar nichts. Edin? Ein Türke? Sie haben seinen Namen nicht angegeben. Die Dame in der Adoptionsstelle –«

Theres lief langsam tiefrot an.

»Vielleicht hängt ja alles damit zusammen. Sein Temperament –«

»Was wollen Sie damit sagen?«, unterbrach sie ihn scharf.

»Mein Mann meint es nicht so. Ich muss Ihnen das erklären. Es gab zuletzt … gewisse Schwierigkeiten. Die Pubertät –«

»Das ist normal.«

»Normal?« Er zündete sich eine Zigarette an. Grimmig blies er den Rauch aus. »Mit zehn, elf ging das los. Recht früh, meine ich. Er hat zu rauchen begonnen, heimlich, versteht sich. Er wusste, dass ich das nicht dulde. Mit vierzehn hat er mit seinen dubiosen Freunden einen Wagen geknackt. Er hatte immer schon ein Faible für solche …« Er suchte vergeblich nach einem passenden Wort. »Sie sind herumgefahren. Ich musste ihn mitten in der Nacht vom Posten abholen. Die Kollegen … Das war kein Spaß, glauben Sie mir. An einen Polizisten und seine Familie wird ein anderer Maßstab angelegt.«

»Und was –« Theres beugte sich vor. Betti legte ihrem Mann die Hand auf den Arm, aber er sprach unbeirrt weiter.

»Ich habe mich für ihn eingesetzt. Eine Diversion erreicht. Damit ist er nicht vorbestraft. Hat er Ihnen davon erzählt?« Er sah sie an und nickte. »Nein! Natürlich nicht. Zwei Jahre später habe ich Drogen bei ihm gefunden.«

»Cannabis«, präzisierte Betti. »Mein Gott, Gerald, das ist doch kein Drama. Jungs loten eben ihre Grenzen aus. Man probiert vieles, wenn die Freunde es toll finden. Es war nur eine Phase.«

»Eine Phase!« Er lachte auf.

»Und Sie meinen, das hat er von seinem Vater?«

»Das habe ich nicht gesagt.« Er ließ sich in den Sessel zurückfallen und schüttelte den Kopf. »Mein Gott, sind Sie empfindlich! Übersensibel ist er übrigens auch. Schau mich nicht so an, Betti. Ich bin nicht besonders diplomatisch, ich weiß. Aber herumzureden bringt nichts. Ich mache mir eben meine Gedanken.« Sein Handy läutete. »Ja?« Schlagartig verdüsterte sich seine Miene. »Was heißt, du kommst später? Du bist mit *meinem* Wagen unterwegs. Achtzehn Uhr war vereinbart. Du bist pünktlich da. Wie ausgemacht. Gut, dann fährst du ab morgen wieder mit dem Bus. Achtzehn Uhr, keine Minute später.«

Betti sah unglücklich drein. Sie tat Theres leid.

»Das meine ich«, wandte er sich wieder an Theres. »Er ist kein Kind mehr. Er ist achtzehn. Erwachsen. Und sollte sich entsprechend benehmen. Aber er akzeptiert einfach keine Regeln. Erwartet, dass er überall mit seinem Charme durchkommt. Ist ständig am Ausprobieren, Verhandeln. Wenn er es jetzt nicht lernt, ist es zu spät.« Er stand auf. »Ich muss in den Dienst.« Er streckte ihr die Hand hin. »Ah ja, eines noch. Ich dachte, er hätte sich gefangen. Aber die letzte Zeit, das Wühlen in seiner Vergangenheit, die Suche nach Ihnen, hat alles wieder ins Wanken gebracht. Er ist oft bei Ihnen. Er lernt kaum. Ich will, dass er die Matura schafft. Dass er eine Zukunft hat. Verstehen Sie?«

Der Tee war kalt geworden. Theres stellte ihre Tasse ab.

»Zwischen uns herrscht momentan mehr oder weniger Funkstille. Wenn er nicht gerade mein Auto braucht, kommt da wenig. Er hat eine Mutter, die alles versteht. Stimmt doch, Betti! Die für ihn lügt. Ihm jeden Wunsch erfüllt. Und damit Sie es wissen: Er braucht keine zweite!«

Als sie nach Hause kam, lief der Fernseher. Teller mit Essensresten standen herum. Nina lümmelte neben ihrem Bruder am Tisch, beugte sich über sein Smartphone und lachte.

»Jan. Ich muss mit dir reden.«

Er wandte den Kopf. »Mit mir?« Nina rührte sich nicht.

»Allein!«

Murrend zog sie ab. Theres griff zur Fernbedienung und stellte den Ton leiser. Sie hörte Nina im Vorzimmer rumoren, dann trampelte sie die Treppe hinauf und knallte die Tür zu.

Jan wirkte sehr entspannt. »Was gibt's?«

»Ich war bei deinen Eltern.«

»Darf ich raten?« Er schlenderte zum Sofa, beide Hände in den Taschen, und ließ sich auf der Lehne nieder. »Mein Vater hat dir erzählt, wie ich *wirklich* bin.«

Sein Welpenblick ärgerte sie. »Ich kann dir nicht verbieten, Cannabis zu rauchen, aber –«

»Ah, daher weht der Wind.«

»Ich will, dass du Nina da raushältst. Sie ist noch ein Kind. Das kann verheerende Folgen haben, wenn man so jung ist: Kreislaufzusammenbrüche, Leistungsabfall …«

Seine Mundwinkel zuckten. Er grinste. Grinste! *Er lacht mich tatsächlich aus!*

»… Psychosen, was weiß ich.« Sie verhedderte sich, schluckte, setzte erneut an, mühsam beherrscht. »Sie bewundert dich, Jan. Sie schaut zu dir auf. Du bist ein Vorbild für sie, und … ich möchte, dass du dich so benimmst.« Sie verschränkte die Arme vor der Brust. »Ich will nicht, dass sie mit diesem Zeug in Kontakt kommt. Hast du mich verstanden?« Er reagierte nicht. »Ob du mich verstanden hast!«

Er salutierte. »Yes, Ma'am.«

»Das ist nicht lustig!«

»Theres, ich …« Jetzt spielte er den Zerknirschten. »Es tut mir leid.«

»Wenn du mit ihr zusammen bist, wird nicht geraucht, klar? Sie wird bis auf weiteres nicht mehr zu dir ins Auto steigen.«

Er verzog den Mund. »Glaubst du wirklich –?«

»Warum lachst du? Findest du das witzig, oder was?«

»Leistungsabfall.« Er gluckste. »Du klingst wie mein Vater.«

»Er macht sich Sorgen«, hörte sie sich einen Mann verteidigen, der ihr zuwider war. »Er will, dass du die Matura schaffst.« Sie wurde lauter. »Das klappt nicht, wenn du dich zudröhnst.«

»Pfff …« Er verdrehte die Augen. »Dann hätte er vielleicht nicht alles Mam überlassen sollen, sondern sich auch einmal –«

»Er hat viel für dich getan.«

»Ach ja – hat er sich damit gebrüstet? Die Wahrheit ist: Er wollte mich nie. So schaut's aus.« Sein rechtes Bein wippte auf und ab. »Als ich klein und lieb und präsentabel war, vielleicht. Aber dann – Verbote, Verbote, Verbote. ›Ich erwarte, dass du dich anstrengst. Der Sohn eines Polizisten kann sich das nicht leisten. Der muss ein Vorbild sein.‹ Bla, bla, bla … Es hat ihn kein bisschen interessiert, was *ich* will, was *ich* brauche, was *ich* mir wünsche. Immer nur Muss. Muss. Muss.«

»Aber –«

»Soll ich dir was sagen? Der hatte Schiss, dass meine schlechten Gene durchkommen.« Er veränderte seine Stimme: »Man weiß ja nicht einmal, wer sein Vater ist, und die Mutter … ich bitte dich!«

Klar, dachte sie. Hitze stieg ihr in die Wangen. *Und genauso hat er mich auch behandelt.* »Das wusste ich nicht. Das tut mir –«

»Am Tag vor meinem vierzehnten Geburtstag hat er mir eine runtergehauen, also richtig. Man hat den Abdruck gesehen. Hat er dir das auch erzählt? Mam ist dazwischengegangen. Dann hat er mich zum Psychiater geschleppt, als wäre *ich* der Gestörte.«

»Jan«, sagte sie hilflos.

»Tut mir leid, Theres. Ich wollte …« Seine Stimme kippte. »Entschuldige. Ich hätte das nicht sagen dürfen: wie er über dich geredet hat. Über meinen Vater.« Er biss die Zähne zusammen. »Dumm und verbohrt, voller Vorurteile – Bulle eben.«

»Das –«

»Egal. Denk nicht mehr dran. Vergiss es.« An seiner Schläfe pochte eine Ader.

2018

Wenn die Vergangenheit herüberwuchert ins Jetzt und die Mauer, gegen die du dich stemmst, sprengt, dich würgt, erstickt, dir den Schlaf raubt, dich zurückschickt ins Grauen, hilft es, darüber zu reden, sagt man.

Man sagt viel.

Heilt eine klaffende Wunde, wenn man beständig in ihr wühlt? Blutet sie nicht mehr? Vergeht so der Schmerz? Bilden sich Narben?

Frau Sudić?

Es ist vorbei. Ich erinnere mich nicht.

Mein Blick geht über ihr Gesicht. Wie sie sich vorbeugt. Über dem linken Ohr kräuseln sich die Haare. Ihr Mund steht offen. Ich verstehe, sagt sie. Ich wollte nicht …

Nichts versteht sie. Nichts.

Die ersten Bilder vom Krieg flimmerten über den Bildschirm. Da war er noch in der Stadt, weit entfernt. Wir saßen starr vor dem Fernseher. Wir sahen Soldaten, Waffen, Panzer. Menschen im Granatenhagel um ihr Leben rennen, Gebäude in sich zusammenkrachen. Das Radio lief die ganze Zeit.

Es wird bald vorbei sein. Wir waren uns sicher.

Aber das Schlimmste stand uns noch bevor …

Was will sie von mir?

Man darf nicht dran rühren. Muss atmen. Schlucken. Die Zähne zusammenbeißen. Muss weitergehen. Die Hände bewegen. Nicht sitzen, nicht reden, nicht denken. Und immer auf der Hut sein.

Hätten wir Kinder gehabt … Mit einem Säugling, einem Kleinkind auf dem Arm … Mirsad hatte Freunde in Deutschland. Wir sahen einander an und dachten das Gleiche. Aber da waren wir schon allein.

Unser Sohn starb acht Tage nach seiner Geburt. Er hörte einfach auf zu atmen. Ich hielt ihn im Arm. Der Arzt kam. Ich schrie. Wir begruben ihn drei Tage später.

Da habe ich meinen Mann zum ersten Mal weinen sehen. Nach Monaten kam er nachts wieder zu mir, aber ich wurde nicht mehr schwanger.

II

Thomas war zurück. Vor zwei Tagen hatte er angerufen, herumgedruckst und sich halb entschuldigt. Kurz nach acht war er in der Tür gestanden, hatte seine Tasche abgestellt und die Jacke ausgezogen.

Ich schlafe im Gästezimmer.

Aber da hatte Jan sich bereits einquartiert. Sobald sein Vater dienstfrei hatte und ihm den Wagen überließ, fuhr er los. Nina und er steckten jede freie Minute zusammen. Theres hatte ihm das Bett bezogen, Handtücher herausgelegt und ihren alten Schreibtisch vom Dachboden geholt.

Du hättest mich fragen müssen.

Ja.

Sie fuhr ihr Auto aus der Garage, er stellte seines wieder an den gewohnten Platz. Am Nachmittag lief die Waschmaschine, und seine Hemden flatterten auf der Leine. Sie sah ihn durchs ganze Haus gehen, als würde er etwas suchen.

Thomas reparierte den Garderobenschrank im Vorzimmer und räumte den Keller auf. Nina fiel ihm um den Hals und wich ihm nicht mehr von der Seite. Theres hörte sie reden, hörte ihn hämmern und fluchen – und lächelte. Heute Nacht würde er wieder neben ihr liegen. Und irgendwann …

Der rote Nachbarskater zwängte sich durch den Zaun, galoppierte über den Rasen und sprang auf ihren Schoß. Er köpfelte ungestüm gegen ihre Brust, schnurrte wie ein kleiner Motor und hinterließ einen Wust an Haaren auf ihrem Pullover. Sie kraulte ihm Nacken und Kehle, bis er zu sabbern begann.

Gut, dass ich hingefahren bin. Gut, dass ich ihn nicht gedrängt habe.

Sie hob den Kater hoch, hakte vorsichtig seine Krallen aus den Maschen und stellte ihn auf den Boden. Er fiel sofort um, wälzte sich auf den Rücken, hob das Köpfchen und maunzte auffordernd. Als sie nicht reagierte, zog er beleidigt ab.

Zeit, sich um das Abendessen zu kümmern. Sie erhob sich, schlüpfte in ihre Schuhe und ging ins Haus.

||

Er stand in der Nähe der Bar, auf halbem Weg zu den Klos, und schien auf jemanden zu warten.

»Hey.«

Ana blieb stehen. Er strahlte sie an. Sie runzelte die Stirn und kniff die Augen zusammen. Dann nickte sie, wandte sich um und schob sich nach vorne zur Theke. Alles dampfte. Sie griff nach einer Serviette und fächelte sich Luft zu. Sofort stellte Charles ein großes Glas Wasser vor sie hin, sie trank, wischte sich mit dem Handrücken über den Mund und kämpfte sich zurück auf die Tanzfläche.

Da war der Typ schon wieder, diesmal in Begleitung. Ana erkannte die Kleine nicht gleich. Sie war bemalt und gestylt wie eines dieser jungen Mädchen, die sich im Fernsehen für ihren Traum von einer Model-Karriere von einer drahtigen Magerzicke herumkommandieren und demütigen ließen. Sie bewegte sich träge, wie unter Wasser. Schlenkerte mit den Armen – und himmelte ihn an.

Ana schloss die Augen. Der Boden vibrierte. Ihr ganzer

Körper prickelte. Die Bässe pumpten, die Basedrum fuhr ihr in den Bauch, den Magen, dehnte ihren Brustkorb und verpasste ihr eine Herzmassage. Langsam hob sie die Arme und ließ sich fallen. Die zuckende, atmende Menge sog sie auf.

Als sie gegen halb zwei nassgeschwitzt an den Rand der Tanzfläche drängte, stolperte sie erneut über die beiden. Er war sofort an ihrer Seite. »Du kennst hier alle, bist oft hier, oder?« Er deutete Richtung Bar. Ana zuckte die Achseln.

»Ich war mir nicht sicher, ob wir reinkommen.« Er wies auf das Mädchen.

»Ab achtzehn.«

»Was?« Er rückte näher. Seine Haare rochen nach Shit.

»Eintritt ab achtzehn. Sie ist höchstens fünfzehn. Wenn die hier mitkriegen, dass –«

Die Kleine löste sich von ihm. »Willst du mich verpetzen?« Sie klang streitlustig. Auf wackeligen Beinen stakste sie auf Ana zu und packte sie am Arm.

Ana machte sich los.

»Nina, komm.« Der Mann zog sie zurück. Sie taumelte gegen ihn und lehnte sich an seine Brust.

»Jan, mir ist schlecht«, jammerte sie. »Es ist alles so …«

Die war ordentlich bedient! Er schien es nicht zu bemerken, lächelte unentwegt und schob sich ein Stück näher an Ana heran.

»Bist du bescheuert, oder was?«, fuhr sie ihn an. »Halt sie fest. Komm. Was ist? Willst du, dass sie auf die Tanzfläche kotzt?« Jetzt kam Bewegung in die beiden. Ana bahnte ihnen einen Weg durch die Menge. An der Bar schob sie energisch zwei, drei Leute beiseite. »Charles?«

Er hob die Brauen. Nickte, schob ein Glas über die Theke.

»Los. Trink. Mach schon.«

Folgsam griff das Mädchen danach und leerte es zur Hälfte. »Du, mir ist …«

Ana packte sie am Arm und rannte mit ihr aufs Klo. Die Kleine übergab sich ins Waschbecken, in hohem Schwall, dann noch einmal, klammerte sich am Waschtisch fest und würgte erneut. Ana hielt ihr die langen Haare aus dem Gesicht. Sie ließ das Wasser laufen und spülte das Erbrochene weg. Eine Frau wandte sich angeekelt ab. Zwei Mädchen kicherten. »Wasch dich.« Jetzt war sie zahm wie ein Lämmchen. »Geht's wieder?«

»Hm. Ich glaube, ja.«

»Zieh dir die Schuhe aus. In dem Zustand brichst du dir sonst noch das Genick.«

Das Mädchen bückte sich stöhnend, schluckte und zerrte sich die High Heels von den Füßen. Ihr Gesicht glänzte, der Lippenstift war verschmiert, sie hatte schwarze Ringe unter den Augen. Sie sah sehr jung aus: ein grotesk bemaltes Kind, das Erwachsensein spielt.

»Bitte, sag meinen Eltern nichts. Sie glauben, ich übernachte bei einer Freundin.« Sie riss ein Papierhandtuch aus dem Spender und rieb damit in ihrem Gesicht herum. Das machte die Sache nicht besser, aber langsam kehrte die Farbe zurück. Der Zipp der winzigen Tasche, die sie quer über der Brust trug, klemmte. Mit Gewalt zog sie ihn auf, die Zungenspitze im Mundwinkel, und fummelte einen Lippenstift heraus.

»Das ist jetzt nicht dein Ernst! Pack die Schminke weg. Er soll dich nach Hause bringen.«

»Ana, wenn du –«

»Ich hab dich nie gesehen, gut?«

»Danke.« Ana hob die Hände, aber da schlang sie bereits die Arme um sie und presste den Mund auf Anas Wange. »Danke. Danke. Das vergesse ich dir nie.«

‖

Die Lampe goss sanftes Licht auf den Tisch, auf Thomas und die Kinder. Sie spielten. Die Heizung schnurrte. Theres zog die karierte Decke enger um sich. Sie fror.

Meinst du, ich wäre ein anderer geworden?

Wenn ich dich nicht –?

Ja. Wenn ich hier aufgewachsen wäre. Bei euch. Oder bei meinem Vater.

Ich weiß es nicht.

Sie sah zu Jan hinüber. Letzte Nacht hatte sie von ihm geträumt.

Er stolpert mitten auf dem Gleiskörper auf sie zu. Er ist noch klein – zwei, drei Jahre vielleicht. Trägt rote Gummistiefel und eine glänzende blaue Regenjacke, vor ihm rollt ein Ball. Der Teerölgeruch wird übermächtig. Sie reißt sich die Riemchensandalen von den Füßen und rennt los. Ihre Sohlen schmerzen, ihre Lunge brennt.

Da taucht hinter ihm, vor einer Weiche, die Lok auf, schwimmt auf den Gleisen immer näher, näher, füllt das ganze Bild.

Sie rennt und keucht und stolpert, fängt sich wieder. Sie schreit, sie brüllt – es kommt kein Laut.

Da bleibt er stehen und lauscht. Er hebt den Kopf und sieht sie an. Und dann … und dann …

Theres schenkte sich Wein nach, trank, drehte den Stiel zwischen Daumen und Mittelfinger, führte das Glas noch einmal zum Mund und stellte es ab. »Thomas?«

»Nein danke.«

Wir sind kein bisschen weiter, dachte sie. Kein Stück. *Treiben dahin wie Blätter im Fluss, kreiseln, schaukeln nebeneinander her – und berühren uns nicht.*

Damals, nach dem Betrug, hatte sich alles wie von selbst

ergeben. Ohne viel zu reden, hatten sie einander im hellen Licht die Kleider vom Leib gezerrt, sich ineinander verkeilt, nur auf sich selber bedacht, und weder darauf geachtet, dass Nina sie hören konnte, noch, ob es dem anderen gefiel. *Seine halbgeschlossenen Augen, seine Gier, sein nacktes Gesicht.* Sie treibt ihm die Nägel ins Fleisch. *Ihm wehtun.* Er saugt die Luft ein. Beißt sich auf die Lippen. Keucht. Schwitzt. Röchelt. Stöhnt. Bäumt sich auf. Er gehört wieder zu mir, hatte sie danach gedacht und sich an ihn geschmiegt.

Jetzt saß er von ihr abgewandt, ganz auf das Spiel konzentriert, gebannt. Sie sah ihn lachen, ganz unbeschwert, sich zurücklehnen, die Arme hinter dem Kopf verschränken.

Es liegt an mir, dachte sie. *Mit mir stimmt was nicht.* Andere, wie Frau Sudić, kämpften mit Schicksalsschlägen, gegen lebensbedrohende Krankheiten, hatten kaum genug zum Leben und machten kein Tamtam. *Seine Worte: kein Tamtam.*

Mit einem Ruck stand sie auf. Der Tisch wackelte. Die Spielfiguren fielen um.

Drei Köpfe fuhren herum. »Mama?«

»Theres?«

»Was hast du?«

Sie schüttelte den Kopf und rannte aus dem Raum. Die Decke rutschte vom Sessel und blieb zerknüllt am Boden liegen.

II

Hätte mir früher, als alles noch gut war und mein Leben in Ordnung, jemand gesagt, dass ich alles über mich ergehen lassen würde, ohne mich zu wehren, hätte ich gelacht. Du kennst mich nicht!

Die Wahrheit ist: Ich kannte mich nicht. Man denkt: Das ist einfach. Du hebst den Kopf, du verschränkst die Arme vor der Brust. Du sagst: Nein! Du schlägst mit der Hand auf den Tisch, dass die Gläser klirren: Was bildest du dir ein! Du solltest dich schämen! Mit lauter Stimme jagst du sie hinaus. Und dann: lässt du dich aus dem Haus treiben. In den Wagen stoßen. Durch die Dunkelheit karren und aufs Stroh werfen wie Vieh.

1992

Wir haben Gerüchte gehört, dass es Lager geben soll. Dass sie die Frauen … Aber es sind Nachbarn, Bekannte! Einer, Dane, fragt nach meiner Mutter. Er erkennt sie hinter mir und nickt ihr zu. Ihr Gesicht ist rot wie die Glut im Ofen. Langsam löst sie das Tuch im Nacken und knotet es neu, die Hände noch weiß vom Mehl.

Geht, drängt er. Schnell. Schnell.

Aber da ist es bereits zu spät.

An diesem Tag war das ganze Haus mit Brotgeruch gefüllt bis zum Dach. Ich erinnere mich, dass Mila in der Tür stand. An den leichten Regen. Die Luft war frisch und klar wie ein See.

Bald wird der Krieg aus sein, sagt sie mit großem Ernst, und ich nicke, obwohl ich mittlerweile so wenig daran glaube wie sie. Seit Tagen hören wir die Granatfeuer in der Ferne wie ein dumpfes Grollen.

Sie kommen noch in derselben Nacht. Flammen lodern empor. Es donnert. Es blitzt. Fenster splittern. Kommandos hallen. Ich fahre in meine Kleider. Lichter geistern durchs Dunkel. Im Nachbarhaus schreit eine Frau. Dann schreit sie nicht mehr. Mila ist weiß wie die Wand. Ich finde sie auf der Treppe vor dem Haus und greife nach ihrem Arm.

Ich erkenne den Polizisten Stanko, der seit einem Unfall hinkt. Er hat bei meiner Tante gegessen. Mit meinem Onkel getrunken. Der Sohn eines Nachbarn – er ist fast noch ein Kind – steht breitbeinig da wie die anderen. Er feixt. Die Lastwagen warten mit laufendem Motor.

Was ist los?

Komm! Schnell.

Wohin bringt ihr uns? Warum?

Frag nicht.

Der Gewehrkolben ist Antwort genug.

II

Ana beugte sich tiefer über das Skizzenheft und schraffierte einen Schatten, hob den Kopf, kniff die Augen zusammen, nickte und arbeitete konzentriert weiter. An einem Tisch neben dem Eingang des Cafés unterhielten sich zwei ältere Frauen, Teegläser standen auf dem Tisch, ein Pärchen – Schüler wahrscheinlich – fütterte einander mit Eis. Die Mittagsgäste waren längst aufgebrochen und hockten wieder in ihren Büros.

Die Frau, die Ana im Blick hatte, saß schon seit über einer Stunde reglos ganz außen, am letzten der Tische, mit deutlichem Abstand zu den anderen, und hielt ihr Gesicht in die Sonne. Sie mochte um die vierzig sein und war gut gekleidet, ihre Hände noch glatt. Sie musste früher auf eine herbe Art schön gewesen sein. Ein hartes Leben – oder ein zügelloses, dachte Ana – hatte tiefe Spuren eingegraben. Sie wirkte spröde und unzugänglich. Ihr voller Mund war ungeschminkt und viel zu breit für das schmale Gesicht.

Ein Schatten fiel auf das Blatt, Ana blickte auf.

»Cool.« Der Typ aus dem Club!

»Verfolgst du mich?«

Er drückte die Schultern nach hinten. »Ich hab dich hier sitzen sehn und dachte mir ... Darf ich? Anna, richtig?«

Die Frau öffnete die Augen und sah herüber. Sie musterte ihn. Ihr Gesicht entspannte sich. Sie fuhr sich durchs Haar. Ana sah sie versonnen lächeln.

Er bestellte einen Energiedrink. »Nein, ich nehme ... was trinkst du? Kaffee?«

Die Serviererin warf Ana einen prüfenden Blick zu.

»Trink doch, was du willst.« Sie legte das Skizzenbuch zur Seite und wühlte in ihrer Tasche. »Ich muss sowieso gleich los.«

»Du hast die Nase gerümpft.«

»Und?«

Die Kellnerin stand mit gezücktem Block.

»Einen Espresso bitte.«

»Einen Espresso für Sie.«

Er ist nervös, dachte Ana.

»Du bist richtig gut«, schmeichelte er. »Ich meine, die Zeichnung, also ... warum gehst du putzen?«

»Macht sich später gut in meiner Biografie.«

Er grinste. »Anna –«

»Ana. Ich heiße Ana.«

Er hob die Brauen. »Woher kommst du?«

Sie lachte. »Ist das wichtig? Ist doch egal, woher man kommt.«

Er beugte sich vor. »Ist es nicht. Du kennst deine Eltern?«

»Schon.« Sie lachte und schüttelte den Kopf.

Er schien zu warten, dass sie nachfragte, aber Ana schwieg.

»Man muss doch wissen –«

»Was stimmt nicht mit dir?«, unterbrach sie ihn.

»Was meinst du?«

Eine Stunde später saßen sie immer noch da. Jan blätterte in ihrem Buch. Sie spielte mit einem Bleistift und betrachtete ihn aufmerksam. »Ich würde dich gerne malen«, sagte sie.

Ana blinzelte und streckte sich. Ihr Blick glitt über behaarte Beine, helle Boxershorts, ein zerknittertes weißes T-Shirt und glatte dunkle Haare. »Jan?« Vorsichtig stupste sie ihn an. Er rührte sich nicht. Sie setzte sich auf, gähnte und tänzelte ins Bad.

Zehn Minuten später war sie wieder da. Mit Schwung riss sie das Fenster auf. Kühle Luft strömte herein, die Vögel lärmten. »Morgen, Jan. Aufstehen. Ich muss gleich weg.«

Er knurrte unwillig und zog sich die Decke bis übers Kinn. Dann hellte sich seine Miene auf. Er rollte sich auf den Rücken, bekam ihre Hand zu fassen und zog sie zu sich hinunter. Ana machte sich los.

»Ich muss weg. Beeil dich.«

»Komm her. Das hat Zeit ... Ana.«

»Hat es nicht.« Sie zog die Brauen zusammen. »Wenn du schnell bist, gibt's Kaffee. Sonst musst du ohne hinaus.«

»Dusche?« Stöhnend richtete er sich auf.

»Wenn du rausgehst, links.« Sie beugte sich nach vorne, fasste ihre Haare zusammen, drehte sie zu einem Knoten und steckte sie fest. »Mach schnell.«

Im großen, lichtdurchfluteten Zimmer lag ihr Skizzenblock auf dem Tisch, hingen seine Jeans über der Sessellehne, sein Hemd. Stand das Bild. Sie griff nach einem Becher, goss Kaffee ein, nahm eine Milchpackung aus dem Kühlschrank, schraubte sie auf, schnupperte und stellte sie auf den Tisch.

Noch immer rauschte die Dusche.

Die Uhr zeigte halb neun. Energisch klopfte sie gegen die Tür. Das Geräusch verebbte.

Es ist richtig gut, murmelte sie und legte den Kopf schief. Das erste, mit dem sie zufrieden war. Sie trat näher und strich mit dem Zeigefinger über die Konturen, das Gesicht, die Halsbeuge. Man sieht es nicht gleich, aber es ist da! Das Offensichtliche, das Verdeckte.

Mit einem Mal war sie zuversichtlich. Sie würde es schaffen.

II

1992

Neun Stunden, siebenhundert Kilometer, liegen zwischen dem Damals und dem Heute. Sechsundzwanzig Jahre, mehr als ein Vierteljahrhundert. Und noch immer genügt ein Wort, ein Geruch, reicht es aus, dass mir jemand zu nahe kommt, und alles geht wieder von vorne los.

Ich bin immer noch dort.

Ich sehe den Raum, den bröckelnden Putz. Die harte Bank. Die Wände – vernarbt wie von einer Krankheit. Einer von denen, die uns bewachen, spuckt auf den Boden. Die ganze Zeit. Zieht auf und spuckt. Er kratzt sich zwischen den Beinen, unter den Achseln, und lacht.

Hinter dem Fenster hockt eine Lampe mit kaltem Licht. Steht ein Tisch. Ein Spind. Die Männer sind laut. Sie grölen. Ich höre die Frauen schreien.

Es stinkt nach Tabak. Nach Schnaps und Schweiß. Ich schaue in unrasierte Gesichter.

Ich verstehe die Fragen nicht.

Da – unterschreib!

Mein Kopf fliegt zurück. Ich blute. Ich taste mit der Zunge die Zahnreihen entlang.

Ich hebe den Kopf.

Ich liege auf dem Boden. Ein Stiefel stößt mich an: Steh auf.

Ich stehe auf.

II

Das Wasser prasselte auf Theres herab wie ein warmer Regen. Sie hielt die Augen geschlossen und spülte sich das Shampoo aus den Haaren.

Auf dem Waschbeckenrand lag sein Rasierer.

Hast du denn gar nichts gefühlt? Gibt es ein größeres Verbrechen, als das eigene Kind wegzugeben?

Hitze schoss ihr in die Wangen. Sie stellte das Wasser kühler. Der Boiler reagierte sofort – ein Kaltwasserschock, der sie zusammenzucken ließ –, dann pendelte sich die Temperatur wieder ein. Ihre Finger tasteten den Arm entlang nach oben. Unter den Achseln fühlte sie die feinen Narben.

War's dir egal?

Wie er den Kopf schüttelt: Was bist du nur für ein Mensch?

Flashback: Eine Packung enthält fünf scharfe Klingen. Eine genügt: kühler, glatter Stahl.

Wie sie die Luft anhält, die Kiefer verspannt. Die Klinge ansetzt. Auf der Innenseite der Oberarme, der Schenkel feine rote Linien zieht.

Das Rot ploppt auf, wird hell. Blut rieselt die Arme, die Beine entlang. Klaffendes, brennendes Fleisch, wo niemand es sieht. Tiefer. Noch tiefer. Wie ihr Magen sich hebt. Und sie über die Schnitte streicht. Und endlich nichts mehr fühlt.

Als Theres aus der Dusche stieg und nach einem Badetuch griff, hupte jemand vor dem Haus mehrmals und nachdrücklich. Tropfnass trat sie ans Fenster und wischte mit dem Handrücken über das beschlagene Glas.

In der Einfahrt stand Caros Mercedes-Coupé. Theres sah ihre Schwester aussteigen, um den Wagen herumgehen und die Beifahrertüre öffnen. Mit zwei großen Papiertragtaschen kam sie auf das Haus zu. Sie trug hohe Schuhe und wirkte noch schmaler als sonst.

Es klingelte, Theres öffnete die Badezimmertür. Caros Stimme und die von Thomas näherten sich dem Wohnzimmer.

»Kommst du, um mich zu kontrollieren?« Thomas' Stimme klang warm und gelöst.

»Wenn du so ein Dickschädel bist, muss man eben nachhelfen. Und, alles wieder gut bei euch? Nina ist unterwegs? Ich hab ihr was mitgebracht.« Theres hörte ein Rascheln. »Wo ist Theres?«

Rasch zog sie die Tür zu und griff nach dem Föhn. Sein Kreischen erfüllte den Raum. Jeden Moment musste Thomas auftauchen – aber niemand kam. Sie strich sich durch die Haare und schlüpfte in Jeans und Pullover.

Schon auf der Treppe vernahm sie Caros helle Stimme aus dem Wohnzimmer. »Was hast du denn da? Komm schon, zeig her.«

»Hey, lass das. Sie kann jeden Moment herunterkommen.«

Theres blieb stehen.

»Wahnsinn … Ist der schön! Hast du was gutzumachen?«

»Was soll ich denn –?«

»Entschuldige. Du bist natürlich über jeden Verdacht erhaben.« Theres hörte sie lachen.

»Ich finde das nicht witzig.«

»Ich bin halt ein gebranntes Kind«, sagte Caro. »Oft genug gesehen: Vater hat jeden seiner Seitensprünge mit einem besonders schönen Schmuckstück *wiedergutgemacht.* Hat Theres dir das nie erzählt?«

Sofort hatte Theres sein Gesicht vor Augen – und das ihrer Mutter im Augenblick der Kapitulation.

»Erst gab es Szenen, tagelang Schreien und Weinen. Dann eisiges Schweigen. Ich war mir sicher, er würde sie eines Tages um die Ecke bringen. Er hatte ja damals noch seine Waffen im Haus. Und Mutter …« Sie stieß die Luft aus. »Ich dachte, die ersticht ihn nachts im Schlaf.«

»Jetzt übertreibst du aber.« Thomas lachte unsicher.

»Ich hab alles getan, um ihre Aufmerksamkeit auf mich zu ziehen, aber sie waren so absorbiert von ihrem Drama, dass jedes meiner Manöver wirkungslos verpuffte. Und dann … dann kam er nach Hause und legte ihr ein Armband neben den Frühstücksteller. Oder eine Kette. Oder …«

Perlen. Einen Ring. Er hat sich nie entschuldigt. Sie hat sich nie bedankt.

»Damit war ›die Sache‹, wie Mutter das nannte, beendet«, fuhr Caro fort. »Sie hat den Schmuck angelegt und die nächsten Tage ständig getragen. Und damit gezeigt, dass –«

Theres drückte die Klinke nieder und betrat das Wohnzimmer. »Ein richtiger Ablasshandel.«

Thomas' Hand verschwand in der Hosentasche.

»… dass sie ihm vergeben hat«, sagte Caro und wandte sich ihr zu. »Du hast das registriert? Ich dachte immer …« Sie umarmten einander.

»Wie kommt ihr jetzt ausgerechnet –«

Thomas trat an ihre Seite. »Schlechter Zeitpunkt, Theres. Ganz schlechter Zeitpunkt. Ich sag es dir vorm Schlafengehen, wenn wir allein sind.«

»Aber«, fragte sie verwirrt, »warum?«

»Versprochen.« Er zog sie an sich und küsste sie auf die Schläfe.

Caro lächelte.

II

Der Nachtbus hielt an, neigte sich nach rechts und atmete seufzend aus. Die Tür öffnete sich. Ana drängte sich durch das Gewühl, das Telefon ans Ohr gepresst. Zwei Kerle stiegen mit ihr aus und schlurften eine Weile hinter ihr her. Sie überquerte die Straße. »Komm zum Punkt. Was willst du?« Sie blieb stehen, klemmte das Handy zwischen Ohr und Schulter und wühlte in ihrer Tasche. Der dünne Pullover war zerknittert. Sie schüttelte ihn aus und legte ihn sich um. Dann ging sie weiter.

»Sehen wir uns wieder?«

Sie wechselte das Telefon in die andere Hand und zog die Ärmel zurecht. »Du kapierst es nicht, oder?«

»Das war doch eine schöne Nacht?«

»Vergiss es.«

»Mit dir kann man schweigen«, schmeichelte er. »Das ist selten.«

Ana stöhnte.

»Du hast gesagt, ich kann –«

»Was?«, unterbrach sie ihn. »Jan, was willst du? Ich hab dir nichts versprochen. Ich bin dir nichts schuldig. Gar nichts.«

»Und das Bild?«

»Willst du jetzt ein Honorar oder was?«, fragte sie entgeistert.

»Hast du es fertig gemalt? Kann ich es sehen?«

»Fertig?« Sie wühlte in ihrer Tasche nach dem Schlüssel. Ein Mann steuerte mit seinem Hund den kleinen Grünstreifen gegenüber dem Haus an, ein Moped knatterte vorüber.

»Ich hab noch keine Füße auf dem verdammten Bild. Es endet bei den Knien. Darunter ist alles verwischt. Das ist noch nicht fertig. Da ist kein Boden.«

»Denk nach.« Das Schloss klemmte. Sie fluchte, bewegte den Schlüssel nach links, nach rechts, zog ihn mit Mühe wieder heraus und probierte es erneut. »Verdammt, jetzt mach kein Drama draus. Du bist mir Modell gesessen! Willst du jetzt mit mir diskutieren, was ich wie umsetze? Ich fasse es nicht.« Ihre Schritte hallten durch den Gang. Im Stiegenhaus strömte ihr das Aroma frisch gemahlenen Kaffees entgegen. Sie blieb stehen und schloss die Augen, ihre Nasenflügel weiteten sich.

Er gab nicht auf. »Und dass wir … Schon vergessen?« Er klang gekränkt.

»Muss ich dich deswegen heiraten?«

In Maschas Wohnung brannte bereits Licht. Das Fenster stand einen Spalt weit offen, die Kaffeemaschine blubberte. Auf Zehenspitzen huschte sie zu ihrer Wohnung, sperrte und zog leise die Tür hinter sich zu. Der Typ war unglaublich. Am besten, sie legte auf.

»Machst du das öfter?«

Ana blies die Luft aus.

»Verstehe«, sagte er. »So eine bist du.«

Ihre Augen wurden schmal. »Genau. So eine. Eine, die tut, was sie will. Und also ganz bestimmt nichts für dich.« Sie schaltete das Handy aus und schlüpfte aus den Schuhen. Hinter dem Schlafzimmerfenster ging blutrot die Sonne auf.

II

Theres drehte den Ring mit den drei kleinen Diamanten, den Thomas ihr an den Finger gesteckt hatte. Zum Ehering. Es fühlte sich falsch an. Ein, zwei Tage lief alles gut. Sie war sich sicher. Dann wieder zog sie alles und jedes in Zweifel. *Wir reden nur, um die Stille zwischen uns zu übertönen.* Es änderte sich nichts.

»Er erkennt mich nicht mehr«, sagte sie erneut in Thomas' Richtung.

»Herr Nejedly?« Nina kaute an ihrem Bleistift und runzelte die Stirn. »Wird er sterben?« Er war gestürzt. Es stand nicht gut um ihn.

Theres hob die Schultern. »Jemand anderer wird sich um ihn kümmern. Morgen bin ich bei Frau Sudić. Meinst du, ich soll sie vorher anrufen?«

»Wen?« Endlich ließ Thomas die Zeitung sinken.

»Die Frau, die Mama besucht.« Nina verdrehte die Augen. »Klar. Ruf sie an. Vielleicht hat sie ja was anderes vor.«

Sie geht nie aus dem Haus. »Ja, du hast recht«, sagte sie.

Die Zeitung raschelte, Thomas erhob sich. »Mir wäre es lieber, wenn du diese Besuchsdienstsache …«

»Nina, weißt du, wann Jan wieder kommt?«

Ihre Tochter schenkte sich Saft nach und trank. Aufreizend langsam. Sie zuckte die Achseln. »Weiß nicht. Bald. Sein Vater macht Stress.«

»Kein Wunder bei dem Benehmen!«

Nina pfauchte. »Du bist bloß sauer, weil er deinen Rat nicht wollte.«

»Sauer? ›Ich hab schon einen Vater, danke!‹ Findest du das in Ordnung?«

»Wovon redet ihr? Würde mir bitte jemand …«

»Das kann man auch anders sagen. Wofür hält er sich? Er ist hier Gast, hängt die ganze Zeit bei uns herum und … nein, warte«, wehrte er ihren Versuch ab, ihn zu unterbrechen, »und ist, entschuldige, rotzfrech, wenn ihm was nicht passt.«

Theres hob die Hand. »Also, jetzt einmal langsam!«

»Jan hat das nicht so gemeint! Sein Vater macht dauernd Druck, und –«

»Vielleicht schafft er es ja, ihm endlich Manieren beizubringen. Zeit wär's.«

»Mama, sag doch was.«

»Das war sicher ein Missverständnis?«, sagte Theres zögernd. »Was ist überhaupt –«

»Er ist nicht der Engel, für den du ihn hältst, Theres. Der kann auch ganz anders, glaub mir.«

Nina war den Tränen nahe. »Das ist gemein. Das stimmt überhaupt nicht.«

»Ich finde, er hängt zu viel hier herum«, wiederholte er.

»Moment«, sagte Theres scharf. »Wir waren uns einig –«

»Einig? Du hast mich vor vollendete Tatsachen gestellt.«

»Also, ich –«

»Papa, das ist nicht fair. Und überhaupt, Jan ist es völlig egal –«

»Was willst du damit sagen?«

Theres sah vom einen zur anderen. Die Küchenuhr tickte.

»Nichts«, sagte Nina und senkte den Blick.

II

1992

Ein Lichtstrahl fährt mir ins Gesicht.

Aufstehen. Mitkommen.

Ich stolpere durch den Gang. Im grellen Licht stehe ich reglos – ein Stück Holz.

Ausziehen!

Ich hatte ein Leben. Jetzt habe ich keines mehr. Das Blut rauscht in meinen Ohren. Wie Wölfe fallen sie über mich her.

Einer hebt eine Flasche und lässt sie niedersausen. Von der Tischkante springen Splitter, neben mir blinken Scherben mit scharfen Kanten.

Ich ziehe mich aus. Hände greifen nach mir. Umklammern meinen Hinterkopf. Er zwingt mein Gesicht in seine Richtung.

Schau mich an!

Ich blicke ins Leere.

Es dauert lange, bis man gar nichts mehr spürt.

‖

Frau Sudić hatte sie gebeten, ein andermal zu kommen. »Ich bin müde, Theres. Ich lege mich wieder hin. Nein danke – ich brauche nichts.«

Also war sie zu Herrn Nejedly gefahren, aber der alte Mann erkannte sie nicht mehr. Man hatte ihn auf die Pflegeabteilung verlegt, und plötzlich tat er ihr leid. Er kam ihr kleiner vor, wie geschrumpft, sein Gesicht war fahl und eingefallen. Sie war neben seinem Bett gestanden und schließlich aus dem Zimmer geflohen, von der Angst gepackt, er könnte jetzt – direkt neben ihr – sterben. Erst auf dem Heimweg hatte sie begriffen: *Die Zähne! Natürlich!* Man hatte ihm die Zahnprothese entfernt.

So sieht also das Ende aus, dachte sie, als sie nach Hause kam. *Allein in einem kleinen Zimmer, in Windeln, zahnlos, von schnaufenden Maschinen umgeben. Ausgeliefert.* Ihr schauderte.

Oben knallte eine Tür. »Mama! Mama!« Die Treppe vibrierte. »Wir müssen Jan abholen. Schnell. Er braucht uns. Komm.«

»Was ist passiert?«

»Erzähl ich dir später. Komm jetzt. Bitte.« Sie zerrte an Theres' Arm. »Er steht am Bahnhof.« Sie schniefte.

Auch während der Fahrt erfuhr Theres nur Bruchstücke. Es hatte wohl wieder Streit gegeben.

»Weswegen?«

»Wegen nichts. Weil ... weil ... er hasst Jan.«

»Bestimmt nicht.« Theres setzte den Blinker und bog auf den Bahnhofsvorplatz ab.

Nina riss die Tür auf. »Jan!« Sie winkte. »Jan!«

Er stand neben dem Zeitungskiosk. Theres registrierte die prall gefüllte Reisetasche zu seinen Füßen. *Heißt das, er will bei uns einziehen? Sein Vater wird toben.* Der nächste Konflikt zeichnete sich ab.

Jetzt hatte er sie entdeckt. Er bückte sich nach der Tasche, wuchtete sie über die Schulter und setzte sich in Bewegung. Wie ein verdammter Cowboy, dachte sie. Ein einsamer Held. *Man kann es auch übertreiben.*

»Danke, dass ihr gekommen seid. Nina hat dir gesagt ...?« Er verstaute sein Gepäck im Kofferraum, Nina setzte sich zu ihm nach hinten. Der Rückreiseverkehr in die Stadt hatte bereits eingesetzt. Theres trommelte mit den Fingern auf das Lenkrad. *Na endlich!* Sie nutzte eine Lücke in der Kolonne und reihte sich ein.

Im Fond des Wagens war es still. Es dauerte eine ganze Weile, bis sie begriff: Sie schrieben einander Nachrichten! *Ich soll nicht mitkriegen, worüber sie sich unterhalten.*

»Wissen deine Eltern, wo du bist?«, fragte sie schärfer als beabsichtigt.

»Ich werde Mam anrufen, damit sie sich keine Sorgen macht. Sobald wir zu Hause sind«, murmelte er, ohne den Blick vom Display zu nehmen.

Zu Hause! »Und dann?«

»Ich dachte, ich kann vielleicht bei euch bleiben. Bis er sich wieder beruhigt hat.«

»Nur wenn deine Eltern einverstanden sind.«

Er verzog den Mund

»Mama, Jan ist achtzehn!«

Aber Theres blieb dabei. »Wenn man zusammen in einem Haushalt lebt, gibt es Spielregeln. Egal, wie alt man ist.«

»Ich hab doch gesagt, ich ruf an!«

Dieser Ton war neu. Sie runzelte die Stirn.

Er reagierte sofort. »Entschuldige, Theres.« Er beugte sich vor und berührte ihre Schulter.

Seine Augen! *Hat er getrunken?* Sie roch keinen Alkohol. »Schon gut«, sagte sie.

»Bist du sauer?«

»Nein.« Aber das entsprach nicht der Wahrheit. Vielleicht hatte Thomas recht und sie war blind für seine Schwächen?

»Danke«, sagte er leise.

Sofort hatte sie ein schlechtes Gewissen.

Beide verzogen sich nach oben. Theres wartete.

Er muss doch längst ausgepackt haben! Aber im Gästezimmer war niemand. So geht das nicht, dachte sie. *Quartiergeberin. Taxi. Und dann mit ein paar Brocken abgespeist werden.* Energisch klopfte sie nebenan und öffnete die Tür.

Sie lagen auf Ninas Bett. Hinter ihnen waren Kissen zu einem Gebirge aufgetürmt. Es war heiß. Jan hatte sein Hemd auszogen. Das T-Shirt betonte seine Muskeln.

»Was macht ihr?«

»Nichts Besonderes. Quatschen.«

»Kommt runter. Ich hab euch Brote gemacht.« Sie wechselten einen Blick und richteten sich auf.

»Danke«, sagte Jan ohne große Begeisterung.

»Hast du schon angerufen?«

»Jaaaa, gleich«, versprach er erneut. »Nach dem Essen.«

Theres seufzte und zog die Tür hinter sich zu.

Als Thomas zurückkam, saßen sie im Wohnzimmer. Jan schnellte hoch und war mit drei Schritten bei ihm. »Thomas, tut mir leid. Ich hab das nicht so gemeint.« Er streckte ihm die Hand hin.

»Du bist hergekommen, um –«

»Ich wollte mich entschuldigen«, sagte Jan. Er sah zerknirscht aus. »Ich hatte Streit mit meinem Vater. Und ich wollte … äh … dich fragen, ob ich vielleicht heute hierbleiben kann.«

Nina spielte mit ihrem Handy, als ginge sie das Ganze nichts an.

Thomas zögerte. »Hast du …?«

Theres zuckte die Schultern.

»Meinetwegen. Bis sich das Ganze wieder beruhigt hat. Dein Vater weiß, dass du hier bist?«

»Hat Mama schon gefragt.« Ninas Ton sagte deutlich: Ihr nervt.

»Also?«

»Ich ruf gleich an, damit sich Mam keine Sorgen macht.«

»Wenn dein Vater das Okay gibt, kannst du hierbleiben.«

»Oooch, ihr seid so –« Nina stampfte auf wie ein kleines Kind.

»Nina, es reicht!«

Dann kam der Anruf.

II

1992

Ich gehe davon, während ein harter fremder Körper meinen niederdrückt. In der Nacht, auf dem Stroh, im Gestank, unter den anderen Frauen, gehe ich in der Abendsonne an unserem Haus vorbei, die warmen Stufen hinunter, auf denen wir sitzen, wenn der Tag zur Neige geht. Lege die Hand auf die Steinmauern, die raue Rinde des alten Baums neben dem Durchgang zur Scheune.

Während einer meinen Leib malträtiert, sein Keuchen sich nähert, entfernt und wieder näher kommt, immer schneller, beiße ich mir auf die Knöchel und folge dem kleinen Weg hinter dem Haus durch den Wald, die silbrigen Stämme der Buchen entlang hinunter zum Fluss …

Das bin nicht ich.

Das gefällt dir!

Die Lampe schaukelt über seinem Kopf. Eine Hand packt mein Haar. Und mein Kopf schlägt im Takt auf den Tisch, auf den Tisch, auf den Tisch. Wie Trommelwirbel: tatam, tatam, tatam.

Jan fummelte das Handy aus der Hosentasche. »Mam? Du musst dir keine Sorgen machen. Ich bleibe heute bei Nina. Was ist los? Weinst du? Hey«, seine Stimme wurde sanft, »er wird sich beruhigen. Mam? Alles okay?« Seine Augen weiteten sich. »Was? Was sagst du?« Es sah aus, als hörte er auf zu atmen. »Nein«, stammelte er. »Nein.« Er presste das Handy ans Ohr. Schluckte. Nickte. »Wo bist du? Ist jemand bei dir? Okay, bleib da, Mam. Warte auf mich, hörst du. Ich bin gleich bei dir.«

Nina war sofort an seiner Seite. »Was ist passiert?«

»Mein Vater. Ein Unfall. Er ist mit dem Auto gegen einen Lastwagen geprallt. Mam sagt …« Er war weiß wie die Wand. »Sie sagt, er ist tot.«

Theres fing sich als Erste. »Ich fahr dich hin. Welches Spital?«

Nina wollte mit, aber er wehrte ab. »Meine Mam braucht mich jetzt.«

Während der ganzen Fahrt saß er mit geschlossenen Augen neben ihr.

»Jan?« Sie berührte seinen Arm.

»Das habe ich nicht gewollt«, sagte er leise. »Das habe ich nicht gewollt.«

Betti stand schmal und verloren neben einer Gruppe von Rauchern, die sich um einen Standaschenbecher drängten, die Schultern hochgezogen, als würden sie frieren.

»Jan, er ist tot«, flüsterte sie.

Er beugte sich zu ihr hinab und zog sie in seine Arme. Wenn er sie jetzt loslässt, dachte Theres, kippt sie um.

»Sie haben mich ins Zimmer gebracht«, flüsterte Betti. »Mir einen Sessel hingestellt. Dann ging ein Alarm los. Ein ganzer Pulk von Ärzten ist hereingestürzt. Sie haben mich hinausgeschickt.« Sie schluchzte auf. »Als sie … als sie herausgekommen sind … ich habe es an ihren Gesichtern gesehen.« Er streichelte ihr Haar. »Jan, ich hab doch nicht gewusst …«

»Pscht«, machte er. »Pscht, Mam. Jetzt nicht reden. Ich bin ja da, Mam. Keine Angst. Ich bin ja da.«

»Er hat mir noch gesagt …«

»Pscht, pscht.« Er stand reglos und drückte sie an sich. Er wirkte seltsam gefasst. *Er steht unter Schock.* Ihre Blicke trafen sich.

Theres fühlte einen Knoten im Hals. Am liebsten wäre sie weggelaufen. Sie wusste nicht, wohin mit ihren Händen. »Wollen Sie sich nicht setzen, Betti?«

»Komm, Mam, da vorne ist eine Bank.« Jan löste sich von ihr und nahm sie um die Schultern. »Theres, holst du Mam was zu trinken?«

Sie nickte und setzte sich in Bewegung. Einer der Raucher rempelte sie an und rief ihr eine Unverschämtheit nach.

Die Tür öffnete sich in einen breiten Gang. Patienten in Morgenmänteln und Jogginghosen flanierten auf und ab. Zwei Ärztinnen eilten nach hinten zu den Liften, ein älterer Mann mit Blumen fragte nach dem Weg. Andere kamen ihr entgegen. Sie wirkten erleichtert.

Nahe dem Eingang war ein kleines Café. Sie kaufte Mineralwasser und ließ sich einen Pappbecher mit Kakao geben. Ihre Hände zitterten. *Wenn Thomas nicht mehr nach Hause käme … ein Unfall … und ich mit Nina allein … Nicht daran denken!*

»Ist Ihnen nicht gut?« Sie fühlte eine Hand auf ihrem Arm, braune Augen schauten sie besorgt an. Sie schüttelte den Kopf, brachte ein Lächeln zustande und machte, dass sie wegkam.

Der Großteil der Raucher hatte sich verzogen. Sie schienen in Wellen zu kommen und zu gehen. Eine verhärmt wirkende Frau drückte ihre abgeschabte Einkaufstasche an sich. Zwei beleibte Männer watschelten ihr entgegen, dahinter ein Paar mit einem kleinen Mädchen. Sie schwangen das Kind hoch und ließen es sanft wieder landen. Es quietschte vor Vergnügen. Dann machte es sich los, umarmte die Beine des Vaters und drückte sich an ihn. Er hob es lachend in die Höhe und küsste es zärtlich. Sie rieben ihre Nase aneinander. Das Kind kicherte. Nun waren sie auf gleicher Höhe. Theres stutzte: Das Mädchen war – anders. Down-Syndrom. Sie geriet aus dem Tritt. Der Kakao schwappte über. Ihre Angst, Nina könnte behindert zur Welt kommen, *zur Strafe,* hatte sich nach und nach zu einer regelrechten Panik ausgewachsen. *Wie kommt eine Mutter damit klar?* Die Frau hatte die gleiche Frisur wie das Kind, Stirnfransen und eine Spange mit Blumen im dünnen Haar. Leuchtende Augen, ein strahlendes Gesicht, noch ein wenig erhitzt vom Spiel, wie ihre Tochter, die jetzt die

Arme nach ihr ausstreckte und ihr kleine Küsschen zuwarf. Beschämt wandte Theres sich ab.

Die Sonne war weitergewandert, Jan und Betti saßen jetzt im Schatten. Ihre Köpfe fuhren auseinander. Betti griff nach dem Kakao, Jan nahm ihr das Wasser ab. »Setz dich.«

Betti rückte ein Stück zur Seite. »Sie haben gesagt«, der Becher in ihrer Hand zitterte, »wir können uns von ihm verabschieden.«

»Reingehen?« Jan sah gehetzt um sich.

»Es wird sein, als würde er schlafen. Man muss keine Angst haben«, sprach Betti sich selber Mut zu. Sie stand auf und warf ihren Becher in den Mistkübel neben der Bank.

»Mam –«

»Warte hier auf mich.«

»Soll ich mitkommen?«, fragte Theres ohne nachzudenken. Betti biss sich auf die Lippen. Dann nickte sie und hängte sich bei ihr ein.

Theres hatte noch nie einen Toten gesehen. In Filmen, ja, aber das war weit weg und hatte sie kaum je berührt. Das war nicht echt. Bei Kriegsberichten und Katastrophenmeldungen schaltete sie den Fernseher aus oder verließ den Raum. Nun ging sie mit Betti wieder einen Gang entlang, der nach Desinfektionsmittel roch, stand neben ihr in einem der großen Lifte und starrte auf den roten Pfeil, der von Etage zu Etage sprang. *Wie er wohl aussieht? Nicht daran denken!* Menschen stiegen ein und aus. Die Kabine füllte und leerte sich. Sie wurde an die Rückwand gedrängt und drehte das Gesicht zur Seite. Die Gerüche, die Nähe all dieser Leute ließen ihren Atem schneller gehen. *Riechen Tote? Wenn man den Raum betritt … Jetzt nur nicht panisch werden!* Sie linste einem älteren Mann auf das behaarte rechte Ohr und kämpfte mit Mühe einen plötzlichen Lachreiz nieder. Der Mann sah sie streng an. Mit einem »Bling«

öffnete sich die Tür, Betti griff nach ihrer Hand und zog sie mit sich.

Vor dem Schwesternstützpunkt blieben sie stehen. Ein Pfleger hob den Kopf. »Wir haben Ihren Mann in einen anderen Raum verlegt. Da können Sie sich in Ruhe verabschieden.« Er wandte sich an Theres. »Sie sind eine Freundin?«

Betti nickte. »Ja«, sagte Theres viel zu laut.

»Kommen Sie.« Er hatte dicke Oberschenkel und schob sich vorwärts, die Arme links und rechts in ständiger Bewegung, als müsste er die Luft aus dem Weg schaufeln. Schon nach wenigen Metern war er außer Atem. Theres konzentrierte sich auf das Geräusch seiner Schuhe, ein leises, weiches Quietschen, das irgendwie verwischt klang. Vor einer Tür neben den WC-Anlagen stoppte er unvermittelt.

Das Bad? Sie haben ihn ins Bad geschoben?

»Ich lasse Sie jetzt allein. Kommen Sie, bevor Sie gehen, bitte noch einmal nach vorn. Ich gebe Ihnen dann seine Sachen.«

»Ist gut.« Betti stand so aufrecht, dass es wehtun musste. Unwillkürlich griff sich Theres in den Nacken. Das Herz klopfte ihr bis zum Hals. Der Pfleger watschelte den Gang zurück. Theres sah ihm nach, bis er um die Ecke verschwand.

»Wenn Sie lieber hier warten wollen …«

Sie ist die Stärkere von uns beiden, dachte Theres. Sie schüttelte den Kopf. »Ich komme mit.« Jetzt gab es kein Zurück mehr.

Er lag zugedeckt, die Hände auf der Brust gefaltet. Das Leintuch reichte ihm bis zum Hals, das Kinn war hochgebunden. Er sah friedlich aus. Bleich. Unbewegt. *Wie aus Wachs modelliert.* Das Fenster stand einen Spalt weit offen, die Vorhänge bewegten sich.

Betti zog einen Sessel zu sich herüber. Sie setzte sich ein kleines Stück vom Bett entfernt und blickte ihren Mann unverwandt an. In den Filmen redeten die Hinterbliebenen mit dem Toten, weinten, küssten ihn, umfassten seine Finger. Betti tat nichts dergleichen. Theres hörte sie atmen, sah, wie sie ihre Hände ineinanderlegte, wieder löste und schließlich vor der Brust verschränkte. Sie rückte nicht näher, berührte ihn nicht.

Unten an seinen Armen sammelten sich dunkle Seen. *Totenflecken. So schnell geht das? Das Sterben. Der Verfall. Alles, was einen Menschen ausmacht, ist mit einem Schlag weg. Wie nie gewesen.* Theres schauderte. Wie unter Zwang sah sie erneut hin.

»Er ist nicht mehr da«, sagte Betti. Die Sesselbeine schrammten über den Boden. »Jan und ich – jetzt sind wir allein.«

II

1992

Sie kam zwei Tage nach mir. Sie war jung und zierlich. Ihre Augen waren die eines Kindes.

Ich heiße Nava, sagte sie. Was ist das hier? Ein Gefängnis? Ich habe nichts getan.

Sie holten sie noch in derselben Nacht.

Nava schrie und klammerte sich an den Frauen links und rechts von ihr fest. Sie lösten ihre Finger, schlugen sie ins Gesicht und zerrten sie hoch. Sie boxte und trat um sich. Sie schleppten sie über den Boden, über die liegenden Frauen, die sich tot stellten wie ich, über das Stroh, den Dreck. Sie schrie die ganze Zeit, bis die Tür zufiel, den Gang entlang, den ganzen Weg über den Hof.

Ich habe gebetet, aber Gott war nicht da. Sie brachten sie zurück. Sie war ganz still. Sie legten sie neben der Tür ab. Keine von uns hob den Blick.

II

Theres rannte die Straße entlang. Ihre Wangen brannten. Sie hatte sie tatsächlich weggeschickt! »Es ist besser, Sie kommen nicht mehr«, hatte sie gesagt. »Es ist besser, ich bin allein. Bitte gehen Sie.«

»Aber …«

»Es ist nicht Ihre Schuld, Theres. Es liegt an mir. Es tut mir leid.«

Trotzdem fühlte es sich an, als hätte sie versagt.

Zu Hause dröhnte der Fernseher in voller Lautstärke. Thomas war nirgends zu sehen. Nina saß mit nassen Haaren auf dem Sofa im Wohnzimmer. Schnell geschnittene Clips flimmerten über den Bildschirm. Theres griff nach der Fernbedienung und stellte den Ton leiser. Nina wedelte mit der Hand und scheuchte sie aus dem Bild. Erst jetzt sah Theres, dass sie telefonierte. »Natürlich bist du nicht schuld, Jan. Was redest du? Warum glaubst du –?« Sie nickte ernst. »Ich komme hin, wenn du willst. Was? Nein, das ist Mama.« Sie verlagerte ihr Gewicht, zog ein Bein zu sich und beugte sich vor. »Die befragen eben alle. Keine Ahnung. Du, ich muss Schluss machen. Ich ruf dich später noch einmal an, gut?«

Theres deutete auf das Telefon. »Kann ich kurz mit ihm reden?«

»Warte, Mama will noch –« Sie hielt ihr das Smartphone hin.

»Jan?« Im Hintergrund war Musik zu hören.

»Theres.« Er klang nicht begeistert.

»Ihr wart so schnell weg. Ich wollte dir nur sagen, wenn du etwas brauchst …«

»Mam war beim Arzt. Er hat ihr was verschrieben, damit sie schlafen kann.«

»Und du?«

»Ich?« Er wirkte irritiert. »Geht so. Muss lernen. Hab morgen die Schriftliche.«

»Die kannst du doch auch im Herbst machen. Jeder wird verstehen …« Sie hörte ihn atmen. »Jan?«

»Ich mach das schon«, sagte er knapp.

Sie wollte etwas erwidern, aber er hatte bereits aufgelegt.

II

2018

Ich ertrage die Stille nicht. Nicht mehr. Ich rede und rede – und Ana schweigt. Sie hat die Vitrine leergeräumt. Es riecht nach Spiritus, ich spiegle mich im Glas. Meine Sachen stapeln sich auf dem Tisch. Vorsichtig nimmt sie Stück für Stück in die Hand und stellt es zurück: ein Kaffeeservice, Kristallgläser, zwei, drei kleine Figuren, Geschenke von früheren Arbeitskolleginnen. Was man so schenkt, wenn man die andere nur flüchtig kennt.

Sie zieht die Lade auf und schließt sie wieder. Sie tut Ihnen nicht gut, sagt sie. Jedes Mal, wenn sie da war, sind Sie aufgewühlt. So kenne ich Sie nicht.

Ich schaue auf ihren gebeugten Nacken mit den hochgebundenen Haaren.

Sie regt Sie auf.

Eine Fliege prallt gegen die Lampe. Und wieder. Sie lernt nicht. Wir alle lernen nicht. Der Wind rieselt durch die

Blätter vor dem Fenster, im Hof weint ein Kind. Anas Füße setzen sich wieder in Bewegung.

Es geht mich nichts an, sagt sie von der Schwelle her, aber –

Was?

Sie bleibt stehen.

Nichts, sagt sie und verschwindet in der Küche.

II

Theres riss die Kastentüre auf, zerrte Blusen von den Bügeln, griff nach der nächstbesten, schnappte sich im Vorzimmer ihre Tasche, lief noch einmal zurück, um ihren Pass zu holen, und rannte aus dem Haus. *Jan braucht mich. Jan wartet.*

»Ich bin auf dem Kommissariat. Kannst du kommen?«

»Polizei?« Im Hintergrund klingelten Telefone, mahnte jemand zur Eile. »Was –?«

»Mam schafft das nicht. Bitte, Theres, komm.«

Ihr Herz klopfte wie verrückt. »Ja. Klar. Ich mach mich –«

Aber da war schon ein Polizist am Apparat. »Ihr Sohn redet nicht mit uns. Wir warten mit der Vernehmung, bis Sie hier sind.«

»Vernehmung? Worum geht es?«, stammelte sie.

»Wir befragen ihn zum Unfall seines Vaters.«

»Was hat Jan damit zu tun? Entschuldigung. Was sagten Sie?«

Er wiederholte die Adresse. »Wann können Sie da sein?«

»Ich … ich weiß nicht …« Sie schaute auf die Uhr. »Zwanzig Minuten. In zwanzig Minuten bin ich da.«

Der Wagen stand in der prallen Sonne. Sie fischte ihre Sonnenbrille aus der Tasche, wischte hastig mit dem Ärmel über die Gläser und schob sie sich auf die Nase. Hinter ihr fiel die Gartentüre ins Schloss.

Aus dem Augenwinkel nahm sie ein helles Flirren wahr,

eine winzige Bewegung. Der Aufprall kam völlig unerwartet und nahm ihr die Luft. Sie wurde hochgerissen, sah ein weißes Gesicht mit verspiegelter Brille und tastete verzweifelt nach einem Halt. Während der Motor aufheulte, kippte sie seitlich weg, wie in Zeitlupe, und ging zu Boden. Staub wirbelte auf, spitze Steine bohrten sich in ihren Knöchel, das Zaungitter fing sie ab.

Langsam hob sie den Kopf. Sie wartete auf das leise Jaulen eines rückwärtsfahrenden Wagens, das Schlagen einer Autotür. Gleich würde sich jemand über sie beugen, blass und erschrocken, ihr aufhelfen. Aber die Straße lag still da. Niemand kam. Mühsam richtete sie sich auf. Die linke Hand, der Knöchel brannten. Vorsichtig streckte sie die Arme und bewegte die Zehen. Es tat nicht besonders weh. *Aber die weiße Hose!* Tränen traten ihr in die Augen, ein Zittern erfasste nach und nach ihren ganzen Körper. Ich bin in ein Auto gelaufen, dachte sie. *Ich könnte tot sein.* Keuchend atmete sie aus. Ihre Zähne schlugen aufeinander.

Sie wischte Sand von der aufgeschürften Handfläche und zog sich stöhnend am Gitter hoch. Ihre Knie schlackerten. Die Sonne stach herab. Hinter den Hecken der umliegenden Gärten blieb alles ruhig. Benommen strich sie die Bluse glatt. *Der ist einfach weitergefahren! Ich könnte tot sein.* Sie griff hinter sich und umklammerte das Zaungitter. *Das muss doch jemand gesehen haben! Die Polizei wird …*

Du lieber Himmel – Jan!

Aus dem Wageninneren schlug ihr Backofenhitze entgegen. Theres öffnete die Fenster, alle vier, startete, wendete vorsichtig und fuhr los. Binnen Minuten war sie klitschnass. Nun kam auch der Schmerz: Der linke Oberschenkel war hart und druckempfindlich, der Knöchel pochte. Sie saß aufrecht wie ein Sonntagsfahrer und umklammerte das Lenkrad. Reiß dich zusammen, befahl sie sich. *Jan wartet.*

Ungelenk kletterte sie aus dem Wagen. Sie hatte geschlagene vierzig Minuten gebraucht.

Der Beamte im Tor hatte keine Eile. Sie biss sich auf die Lippen, versuchte das schmerzende Bein zu entlasten und sah ihm zu, wie er telefonierte, lachte, schließlich auflegte und sich wieder ihr zuwandte. Der Türöffner summte. Sie steckte ihren Pass, den er nicht beachtet hatte, wieder in die Tasche und humpelte los. Ihr linker Köchel tobte. Es dauerte weitere fünf Minuten, bis sie das richtige Zimmer gefunden hatte. Sie klopfte und riss die Tür auf. Zwei Männer hoben die Köpfe. Von Jan keine Spur.

»Er wird gerade erkennungsdienstlich behandelt. Nehmen Sie draußen Platz.«

Theres ließ sich auf der harten Holzbank nieder und strich sich die Haare hinter die Ohren. Ihre Nasenflügel weiteten sich. Langsam hob sie die Arme ein Stück, schnupperte und legte sie wieder eng an den Körper. Die Toiletten lagen nur ein Stück den Gang hinauf, aber jeden Moment konnte die Tür aufgehen und … Immer wieder schreckte sie auf. Beamte in Zivil kamen vorbei, Uniformierte. Eine schlanke, energisch ausschreitende Frau mit Akten unter dem Arm verschwand in einem der hinteren Büros und kam kurz darauf frisch frisiert und mit einer Umhängetasche über der Schulter zurück.

Vielleicht wäre es gut, zur Sicherheit einen Anwalt anzurufen? *Mam schafft das nicht.* Aber wen? Sie kannte keinen.

Drei Türen weiter tat sich etwas. Ein bulliger Mann in Zivil erschien. »Frau Rössler?« Sie nickte. Auf zittrigen Beinen überquerte sie den Gang.

Seit sie weg ist, muss ich ständig an sie denken. Ihre Wimpern haben helle Spitzen, über ihre Wangen fliegt eine leichte Röte. Sie beugt sich vor.

Als der Krieg ausgebrochen ist …

Ausgebrochen!

Ich kenne niemanden wie sie. Sie hat alles, aber es ist, als hätte sie nichts. Ich hätte sie nicht wegschicken dürfen. Ich habe einen Fehler gemacht. Und jetzt? Ich weiß es nicht.

Erzählen Sie mir von Bosnien, Frau Sudić.

Ich schüttle den Kopf.

Sie wird rot. Räuspert sich. Ihr Blick geht im Zimmer herum, als suche er Halt. Jans Vater, sagt sie, kam von dort.

Kam?

Sie nickt. Ihre Augen sind grau. Er hat mich verlassen, sagt sie. Noch bevor das Kind da war.

Die Männer sind überall gleich. Die Menschen sind überall gleich. Im Guten wie im Schlechten. Nur die Landschaft ändert sich, je nachdem, wohin man fährt. Sie wird sanft oder schroff, sie weitet sich, gleitet oder stürzt ins Meer. Sie faltet sich auf zu Gebirgen. Sie weist dich ab, sie beschützt dich, sie liefert dich aus.

Als der Krieg ausgebrochen ist …

Der Krieg verändert die Menschen. Er hat oft im Schlaf gezittert, geschrien. Er war … Er hat … Mit dem Zeigefinger malt sie kleine Kreise auf den Tisch. Ich sehe sie lächeln, ich sehe sie weinen. Ich bereite uns Tee zu. Ihre Hände umschließen die Schale.

Als Stunden später die Dämmerung ins Zimmer kriecht, stehe ich auf und mache Licht.

||

Ein ramponierter Schreibtisch. Ein Bildschirm, ein Drucker. Die Zettel auf der Pinnwand flatterten, als die Türe mit einem Knall hinter ihr zuschlug. Eine magere, gelbliche Yuccapflanze darbte in der Ecke. Der Raum sah unbenutzt aus.

Wo war Jan?

Der Kriminalbeamte wies gleichgültig auf eine der beiden Sitzgelegenheiten vor dem Schreibtisch. Sein Drehsessel ächzte.

»Sie können bei der Vernehmung dabei sein. Sie mischen sich nicht ein«, erklärte er. »Haben Sie einen Ausweis mit?«

Theres nickte und wühlte in ihrer Tasche.

Die Tür zum Nebenzimmer öffnete sich. Sie sprang auf. Ein Uniformierter schob Jan vor sich her in den Raum.

»Jan«, sagte sie hilflos.

»Setz dich«, sagte der Beamte. »Vielleicht machst du ja jetzt den Mund auf.« Er wandte sich an Theres. »Wir haben ihn bereits belehrt.«

Belehrt?

Jan sah sie an, als erwarte er von ihr seine Rettung. Sein rechtes Bein wippte. Sie versuchte ein Lächeln, das kläglich misslang. *Ich hätte Caro anrufen müssen! Er braucht einen Anwalt.*

»Theres, ich …« Er hatte eiskalte Finger.

Der Beamte hackte auf der Tastatur herum, ohne sie weiter zu beachten.

»Sie sind die Mutter?«

»Ich bin –«

»Meine leibliche Mutter«, unterbrach Jan. »Ich bin adoptiert.« Er klang kühl. Arrogant? Er hat Angst, dachte sie, und will das nicht zeigen.

Der Beamte lehnte sich zurück und musterte ihn. Jan verschränkte die Arme vor der Brust. Der Polizist seufzte, raschelte mit den Papieren und griff nach Theres' Pass. »Adoptiert«, sagte er, als erkläre dies alles.

»Und?« Jan schob das Kinn vor.

»Jan, bitte!« Er schüttelte ihre Hand ab.

»Die leibliche Mutter«, brummte der Beamte, während er mit zwei Fingern die Tastatur bearbeitete.

Sie räusperte sich. Ihr war heiß. »Worum geht es? Brauchen wir einen Anwalt?« *Was um Himmels willen tut man in so einer Situation?* Sie hatte keine Ahnung.

»Also, du …«

»Ich möchte mit Sie angesprochen werden.«

Der Beamte zog die Braue hoch. »Selbstverständlich, Herr …« – er blätterte in den Unterlagen – »Igler«, sagte er kühl. »Wir haben Sie bereits einmal kurz befragt. Es geht um den Tod Ihres Vaters, äh … Adoptivvaters, infolge eines Autounfalls vor zehn Tagen. Wenn Sie einen Anwalt möchten, steht Ihnen das selbstverständlich frei. Wir warten gerne noch ein, zwei weitere Stunden.«

Die Tür flog auf. Theres fuhr herum. »Und, ist die Mama da? Redet er jetzt?« Der Kerl war ihr sofort unsympathisch. Muskeln, Frettchengesicht, Messerhaarschnitt. *Die Sorte, die um jeden Preis nach oben will.* Er durchquerte den Raum, blieb breitbeinig vor dem Fenster stehen und betrachtete sie beide, als wären sie Komplizen. *Good cop, bad cop. Die machen das tatsächlich so!*

»Es gibt Ungereimtheiten«, begann der Beamte vor ihnen. »Fangen wir von vorne an. Sie, Herr Igler, haben angegeben, dass Sie ein gutes Verhältnis zu Ihrem Adoptivvater hatten.«

Theres wagte es nicht, Jan anzusehen.

»Ihre Mutter … äh, Adoptivmutter hat das bestätigt.«

»Ja. Und was wollen Sie noch?«

»Jan, du musst –«

Der Beamte stoppte sie mit einem Blick. »Wir haben

neue Erkenntnisse. Am Auto wurde manipuliert. Unsere Techniker «

»Aber wer macht denn …«

»Frau Rössler!«

Sie nickte erschrocken. *Verstanden. Ich mische mich nicht mehr ein.*

»Er hat Ihnen nichts davon gesagt?« Das Muskelfrettchen kam näher. »Wir haben Ihren Sohn kurz nach dem Vorfall befragt. Einige seiner Angaben haben sich als unwahr herausgestellt.« Er fixierte Jan. »Du hast gelogen, Freundchen. Ihr hattet immer wieder Streit. Erst kurz vor dem Tod des Kollegen kam es zu einer heftigen Auseinandersetzung.«

»Und?«, fuhr Jan ihn an. Theres legte die Hand auf seinen Arm: *Hör auf damit!* Aber er reagierte nicht.

»Du hast den Wagen regelmäßig gefahren. Auch am Tag vor dem Unfall.«

Jan verdrehte genervt die Augen.

»Die Muttern an den Rädern wurden gelockert.«

Jan sprang auf. »Sie sind ja verrückt. Ich hab nichts gemacht.«

»Jan!«

»Lass mich. Das sind Unterstellungen. Das dürfen die nicht. Ich muss gar nichts sagen.«

»Er wird schnell aggressiv«, stellte der Muskelmann mit übertriebenem Bedauern in der Stimme fest und stolzierte zum Fenster. Der andere übernahm.

»Also, noch einmal von vorn, Herr Igler. Setzen Sie sich. Ich überprüfe jetzt Ihre Daten und die Ihrer Vertrauensperson. Sie werden heute als Beschuldigter vernommen. Ihre Rechte habe ich Ihnen bereits erklärt.« Er hielt Theres ein Papier hin, sie beugte sich darüber, las ein paar Zeilen, brach ab und begann wieder von vorn. »Es wird Ihnen zur Last gelegt, im Zeitraum vom 2. bis 4. Mai dieses Jahres den Wagen Ihres Adoptivvaters manipuliert zu haben, um einen Unfall herbeizuführen«, hörte sie den Beamten sagen. »Sie haben damit seinen Tod ernstlich für möglich gehalten und –«

Jan sprang auf. »Ich soll –« Seine Stimme kippte. »Ihr seid ja … Ich habe meinem Vater nichts getan!«, brüllte er. »Ich will einen Anwalt. Ich lasse mir nichts anhängen. Theres! Die wollen mir was anhängen. Die stecken alle unter einer Decke.«

»Jan, bitte. Bitte, beruhige dich«, rief sie verzagt. »Das wird sich alles klären.«

Er keuchte und rang nach Luft. »Ich sage kein Wort mehr. Kein Wort. Ich will … Ihr seid verrückt. Ich hab meinen Vater nicht umgebracht!« Unvermittelt trat er gegen den Tisch. Theres zuckte zusammen.

Sie griff nach ihrem Handy. »Jan, ich rufe –«

Die Beamten wechselten einen Blick. »Na, na«, machte der füllige Beamte tadelnd und rollte mit seinem Schreibtischsessel ein kleines Stück zurück. Er schien nicht sonderlich beeindruckt.

Der mit dem Bürstenhaarschnitt ging zur Tür und klopfte. Sofort betraten zwei Uniformierte den Raum. Er schüttelte den Kopf. »Es ist nicht zu Ihrem Vorteil, wie Sie sich hier aufführen«, sagte er, als spräche er zu einem uneinsichtigen Kind.

Die machen das bewusst! Sie wollen ihn fertigmachen! Theres stand auf. »Jan, hör zu: Ich check dir jetzt einen Anwalt. Ich warte hier, bis er da ist. Ich geh nicht weg. Hörst du?« Sie wählte Caros Nummer. »Er wird nichts mehr sagen, bevor der da ist.«

Ihre Schwester meldete sich sofort. »Caro, Theres spricht. Ich brauche einen guten Anwalt. Sofort.«

»Frau Rössler!«

»Für Jan.« Sie nannte die Adresse der Dienststelle, lauschte, nickte. »Dr. Sladek. Franz Sladek. Okay. Ja, ich bleibe solange bei ihm. Sagst du mir Bescheid? Ja. Danke, Caro.«

Nun war es still im Raum. Jan hatte sich wieder hingesetzt. Er verschanzte sich hinter einem ausdruckslosen Gesicht, seine Beine wippten. Die Uniformierten standen dicht hinter ihm. Der Rundgesichtige seufzte. »Gut. Dann machen wir eine Pause. Ich muss Sie bitten, draußen zu warten.«

Jan fuhr herum.

»Ich geh nicht weg«, wiederholte sie. »Ich bleibe vor der Tür.« Ihr Handy läutete. »In spätestens einer Stunde? Ja. Gut.«

»Sind Sie gestürzt?«, fragte der Beamte.

»Wieso?«

Er deutete auf ihre Hose.

»Ruf Mam an und sag ihr, sie soll sich keine Sorgen machen. Ich bin bald zu Hause.«

»Sind Sie verletzt?«

»Theres?«

Sie nickte. »Ich ruf sie an.«

II

Ana klopfte mehrmals laut und nachdrücklich. So hatten sie es ausgemacht. Erst dann steckte sie ihren Schlüssel ins Schloss und betrat die Wohnung.

»Ich bin da – Ana.« Sie blieb stehen und lauschte. Auf der Straße unter dem Küchenfenster lärmte die Müllabfuhr. »Frau Sudić?« Sie stellte die Tasche auf den Küchentisch und gähnte. Ihr Handy vibrierte, sie verzog den Mund, drückte das Gespräch weg, streckte sich nach der Teedose und setzte Wasser auf. Auf dem Boden vor dem Kühlschrank war Milch verschüttet worden. Jemand – Frau Sudić, eine der

Schwestern? – hatte nachlässig darübergewischt. Eine Fliege summte und ließ sich auf dem Herd nieder.

Im Wohnzimmer war es still.

»Frau Sudić?« Die Fliege kreiste um den Lampenschirm. »Alles in Ordnung?«

Das Fenster stand offen. Wie immer. Kein Grund zur Panik. Frau Sudić saß da mit geschlossenen Augen. Ihr Rock war ein Stück nach oben gerutscht, die Hände krampften sich in den Stoff, als hätte sie versucht, sich die Bluse zu öffnen.

Ana rannte in die Küche. Die Notrufnummer? Die Rettung! Sie musste die Rettung rufen! Die Nummer, verdammt! Hektisch tippte sie auf ihrem Handy herum, verwählte sich und versuchte es erneut. Es dauerte eine ganze Weile, bis sich jemand meldete.

»Hallo, ein Notfall, kommen Sie schnell.«

Aber der Typ hatte die Ruhe weg – und eine Menge Fragen.

»Hören Sie«, drängte Ana, »das hat doch Zeit. Selma Sudić. Ich weiß es nicht. Ihre Versicherungsnummer … verdammt, ich …« Zögernd ging sie zurück ins Wohnzimmer und folgte mit gepresstem Atem seinen Anweisungen. Umfasste das Handgelenk der Frau, schob den Ärmel hoch und tastete auf dem zerstochenen Arm nach ihrem Puls. Sie war sich nicht sicher. Ihre Finger flatterten. »Frau Sudić, Frau Sudić, hören Sie mich!«

Am liebsten hätte sie sie geschüttelt. Sie war so entsetzlich blass.

»Bitte«, flehte sie ins Telefon. »Ich weiß nicht, was ich tun soll.« Sie schluckte. »Ich … ich glaube, sie ist tot.«

II

Erst viel später, nach der langen Nacht auf dem Kommissariat, nach Jans Verhaftung und den ersten Besuchen in der Anstalt, wunderte sich Theres über ihre Naivität, den festen Glauben daran, dass mit dem Auftritt des Anwalts alles gleich vorüber sein würde. Caro hatte einen Studienkollegen mobilisiert: Top-Anwalt, versiert und bestens vernetzt.

Theres hatte Stunden auf dem kahlen Gang ausgeharrt, während Dr. Sladek im Vernehmungszimmer *sein Möglichstes versucht hatte*, wie er ihr später erklären sollte, einen Becher mit schlechtem Automatenkaffee in der Hand. Türen öffneten und schlossen sich, Uniformierte schoben sich an ihr vorbei, gemächlich kauend, ohne Eile. Sie hörte sie lachen. Es dämmerte, wurde dunkel, das Licht ging an. Ihr Hintern schmerzte, sie erhob sich steif und ging ein paar Schritte, immer die Uhr im Blick, deren Zeiger bei jedem Ruck nachzitterte. Ihr Bein war deutlich angeschwollen, über dem Hüftknochen hatte sich eine druckempfindliche Beule gebildet. Mit zusammengebissenen Zähnen setzte sie sich wieder hin und lehnte den Kopf an die Wand. *Wenn Jan freikommt, wenn er … lieber Gott, bitte …*

»Frau Rössler?« Der Anwalt war allein.

Sie fuhr auf. »Wo ist Jan?«

»Wir machen eine Pause. Ich habe darauf bestanden. Setzen Sie sich.« Er ließ sich neben ihr nieder.

»Warum dauert das so lang?«

»Die Sache gestaltet sich leider komplizierter als angenommen. Der Tatvorwurf ist weiter aufrecht …«

Seine Zurückhaltung, seine Wortwahl machten sie rasend. »Sie müssen was tun!«

»Das werde ich, das verspreche ich Ihnen. Ich rede mit dem Haftrichter, sobald der die Unterlagen hat.«

»Haftrichter? Ich verstehe nicht –«

»Er entscheidet darüber, ob die Untersuchungshaft verhängt wird«, sagte er ruhig.

»Aber, aber – Jan ist unschuldig«, flüsterte sie.

»Es gibt tatsächlich keine Beweise, nur Indizien.«

»Aber warum sperrt man ihn dann ein?«

»Das Vater-Sohn-Verhältnis war belastet. Es gab einen heftigen Streit unmittelbar vor dem Unfall. Nachbarn bezeugen das. Die Muttern wurden nachweislich –«

»Der Adoptivvater war Polizist. Da macht man sich schon einmal Feinde.«

»Ihr Sohn hat den Wagen gefahren. Er hatte die Gelegenheit … Beruhigen Sie sich, Frau Rössler. Ich zähle Ihnen lediglich auf, was nach Einschätzung der Polizei gegen ihn spricht. Wir werden gemeinsam versuchen, einen Vorwurf nach dem anderen zu entkräften.«

Er senkte den Blick. Sie hatte, ohne es zu merken, seinen Arm gepackt. Beschämt ließ sie ihn los und rückte ein Stück ab.

»Die Polizei befürchtet, dass er sich ins Ausland absetzt, wenn er auf freiem Fuß bleibt.« Sorgfältig strich er den zerknitterten Stoff wieder glatt.

Unvermittelt packte sie die Wut. *Wenn dem Fatzke sein Anzug wichtiger ist … kein Wunder …* »Was soll er denn –?«

»Er hat einen Flug gebucht. Nach Skopje. Mazedonien. One-Way.«

»Das ist doch … das ist ja lächerlich!«, sagte sie mühsam beherrscht. »Skopje.« Sie schüttelte den Kopf. »Herrgott, die Klasse macht keine Maturareise! Sie konnten sich auf kein Ziel einigen! Also macht er allein Urlaub. Er wollte durch Ex-Jugoslawien trampen.« Sie barg ihr Gesicht in den Händen. »Ich hab ihn noch nicht einmal fragen können, ob er bestanden hat.«

»Hat er. Sie haben ihn direkt nach der mündlichen Prüfung aus der Klasse geholt.«

Theres hielt es nicht länger auf der Bank. Ein stechender Schmerz fuhr ihr ins Bein. »Er wollte einfach Urlaub machen! Gehen Sie hinein, sagen Sie denen das.«

»Die Polizei meint, sein leiblicher Vater stamme aus Bosnien.«

»Jan kennt ihn nicht. Er ist verschwunden, da war ich im fünften Monat. Ich hab nie wieder von ihm gehört.«

»Könnte es sein, dass Ihr Sohn ihn gefunden hat?«

»Wen? Edin?« Theres erstarrte.

Ana hatte zu spät reagiert und jetzt stand Mascha in ihrer Wohnung und blickte um sich. »Und du denkst, die Frau will das?«

Ana zuckte die Schultern. »Ist doch egal, wer putzt.« Sie verschränkte die Arme vor der Brust. Mascha hatte die Bilder entdeckt. Sie presste die Knie zusammen und beugte sich vor. Der Strickrock betonte ihren schmalen Hintern.

»Der da, den hab ich ein paarmal gesehen. Vor dem Haus.« Sie kniff die Augen zusammen. »Er hat mir die Kiste mit Mineralwasser abgenommen und in die Wohnung getragen. Sehr charmant.«

»Jan?«

»Ein Mädchen war auch dabei.«

Ana zog die Brauen zusammen.

»Manchmal glaube ich –« Mascha zögerte.

»Was?«, fragte Ana scharf.

»Man muss sich auch einmal was trauen.«

»Genau, Mascha. Also, machst du's?« Ana bewegte sich Richtung Tür.

»Jetzt bist du sauer.« Die Nachbarin schürzte die Lippen.
Ana reagierte nicht.
»Hast du es ihr schon gesagt?«
»Nein.«

||

2018

Ich warte auf Ana, aber Ana kommt nicht.
Sie hatten großes Glück, sagt der Arzt.
Jemand beugt sich über mich und redet auf mich ein. Mein Bett rollt und rollt, ich versuche mich aufzurichten, aber es gelingt mir nicht.
Bleiben Sie liegen, sagt einer im grünen Kittel. Eine Hand drückt mich nieder. Sie sind im Krankenhaus. Über mir fliegen Lampen vorbei wie in einem Tunnel.
Sie hatten … Sie waren … Ihr Herz …
Der Gang wird schmal.
Ein Rascheln. Und Kühle. Ich sehe die Lippen sich lautlos bewegen. Die großen Nasenlöcher, die Poren, die borstigen Brauen – ganz nah.
Frau Sudić, hören Sie mich?
Das Licht wird grell. Und Köpfe, Augen, Münder. Jemand zerrt eine Folie über mein Gesicht. Ein anderer macht sich an meinem Arm zu schaffen. Es wird kalt, mein ganzer Körper bebt. Ich höre mich schreien und schreien – und dann …

||

Das Erdgeschoss war hell erleuchtet. Betti öffnete sofort. »Ist was mit Jan? Ist ihm was passiert?« Ihre Zunge hatte Mühe, die Wörter sauber zu trennen.

»Komm«, sagte Theres. »Gehen wir hinein.«

»Er hat mich angerufen: ›Mam, ich bin durch!‹ Wollte noch zu einem Freund. Da ist er nie angekommen.« Ihre Hände rangen miteinander. Nur zögernd gab sie die Tür frei. »Ist er verletzt?«, fragte sie schleppend, während sie sich die Wand entlang ins Wohnzimmer vortastete. An der Schwelle blieb sie unvermittelt stehen. »Himmel, so sag doch was!«

»Jan wurde verhaftet. Ich war mit ihm –«

»Verhaftet?« Bettis helle Brauen zogen sich zusammen. Die Worte schienen nur langsam zu sickern. Der Mund stand offen, ihr Speichel zog Fäden. Theres nahm sie behutsam am Arm und führte sie zum Sofa. Sie schnupperte. *Sie muss ordentlich getankt haben.* Aber sie roch nichts.

»Die Polizei wollte ihn zum Unfall befragen. Ich habe einen Anwalt –«

»Wo ist er? Ich habe ihm doch gesagt ...« Sie klang aufgebracht und machte Anstalten, sich zu erheben.

Theres zögerte. »Am Wagen sollen die Schrauben gelockert worden sein. Und sie behaupten –«

»Wir fahren hin.« Mit einem Ruck stemmte sie sich hoch. »Was ist das für ein Anwalt? Ich muss mit ihm reden.«

Sie war die Frau eines Polizisten. Sie kannte sich aus. *Selbst in diesem Zustand ...* Medikamente, dachte Theres. Der Arzt hat sie ruhiggestellt. »Sie haben gesagt, dass er flüchten will.«

»Fluchtgefahr?« Sie machte eine wegwerfende Handbewegung. »Wo soll er denn hin?«

»Betti, er braucht frische Wäsche.«

»Sie behalten ihn dort. Lass mich los! Warum hast du mich nicht sofort verständigt?« Ihr Mund wurde schmal. »Hat es mit seinem Erzeuger zu tun? Jan hat erzählt –«

»Es ging alles so schnell.«

»Dieser Anwalt.« Jetzt tigerte sie hin und her wie aufgezogen. »Gib mir die Nummer. Welches Kommissariat? Wann soll er überstellt werden?«

Theres kramte nach seiner Karte.

»Hat er sonst noch was gesagt?«

»Jan? Er hat mir geschworen, dass er nichts damit zu tun hat.«

»Natürlich hat er nichts damit zu tun!« Sie zog Schubladen auf und schob sie wieder zu, hielt inne und begann von neuem.

»Kann ich … Wenn du Unterstützung …«

Betti verhielt in der Bewegung. »Ich möchte, dass du jetzt gehst«, sagte sie kalt.

Keine fünf Minuten später fuhr ein Taxi vor. Das Licht im Wohnzimmer erlosch.

Theres griff nach ihrem Handy. »Thomas, ich mache mich auf den Weg.«

»Ist gut. Fahr vorsichtig.« Auch er klang erschöpft.

Nina gebärdete sich wie eine Verrückte. Sie heulte, tobte, schrie, ging schließlich mit geballten Fäusten auf Theres los. »Du hast ihn allein gelassen. Es ist dir egal. Er war das nicht! Er war das nicht!«

Thomas sprang auf, packte seine Tochter an den Schultern und schüttelte sie. »Jetzt reiß dich zusammen. Es reicht!«

»Lass sie los!«, schrie Theres ihn an.

»Seid ihr denn verrückt geworden? Und alles wegen dem Kerl.«

»Der Anwalt sagt –«

»Er hat nichts getan!« Nina stieß ihren Vater beiseite und rannte aus dem Wohnzimmer.

»Und wieso sitzt er dann, he?«, schrie er ihr hinterher. »Wieso haben sie ihn nicht gehen lassen?«

»Thomas!«

»Lass mich.«

Sie hörte die Türe gehen. Jetzt fährt er weg, dachte Theres. *Jedes Mal, wenn ich ihn brauche, haut er ab.* Aber alles blieb ruhig. Dann dröhnten die Boxen. *Er hört Musik. Er wird sich beruhigen.* Sie zögerte kurz, dann ging sie nach oben.

Nina saß zusammengekauert auf ihrem Bett. Theres knipste die Nachttischlampe an, kniete sich hin und zog ihre Tochter an sich. Nina weinte leise. »Kommt Jan jetzt ins Gefängnis? Er hat doch nichts getan.«

»Pscht, Liebes. Es wird alles wieder gut. Pscht. Ist ja gut, ist ja gut.« Nichts war gut. Aber der Satz, der all die Jahre alles Kinderleid zu lindern vermocht hatte – die Schmerzen nach einem Radunfall, aufgeschürfte Knie, verpatzte Schularbeiten, Streit mit den Freundinnen –, funktionierte immer noch. Sie drückte ihr Kind an sich, selber den Tränen nahe. »Ist ja gut.«

Warum hatte er kein Rückflugticket gebucht? Was, wenn der Anwalt recht hatte? *Wenn er Edin gefunden hat?* Was habe ich ihm über seinen Vater erzählt? Die Jungen bewegten sich souverän in den sozialen Netzwerken. Da reichten vermutlich ein Name und zwei, drei Anhaltspunkte. Hat er mit Nina darüber gesprochen? Ich muss sie fragen. Morgen, dachte Theres, morgen. »Schlaf jetzt«, murmelte sie und löste sich von ihr.

Nina rappelte sich auf und tappte ins Bad. Als Theres später nach ihr sah, lag sie auf dem Rücken und schnarchte leise.

||

Bis jetzt hatte es immer funktioniert: Die dampfende Dunkelheit des Clubs sog Ana ein, wirbelte sie auf die Tanzfläche unter den flirrenden Lichtern, zwang sie in den Rhythmus der zuckenden Menge und machte sie binnen Minuten zu einer, die nahezu glücklich war.

Wenn die dunkle Türe sie Stunden später ausspuckte und sie in der Morgendämmerung durch die Straßen lief, war alles leicht. Sie lehnte an einem Würstlstand neben Leuten, um die sie tagsüber einen Bogen machen würde, leckte sich den Senf von den Lippen und wischte mit dem letzten Bissen Brot ihren Pappteller sauber. Küsste jemanden und wurde wiedergeküsst, rannte durch die Pfützen und hielt ihr Gesicht in den Nieselregen. Im Nachtbus sah sie in die verwüsteten Gesichter der anderen, die Chemie und Alkohol brauchten, um locker zu werden, und dachte an ihre Eltern. Blickte aus dem Fenster auf die stahlgrauen Fassaden der Häuser kurz vor Sonnenaufgang, die leeren Parks, die Zeitungsausträger, Pakistaner mit ihren klapprigen Fahrrädern, und die ersten erschöpften Gestalten, die in die Arbeit eilten. Tänzelte den Randstein entlang und blinzelte in die aufgehende Sonne.

Manchmal mischte sie danach noch Farben an. Sie trank Kaffee, ging im Zimmer hin und her und wartete, bis die Leinwand trocken war.

Frau Sudić, ich möchte Sie malen.

Jetzt hatte sie, kaum dass sie die Augen schloss, ein seltsam verfärbtes fremdes Gesicht vor sich, die bleichen Hände, die sich in die Bluse krampften.

Du musst dich entscheiden, Ana. Wie alt bist du?

Vierundzwanzig. Sie hatte gelacht. Wozu? Ich hab Zeit … Mir läuft nichts davon.

Gehe ich dir auf die Nerven? Ana?

Wie sich ihr Körper aufbäumt und zurückknallt auf den

Boden. Wieder und wieder. Wie der Notarzt sich hinkniet und über sie beugt …

Man drängt sie zurück. Die roten Uniformen der Sanitäter bilden eine Wand.

Ana?

Sie hat die Tür hinter sich zugezogen, ganz leise. Und ist gerannt.

II

Die ganze linke Seite fühlte sich straff und gespannt an. In ein paar Tagen würde sie in allen Farben schillern. Theres trug vorsichtig ein Gel auf, schluckte zur Sicherheit eine Schmerztablette und löschte das Licht.

Thomas lag reglos. Sie schlüpfte neben ihn unter die Decke. Nach und nach verebbte das Hämmern in ihrem Knöchel. Erst jetzt spürte sie, wie müde sie war.

Er rollte sich herum. »Traust du ihm das zu?«

»Nein!« Sie stützte sich auf den Unterarm und biss die Zähne zusammen. »Das war ein Unfall. Gut, sie hatten Streit. Aber deswegen bringt man doch niemanden um.«

»Du kennst ihn nicht.«

»Aber du – du kennst ihn!«

»Er versucht sich anzupassen, aber er hat sich nicht im Griff.«

»Ach ja?«

»Theres, ich hab Augen im Kopf«, erwiderte er ruhig.

»Und ich bin verblendet, oder was?« Sie setzte sich auf.

»Schau dir Nina an. Sie ist völlig verändert. Weißt *du*, was er ihr einflüstert? Wann hast du das letzte Mal mit ihr geredet, ich meine, was erzählt sie dir noch? Jan sagt, Jan meint, Jan will. Jan. Jan. Jan. Weißt du, dass er sie mitnehmen wollte auf diese – Reise?«

»Nach Skopje?« Sie tastete nach dem Lichtschalter.

»Du weißt davon?« Er presste die Lippen zusammen.
»Wir hätten vielleicht …«
»Nein«, knurrte er. »Hätten wir nicht.«
»Aber –«
»Sie hätte von sich aus kein Wort gesagt. Weißt *du*, was sie sonst noch so machen?« Mit einem Ruck drehte er sich zu ihr. »Ja? Ich nicht. Gut, dass er –«
»Das ist nicht dein Ernst!«
»Nina wird es überleben«, sagte er kalt.

II

1992

Ich träume. Ich schreie. Meine Brüste spannen. Mein Leib ist taub. Es gibt nicht genug Brot für uns alle. Einer ist schlimmer als die anderen. Er setzt die Flasche an. Sein Adamsapfel hüpft, der Schnaps rinnt ihm übers Kinn. Er hält mich am Hals und gießt mir den Mund voll. Ich ertrinke im Schnaps. Ich schlucke. Ich wehre mich. Ich wehre mich nicht mehr.
Dann geht die Party los.

Ich schreie und schreie. Sie schieben mich über den Gang in ein anderes Zimmer. Ich liege allein.

Ich höre das Wimmern der Frauen, das schwächer und schwächer wird und schließlich verstummt. Und Nava rennt los. Nava! Sie rennt zum Zaun. Ich reiße den Mund auf. Und dann eine Salve. Das Kind … bäumt sich auf wie zum Sprung – und fällt. Ihr Gesicht liegt im Staub. Jetzt laufen sie los. Sie stehen im Halbkreis. Sie schauen zu uns. Und einer, er hebt ihren Kopf mit dem Fuß.
Dann fällt noch ein Schuss. Ein letzter.

Die Visite rauscht über mich hinweg. Die Schwester reibt sich den Arm. Sie schimpft und rennt weg. Ich warte auf Ana. Ich schaue zur Tür. Ich drehe mich um. Mein Herz schlägt und schlägt.

Für wen?

‖

Mittlerweile schmerzte das ganze Bein von der Hüfte abwärts. Theres hielt sich am Waschbecken fest und bewegte vorsichtig den Fuß auf und ab. Sie raffte das Nachthemd und zog es höher. Die Stelle, an der sie das Auto erwischt hatte, war blutunterlaufen.

»Was um Himmels willen –? Bist du gestürzt?«

Erschrocken ließ sie den Stoff fallen. Thomas löste sich vom Türrahmen und kam näher.

»Nicht anfassen.«

»Wie ist das passiert? Du musst zum Arzt!«

»Ich bin in ein Auto gelaufen. Gestern. Ich hab «

»Gestern? Warum hast du nichts gesagt?«

»Es hat zuerst nicht wehgetan.«

Er nickte. »Der Schock.«

Sie zuckte die Schultern.

»Und der andere?«

»Ist weitergefahren.«

»Weitergefahren?« Er wurde lauter. »Hast du das Kennzeichen? Hast du ihn angezeigt?«

Sie schüttelte den Kopf.

»Aber du warst doch bei der Polizei.«

»Ich hab nicht dran gedacht.«

»Lass sehen.« Sie zuckte zusammen. »Das schaut nicht gut aus. Warum bleibt der nicht stehen? Warum fährt der weiter?« Er packte sie am Arm.

»Du tust mir weh.«

»Entschuldige.«

»Ich bin gegen den Zaun geknallt und –«

»War jemand in der Nähe? Ein Nachbar? Ebners gehen doch ständig mit dem Hund.«

»Nein. – Thomas, ich muss Caro anrufen. Der Anwalt sagt, dass Jan –«

Er lachte ungläubig. »Du willst den davonkommen lassen?«

»Ich bin selber schuld.« Sie beugte sich über das Waschbecken. »Ich hab nicht aufgepasst.« Das Wasser rauschte. Sie ließ sich Zeit.

»Was war das für ein Wagen?«, fing er wieder an. »Welche Marke? Versuch dich zu erinnern. Und der Fahrer: ein Mann? Eine Frau?«

»Herrgott, ich weiß es nicht.« Sie griff nach einem Handtuch. »Ein helles Auto, glaube ich. Mit hochgezogenem Heck. Vielleicht eine Frau?«

»Eine Frau? Bist du sicher?«

Sie zuckte die Achseln und humpelte zur Tür.

»Ihr Mann«, sagte der Beamte, »steht aber ziemlich unter Druck.« Er hatte ihn gebeten, draußen zu warten. Hinausgeworfen hat er mich, würde Thomas später sagen. Und du – du stimmst ihm auch noch zu!

Sie streckte die Beine aus. Es tat immer noch weh. »Er macht sich Sorgen. Wir haben kaum geschlafen.«

Der Polizist sah sie an, kratzte sich am Kopf und blies hörbar die Luft aus. »Haben Sie Feinde? Oder er?«

»Nein. Bestimmt nicht«, wehrte sie ab.

»Jemand, mit dem Sie Streit hatten oder –«

»Glauben Sie, das war Absicht?«

Er schürzte die Lippen. »Man muss an alles denken.«

Der Drucker spuckte Papier aus. Er befeuchtete seinen Zeigefinger, trennte die einzelnen Blätter und kratzte sich erneut. »Viel haben wir nicht, aber vielleicht kriegen wir ihn ja doch.« Er schob ihr die Anzeigenbestätigung über den Tisch. »Der Amtsarzt müsste bald da sein.«

»Wir fahren zu unserem Hausarzt.«

»Das reicht nicht. Wenn es zu einer Verhandlung kommt«, erklärte er geduldig, »ist ein amtsärztliches –«

»Ach so, ja. Natürlich.« Sie stand auf. »Darf ich Sie was fragen?«

Er nickte.

»Mein Sohn hatte … er wurde von der Polizei befragt.«

»Wegen Ihres Unfalls?« Er runzelte die Stirn.

Du lieber Himmel. Jetzt denkt der … »Egal. Nicht so wichtig«, stammelte sie und lächelte krampfhaft. »Auf jeden Fall – danke.« Sie schüttelte ihm die Hand.

Er wirkte überrascht.

»Ich muss gehen. Mein Mann wartet.« Ihre Haut prickelte. Sie spürte ein Kribbeln im Nacken. Erst als sie neben Thomas zum Auto humpelte, fiel ihr das Offensichtliche auf: Zum Zeitpunkt ihres Unfalls saß Jan bereits auf dem Kommissariat. Ich bin schon völlig paranoid, dachte sie.

Sie war schweißgebadet.

Thomas fuhr wie ein Verrückter, querte zwei Spuren, überholte, bremste abrupt und fuhr wieder an. Die Reifen quietschten. Sie ärgerte sich, dass sie nicht den Bus genommen hatte. *Ich hätte es wissen müssen. Er ist stinksauer.*

Er wandte den Kopf. »Hören Sie auf, sich einzumischen! – Was bildet der sich ein. Hab ich dich nervös gemacht?«

Du lieber Himmel – der Amtsarzt! Zu spät. Vielleicht konnte sie ja morgen …

»Nein, oder? Was ist? Was schaust du mich so an?«

»Nichts«, sagte sie müde.

Vor der Praxis legte er eine Vollbremsung hin. Sie sah seine Finger aufs Lenkrad trommeln. Sein Handy läutete, er drückte das Gespräch weg und knallte das Gerät auf die Ablage.

Er machte keine Anstalten auszusteigen.

»Du brauchst nicht auf mich zu warten«, kam sie ihm zuvor. »Ich nehme mir ein Taxi.«

»Es tut mir leid«, sagte er, ohne sie anzusehen. »Das ist gerade alles ein bisschen viel.«

»Schon gut.« Sie beugte sich hinüber und berührte ihn am Arm. »Vergiss das Handy nicht.«

»Was?«

»Dein Handy.« Sie wies auf die Ablage. »Ich kann dich sonst nicht erreichen.«

»Ja, klar.« Er lachte verlegen. »Theres?«

»Ja?«

»Mach dir keine Sorgen. Wir kriegen das hin.«

Er fuhr sofort los. Sie hob die Hand, aber da hatte er schon das Handy am Ohr. Er sah sich nicht mehr nach ihr um.

II

NUTE. Der Schriftzug war immer noch gut zu lesen. Letzte Woche hatte jemand ein weiteres T eingefügt, und erst da hatte Ana verstanden und laut aufgelacht – über ihre eigene Begriffsstutzigkeit wie über die armseligen Rechtschreibkenntnisse des Schreibers.

»Die Hausverwaltung kümmert sich nicht darum.« Mascha lachte nicht. Sie zog ihre lange Strickweste über der Brust zusammen, als würde sie frieren. Erst gestern hatte sie die Haustüre zum zweiten Mal energisch mit der Bürste bearbeitet. »Dummheit ist gefährlich«, sagte sie und bückte sich nach ihren Einkaufstaschen. Ein Paar mittleren Alters ging vorüber und reckte die Hälse.

»Da hat irgendein Kind ein verbotenes Wort ausprobiert und ist kichernd um die Ecke gerannt.«

Mascha zog die Brauen hoch und schürzte die Lippen.

»Wann hast du die Brust-OP?«

»Denkst du, das ändert was? Die Leute gaffen so oder so.«

»Ich kann mich um deine Pflanzen kümmern«, bot Ana an.

»Ich weiß nicht.« Mascha zuckte die Achseln. »Vielleicht lasse ich es ja.«

Bevor Ana etwas erwidern konnte, fiel die schwere Eingangstüre hinter ihr zu. Wahrscheinlich, dachte Ana, hat sie wieder einer angepöbelt. Dabei ist es völlig egal, wie jemand aussieht, woher jemand kommt, wohin er oder sie geht. Ohnedies war sie am liebsten unter Menschen, deren Sprache sie nicht verstand, die Abstand hielten und sich um ihren eigenen Kram kümmerten.

Eine Hand packte sie am Ellbogen. »Wieso kommst du nicht mehr?«

Ana riss sich los. »Was zum Teufel –«

Das Mädchen funkelte sie wütend an. Ohne all den Lack im Gesicht sah sie sehr jung aus.

»Was willst du?«

Die Kleine nagte an ihrer Unterlippe. Wie ihre Mutter! Entschlussfreudigkeit gehörte definitiv nicht zu den Stärken dieser Familie. Ana dachte an das endlose Hin und Her, bis geklärt war, was man von ihr erwartete. Die Frau hatte sich fast dafür entschuldigt, dass sie ihre Dienste in Anspruch nahm. Hatte schließlich darauf bestanden, die Wäsche selber zu bügeln. Und putzte tatsächlich die Klos, bevor Ana anrückte.

»Du warst diese Woche nicht da«, sagte sie vorwurfsvoll. »Warum nicht?«

Ana zuckte die Schultern.

»Jan hat gesagt, er war bei dir. Wann war das?«

»Keine Ahnung.« Ana setzte sich in Bewegung. »Vor ein, zwei Wochen. Weiß nicht. Woher hast du meine Adresse?«

»Einmal? Öfter? Wann genau?« Sie trabte neben ihr her. »Du musst versuchen, dich zu erinnern. Es ist wichtig.«

Ana ging schneller.

»Sie haben ihn verhaftet!« Erneut griff sie nach Anas Arm. »Du musst für ihn –«

»Wen hat er gestalkt?«

»Waaas?«

Ana riss die Arme hoch, aber da drosch sie schon auf sie ein.

»Er mag dich. Und du … du …« Ein harter Tritt traf Anas rechten Knöchel. Das Mädchen war größer als Ana, boxte sie in die Rippen und trat gegen ihre Beine. Es tat verdammt weh. Endlich bekam Ana ihre Hände zu fassen. Sie umklammerte sie mit aller Kraft und versuchte, die Tobende von sich wegzuhalten. Mit einer raschen Drehung wirbelte sie sie herum und drückte sie gegen die Wand.

»Bist du verrückt geworden oder was?« Ana rang nach Luft. Sie presste ihren Unterschenkel gegen die Beine des Mädchens und fixierte sie. »Hör auf, verdammt.« Beide keuchten. Ana verstärkte den Griff.

»Au, du tust mir weh.«

»Lassen Sie das Kind los oder ich rufe die Polizei.« Eine korpulente Frau mit Hund schob sich näher. Passanten blieben stehen. Ein Mann lachte.

»Ach ja? Und sobald ich dich loslasse, trittst du mich wieder?«

Das Mädchen schob die Unterlippe vor und schüttelte den Kopf.

»Dass Sie sich nicht schämen!«, rief die Frau aufgebracht.

Ana ignorierte sie. »Nein?«

»Nein. Versprochen.«

Als Ana noch ein Kind war, hatte sie sich auf der Wiese hinter dem Haus mit den Nachbarkindern geprügelt – alle größer, alle fieser als sie. Da galt es, schneller zu sein als die anderen, sie zu Boden zu bringen und so lange obenauf zu bleiben, bis die Wut des Gegners einigermaßen verraucht war. Sie lockerte den Griff.

Das Mädchen rieb sich die Handgelenke. »Sorry«, sagte sie leise. Sie drehte sich um. »Alles okay.« Aber die Gaffer standen wie festgeschraubt, nur die Frau mit dem Hund ging kopfschüttelnd weiter.

Ana nickte. »Warum?«, fragte sie nach einer Weile.

»Sein Vater hatte einen Unfall. Er ist tot. Die Polizei sagt, Jan ist schuld. Aber … aber das stimmt nicht.« Ihr Kinn begann zu zittern.

»Und wenn er zu der Zeit bei mir war …«

»Ja. Wenn die ganze Zeit, die Tage davor jemand bezeugen kann –«

»Zweimal«, sagte Ana. »Er war nur zweimal hier. Ich kann nichts für dich tun.«

II

2018

Ich lausche der leisen Stimme, die noch ein bisschen müde klingt, ein Murmeln, ein Raunen, und bin wieder ein Kind, das krank ist. Die Mutter – im Nachthemd, mit offenem Haar – kühlt mir das Gesicht. Sie singt sonst nur, wenn sie allein ist und lächelnd durchs Haus geht.

Die Lichter an der Decke schimmern blau.

Sie lacht leise und jemand stimmt glucksend ein. Dann ratscht der Vorhang, und eine Pflegerin steht an meinem Bett.

Ich weiß, was jetzt kommt: Licht an und dann der Lappen feucht auf dem Gesicht, und Decke weg und Nachthemd hoch, mit einem Ruck, und schnellschnell, nass die Achseln und die Brust und dann … und dann … Augen zu. Und weiter geht's: der Bauch, unddannunddann … ich liege starr. Ich schreie nicht. Ich atme nicht. Ich …

Aber sie hat keine Eile.

Frau Sudić? Ich schiebe jetzt den Paravent vor.

Sie schaut mich an. Ich nicke. Schon verschwindet die Tür hinter einer Wand. Sie zieht den Wagen näher zu sich. Ein bisschen früh, ich weiß. Sie lacht. Aber danach gibt es Frühstück.

Das Wasser plätschert, sie beugt sich vor und wringt das Tuch aus. Sie hat schöne Hände.

Ein Korken steckt in meinem Hals und löst sich nicht.

Wollen Sie sich selber waschen?

Sie hilft mir auf. Sie wendet sich ab und ordnet die Medikamente.

Morgen schlafen Sie wieder im eigenen Bett und müssen nur noch zur Kontrolle, zum Verbandwechsel hierher.

Die Beine, sage ich. Sie versteht sofort.

Ich schließe die Augen. Wie früher als Kind.

Meine Nana hat uns geschrubbt, meine Mutter gestreichelt.

Sie lächeln! Ihre Stimme klingt warm.

Es tut mir leid. Wegen gestern. Ich schäme mich.

Frau Sudić, sagt sie, die Leute wissen nicht Bescheid.

Es kommt, sage ich. Es geht. Immer noch.

Sie nickt. Ich weiß.

Erst jetzt sehe ich ihren Namen.

Meine Mutter, sagt sie, sie kann nicht schlafen. Sie ist nicht mehr die, die sie war.

Im Gerichtssaal, sagt sie, trugen sie Anzug und Krawatte. Ich habe es im Fernsehen gesehen. Die Haupttäter. Die Mitläufer. Sie lächelten in die Kameras. Und einer, einer von ihnen war Arzt!

Aber Sie sind stark, Frau Sudić, sagt sie. Wie all die Frauen. Wie meine Mutter.

Sie haben überlebt.

II

Nina zerrte ein Kleid nach dem anderen aus dem Schrank, hielt es sich an, drehte sich damit vor dem Spiegel und warf es genervt aufs Bett. Sie pfauchten einander an, und als sie endlich zum Auto liefen, zeichneten sich unter Theres' Achseln dunkle Flecken ab. Nina riss die Tür auf und warf sich auf den Sitz.

Theres blieb wie angewurzelt stehen. »Nein.«

»Ich komme zu spät, Mama. Und – du musst mit Tante Caro reden. Sie muss unbedingt –«

»Das ist jetzt nicht wahr!« Theres ging in Hocke und inspizierte die Fahrerseite. Der Lack war zerkratzt, die Tür hatte ganz unten eine Delle. Langsam fuhr sie mit der flachen Hand über die zerschrammte Stelle. »Nein. Nein. Nein. Es reicht. Steig aus. Ich ruf dir ein Taxi.«

»Was hab ich denn jetzt wieder …?« Nina zerrte ihren Rucksack aus dem Auto und knallte die Tür zu. »Boah! Weißt du eigentlich, was du willst? Erst machst du Stress und dann …« Sie umrundete den Wagen und blieb stehen. »Au, Scheiße. Du musst Papa anrufen.«

Und eine Anzeige machen. Und die Versicherung verständigen. Und … Theres schloss die Augen und atmete aus.

Eine Viertelstunde später stand sie immer noch da. Nachbarn fuhren vorbei, wurden langsamer und beschleunigten wieder. Sie sah ihre Gesichter am Seitenfenster kleben und drehte ihnen den Rücken zu.

Sie wühlte ihr Handy aus der Tasche.

Thomas war sofort am Apparat. »Weinst du? Mein Gott, das ist doch kein Drama. Stell den Wagen in die Werkstatt. Du bist die nächsten Tage ohnehin krankgeschrieben.«

»So groß ist der Schaden nicht. Vielleicht kann Günter …?«

»Ich frage ihn, ob er am Wochenende Zeit hat.«

»Und jetzt?«

»Machst du eine Anzeige? Ich brauche die Schadensmeldung für die Versicherung.«

»Aber –«

»Theres, bitte! Ich hab hier Kunden, ich muss eine Küche ausliefern. Der Servicetechniker kommt in einer halben Stunde … Du wirst doch um Himmels willen –«

»Ja«, sagte sie leise. »Ja, klar. Ich wollte dir nur … Thomas?« Sie nahm das Handy vom Ohr und starrte auf das Display. Er hatte aufgelegt.

II

Es war wie ein Rausch. Zwei Bilder, Porträts: die Frau im Park mit den wirren Haaren, die mit entrücktem Blick eine Puppe kämmt. Der Bauarbeiter in der Mittagspause.

Sie hatte sich mit dem Skizzenblock in ein Café gesetzt, hatte die anderen Gäste betrachtet, eine Weile herumprobiert, den Bleistift wieder weggelegt, hatte dann die Frau gesehen, war aufgestanden und ihr in den Park gefolgt.

Der Mann saß wie auf einer Insel auf ein paar übereinandergestapelten Paletten vor der kleinen Baustelle unweit ihrer Wohnung und verzehrte bedächtig seine Mahlzeit – Brot, ein Stück Wurst, das er mit einem Taschenmesser sorgfältig zerteilte, eine halbe Zwiebel, einen glänzenden roten Paprika.

Die Sonne schien, Wolken flogen vorüber. Sein Gesicht war gerötet, die Unterarme braun. Unter den hochgekrempelten Ärmeln blitzte milchweiße Haut hervor. Er setzte die Wasserflasche an, trank, wischte sich über den Schnurrbart, schraubte die Flasche sorgfältig zu und stellte sie ab.

Autos fuhren vorbei, mit offenen Fenstern, aus denen Bässe wummerten, eine Straßenbahn legte sich quietschend in die Kurve. Er sah nicht auf, kaute, schluckte, trank, als gäbe es nur diesen Moment und nichts davor und nichts danach.

Anas Augen weiteten sich. Sie sah ihn vor einem kleinen Haus sitzen, irgendwo im Süden, hörte das Meer rauschen. Der Wind raschelte im verdorrten Gras. Es dauerte keine zehn Minuten, bis sie, auf einer Bank gegenüber, halb verborgen von parkenden Autos, sein zufriedenes Gesicht, den gedrungenen, leicht gebeugten Oberkörper, die schwieligen Hände aufs Papier geworfen hatte. Sie verstaute das Skizzenbuch in der Umhängetasche und erhob sich.

Da stand er plötzlich vor ihr. »Du musst fragen«, sagte er streng. »Es ist mein Gesicht.«

Ana biss sich auf die Lippen.

Er wies auf ihre Tasche. »Das Bild. Ich möchte es sehen.«

Sie blickte auf seine Füße in den klobigen Arbeitsschuhen. Dann nickte sie.

II

Die Klappe ihres Postkastens stand offen. Reklamezettel, Rechnungen, die Urlaubskarte von Bekannten und die Bezirkszeitung lagen im Gras. Theres bückte sich und richtete sich stöhnend wieder auf.

Im Haus war es angenehm kühl. Sie legte die neue Salbe, die ihr der Arzt verschrieben hatte, auf die Ablage im Bad, sah die Rechnungen durch und aß einen Apfel. Quälte sich mit zusammengebissenen Zähnen aus der Hose, schlüpfte in weite Baumwollshorts und sank aufs Sofa.

Ich wollte immer ein Kind, hatte Betti gesagt. Er hat zugestimmt. Mir zuliebe. Überzeugt war er nicht.

Mam würde alles für mich tun.

Wie sie sie angesehen hat: Ich will, dass du gehst.

Unvermittelt packte sie die Wut. Sie hat keine Ahnung, dachte sie. Du presst ein Kind aus dir heraus, von dem du weißt, dass es wegkommt. Rechts zerren die Eltern an dir, links das Amt. Die Schwestern behandeln dich kühl.

Sie denkt an den Arzt im Spital: Du machst ein kinderloses Ehepaar sehr glücklich. Er ist schlecht rasiert und hat Ringe unter den Augen. Er will sie trösten. Du wirst Kinder haben, später.

Flashback: Atmen. Nicht atmen. Seit Stunden geht das so. Sie liegt auf dem Rücken. Fremde Augenpaare tauchen über ihr auf und verschwinden wieder. Hände greifen ihr zwischen die Beine und betasten sie. Sie zittert, sie heult und schlägt um sich. Bestien haben sich in sie verbissen. Sie schlagen ihr spitze Zähne ins Fleisch und reißen es ihr vom Rückgrat. Sie schreit, sie krallt ihre Nägel in ein Stück Stoff, die eigene Haut.

Weiteratmen! Tief in den Bauch hinein. Ja, so ist es gut.

Nichts ist gut

Das ist die Strafe! Mit Schmerzen sollst du Kinder gebären und doch nach deinem Manne Verlangen tragen. Er aber soll dein Herr sein! Ihr Blick heftet sich auf das Kreuz an der gegenüberliegenden Wand.

Es soll aufhören. Sie sollen es ihr aus dem Bauch schneiden. Sie kann nicht mehr.

Aber es geht weiter. Immer weiter.

Als es dunkel wird, bricht Hektik aus, und dann, mit einem Schlag, ist der Schmerz weg.

Sie liegt wie betäubt.

Sie schmeckt Blut und fährt sich mit der Zunge über die zerbissenen Lippen.

Es ist ein Bub.

Sie hört es weinen – gellend, schrill. Hält sich die Ohren zu und dreht sich zur Seite.

Es ist vorbei.

||

2018

Das Erste, was ich höre, sind die Vögel. Jetzt unterscheide ich Amseln und Sperlinge. Die Amseln sind lauter. Ein kühler Wind auf meiner Wange und, ganz kurz nur, die Gewissheit: Ich bin daheim. Wieder daheim!

Aber da steht ein hellgrauer Schrank. Ein leeres Bett.

Sie sitzt mir gegenüber: Theres. Sie weint.

Frau Sudić, sagt sie leise.

Hinter dem Vorhang bewegt sich eine Schwester, der Stoff dunkelt, wölbt sich, fällt wieder glatt und bauscht sich an anderer Stelle erneut.

Ich muss Sie jetzt bitten zu gehen. Die Visite kommt.

Sie steht auf und nimmt meine Hand. Bis morgen, sagt sie.
Ich nicke. Meine Stimme ertrinkt im Stimmengewirr, als die Tür sich öffnet.

II

Am Ende dieses Tages war niemand von ihnen zufrieden: Caro nicht, die am späten Nachmittag noch losgefahren war, Nina nicht und am allerwenigsten Theres.

Thomas war als Letzter zu ihnen gestoßen. Er hörte ihnen eine Weile zu, sprang schließlich auf, zerrte Nina vom Sessel hoch und schickte sie in ihr Zimmer. »Jetzt reicht's.«

»Lass mich los!« Sie funkelte ihn wütend an. »Jan ist euch egal. Euch ist alles egal. Ihr würdet, wenn's drauf ankommt, auch mich da drin verrotten lassen.«

»So, Madame, jetzt –«

»Bloß nichts riskieren. Bloß nirgends anstreifen. Ihr seid so feig! So unfassbar feig! Ich hasse euch!« An der Tür drehte sie sich noch einmal um. »Und, Tante, ich pfeif auf deine Geschenke. Ich brauch den ganzen Mist nicht. Ich lass mich nicht kaufen.«

»Nina!«

»Lass sie.« Caro fiel Thomas in den Arm. Die Tür schlug zu. »Sie hat sich verändert unter seinem Einfluss.« Sie kontrollierte ihr Smartphone und ließ es in die Tasche gleiten.

»Was Wichtiges?«

»Nein.« Sie schlüpfte in ihren Blazer.

»Caro, kannst du nicht doch versuchen –«

»Das Verfahren an mich ziehen? Noch einmal, Theres: Selbst wenn man mir den Fall zuteilen würde, ich müsste mich für befangen erklären.«

»Aber niemand weiß –«, insistierte Theres.

»Wie stellst du dir das vor? Soll ich meinen Job riskieren?«

»Du hast versprochen –«

»Herrgott, Theres!«

Was hatte sie erwartet? Der Job ihrer Schwester war es, Leute vor Gericht zu bringen. Indizien zu sammeln, Beweisketten zu schließen, Strafen zu fordern. In ein paar Jahren würde sie selber an Gesetzestexten feilen, einem – vermutlich konservativen – Minister zuarbeiten und engagiert seine Positionen verteidigen. »Kennst du den Richter?«

»Jan hat einen Anwalt. Der wird sich darum kümmern.« Caro griff nach ihrer Tasche. »Ich hab mit Franz telefoniert. Jan spielt den Coolen. Er hört nicht auf ihn, verhält sich denkbar ungeschickt. Beratungsresistent, sagt der Kollege.«

»Jan hat Angst.«

»Mag sein. Aber er muss kooperieren, Theres. Du musst mit ihm reden. Ich kann nicht –«

Thomas hob abwehrend die Hände. »Caro, niemand erwartet das.« Er ging zur Tür. »Ich hole jetzt Nina. Sie wird sich bei dir entschuldigen.«

»Lass sie. Es ist spät. Ich bin müde.« Sie umarmte Theres flüchtig. »Vergesst nicht: am Samstag beim Fotografen.«

Thomas brachte sie hinaus. Theres hörte sie miteinander lachen. Als er wieder ins Wohnzimmer kam, hatte er Lippenstift auf der Wange.

II

1992

Man sagt, dass der Mensch sich an alles gewöhnt. Aber das stimmt nicht. Man gewöhnt sich nicht an die Toten. Nicht an die gebrochenen Augen, die zerstörten Gesichter, die grotesk verrenkten Glieder. Nicht beim vierten, nicht beim zehnten Mal. Man gewöhnt sich nicht. Nicht an den hellen Ton, den eine Kugel macht, wenn sie auf eine Steinmauer schlägt und zurückspringt. Nicht an das flatschende Geräusch, wenn sie einen Menschen trifft.

Man gewöhnt sich an den Schmerz. An den Hunger. An die Schläge. Daran, seine Notdurft vor aller Augen zu verrichten. An das Grölen der Soldaten, wenn sie betrunken sind. Man gewöhnt sich an den Gestank. Den Durst. Und an die Befehle: Steh auf. Komm her. Schneller. Zieh dich aus … An das Blut auf dem Boden, im Gesicht und zwischen den Beinen.

Man gewöhnt sich nicht an die Nächte, in denen der Lärm explodiert. Und nicht an die, in denen Schrei um Schrei die Stille zerreißt und du nichts tun kannst, als weiter zu atmen. Es auszuhalten. Bis sie müde sind. Oder zu betrunken. Bis ein Schuss kracht oder sie als schwarze Schatten im hellen Geviert der Tür auftauchen und ein gemarterter Leib zwischen die am Boden liegenden fällt.

Man gewöhnt sich nicht.

II

Der Wagen schoss durch die Landschaft, Bäume flogen vorbei, ein alter Traktor zuckelte einen Feldweg entlang, Nebelfetzen lösten sich langsam vom Boden.

Seit Tagen sprachen sie kaum noch miteinander. Theres hatte wegen der Besuchserlaubnis bei Gericht vorgesprochen und Nina war erneut ausgeflippt, weil sie darauf bestanden hatte, zunächst allein mit Jan zu reden.

Ich weiß gar nicht, ob du überhaupt reindarfst. Aber, Nina, du kannst ihm schreiben.

Schreiben! Super! Sie stampft auf wie ein kleines Kind. Die öffnen seine Briefe und lesen alles … pfff … Schreiben!

Liebes …

Ich hasse dich. Das alles ist deine Schuld!

Am Abend saß sie jetzt allein vor dem Fernseher, während Nina oben in ihrem Zimmer hockte und Briefe an ihren Bruder schrieb oder mit ihren Freundinnen, die Theres zunickten wie einer Fremden, die Köpfe zusammensteckte. Und Thomas? Was immer zwischen ihm und Jan vorgefallen sein mochte, er weigerte sich, darüber zu reden.

Sie versuchte es erneut. »Ist es wegen Nina?«

Schulterzucken. Er steckte sich ein Stück Schokolade in den Mund und sah stur geradeaus.

»Worum ging es? Hattet ihr Streit?«

»Nein, verdammt.«

Sie räusperte sich. »Musst du heute Abend wirklich noch weg?«

Er rieb sich das Kinn. »Es ist eine Menge liegengeblieben.«

»Und dein Handy? Hast du es wieder?«

»Nein.«

»Wo könntest du es vergessen haben?«

»Herrgott. In der Firma. Vielleicht ist es mir aus der Tasche gefallen. Was weiß ich?« Er drehte das Radio lauter.

Theres presste die Lippen zusammen. *Und jetzt die Eltern …* Warum mache ich das alles mit? Ich sollte mir ein Taxi rufen. Auf der Stelle umkehren. Caro hatte recht: Sie war immer noch das kleine folgsame Mädchen. Sie schaute an sich hinab. Nicht in Hosen, bitte, auch du nicht, Theres. Eher gedeckte Farben, nichts Gestreiftes, hat der Fotograf gesagt. Ihr sollt ja harmonieren auf dem Foto. Genau – Harmonie war das Wichtigste. Ihr war schlecht.

Wie immer waren sie die Ersten. Sie standen eine Weile auf dem Parkplatz vor dem Studio herum. Nina weigerte sich, die Kopfhörer abzunehmen, Thomas prüfte im Seitenfenster den Sitz seiner Krawatte und betrachtete seine Nägel.

Theres räusperte sich. »Damit du es weißt. Ich bleibe keine Minute länger als notwendig. Kein Mittagessen, kein Kaffee.« Die Kirchenglocken dröhnten über den Platz und klangen ihr in den Ohren.

Sie stakste in den ungewohnten hohen Schuhen über den Kies und überquerte die Straße. Hochzeitsfotos dominierten das Schaufenster. Glückliche Paare, Kleinkinder, Familien im Sonntagsstaat. Fotos mit Zuckerguss wie in der Werbung. *Und hinter der Fassade* … Viele, die mit dem Vorsatz gestartet waren, alles anders zu machen, landeten über kurz oder lang doch in der gleichen Sackgasse. Aus Prinzessinnen in weißer Spitze wurden Mütter, die nie genügten, gereizte Frauen, die durch den Tag hetzten und ihrem Partner auf die Nerven gingen, die Alltagsmänner ließen ihre Klamotten herumliegen, drückten sich vor der Hausarbeit und nützten die erste Gelegenheit, um fremdzugehen.

Im Schaufenster spiegelte sich ihr grimmiges Gesicht.

Caro und die Eltern fuhren gleichzeitig vor. Thomas umarmte seine Schwägerin. Sie lachten. Theres fasste den Griff ihrer Handtasche fester. Nina verschränkte demonstrativ die Arme vor der Brust und wandte sich ab. Die Mutter, im grauen Schneiderkostüm, hing an Vaters Arm. Theres sah ihn feixen und dem Schwiegersohn jovial auf die Schulter klopfen. Sie hätte ihn in sein feistes, selbstzufriedenes Gesicht schlagen mögen. Stattdessen drückte sie die Klinke nieder und betrat das Studio.

Es dauerte eine ganze Weile. Der Fotograf wies ihnen ihre Plätze zu, die Mutter gruppierte um, dann stimmte die Belichtung nicht, der Vater äußerte Sonderwünsche, und alles ging von vorne los. Theres blickte genervt auf das Getue und erntete genervte Blicke. Nicht nur einmal drehten sich alle nach ihr um.

»Die Dame links bitte lächeln.«

Sie funkelte den Fotografen an.

»Ein bisschen freundlicher, bitte.« Sie zog den Mund in die Breite. »Wunderbar. Ja, so ist es gut.«

Danach standen alle vor ihren Autos und scharrten mit den Füßen. Nina flüsterte mit den Großeltern, Caro telefonierte. Niemand wollte in die nahegelegene Konditorei, aber der Vater schritt ohnedies schon mit ausgebreiteten Armen auf einen ortsansässigen Unternehmer zu, den Theres noch von früher kannte. Sie hörte sein dröhnendes Lachen, hörte den anderen einstimmen, bat Thomas um den Autoschlüssel, nickte Caro und der Mutter zu und setzte sich in den Wagen. Die hintere Tür wurde aufgerissen, Nina warf sich in den Sitz, beugte sich hinaus. »Papa, fahren wir jetzt!«

Theres wandte den Kopf. »Was wollte Opa von dir?«

»Nichts.«

»Er hat dir Geld gegeben.«

»Und?«

»Hast du ihnen was von Jan gesagt?«

Nina verzog den Mund. »Klar. Das ist alles, was dich interessiert.«

II

1992

Nachbarn haben mich aus dem Haus getrieben, verladen wie Vieh und weggebracht. Geschlagen, gefoltert, gequält. Wochenlang.

Einer hat mich hinausgeführt. Da war ich schon tot, ein Stück Holz.

Geh!

Es ist Nacht. Irgendwo bellt ein Hund.

Schnell. Geh nach Hause.

Er ist aus dem Dorf.

Ich sehe den Zaun. Das Tor ist offen. Ein neues Spiel.

Nava!

Ich gehe.

Lauf jetzt!

Ich gehe. Ich schau mich nicht um. Gleich trifft mich die Kugel. Im Nacken. Durch das Schulterblatt ins Herz. Es ist vorbei.

Ich gehe. Ich warte.

Ich atme nicht.

Jetzt! Jetzt!

Aber die Nacht bleibt still.

Die Beine sind nass und brennen. Ich gehe. Ich lasse das Tor hinter mir. Ich gehe.

Ich bin am Leben.

II

Am Morgen, spät, während Ana sich den Schlaf aus den Augen reibt, verlässt manchmal eine Frau ihre Wohnung. Dann wochenlang niemand. Dann wieder ein Mann. Mascha steht mit der Gießkanne auf dem Gang und zupft an den Pflanzen herum. Sie ist neugierig. »Du warst die halbe Nacht wach.«

»Zu laut?«

Mascha schüttelt den Kopf. »Die sah nett aus. Ihr seht euch wieder?«

Anas Augen blitzen. »Einmal hat mir einer gesagt: Ihr seid wie verspielte Welpen, die miteinander herumbalgen, dann aufschauen, einen bunten Ball entdecken und dem nachjagen. Alles vergessen und sich nicht mehr umsehen.«

Mascha lacht. »Verspielte Welpen. Ein schönes Bild.«

»Aber so ist das nicht. Und glaub mir, der hat das nicht freundlich gemeint.«

II

Im Gerichtsgebäude herrschte reger Betrieb. Theres reihte sich in eine der Schlangen vor den Glaskabinen ein, deren Türen einen nach dem anderen einzeln aufnahmen und wieder freigaben. Hinter der Sperre standen Uniformierte, Frauen und Männer, die den Tascheninhalt kontrollierten, wie sie es von Flughäfen kannte. Menschen aller Altersgruppen und Nationalitäten standen dies- und jenseits der Schleuse. Sie blickte in gleichmütige Gesichter und solche, denen die Anspannung deutlich anzusehen war. Eine Gruppe von Anwältinnen eilte vorüber. Der Beamte winkte die Frauen durch. Direkt hinter ihr brüllte ein Baby. Das Kreischen ging ihr durch Mark und Bein. Sie knöpfte den Mantel auf und fächelte sich Luft zu.

»Legen Sie Handtasche, Handy, Schlüsselbund hier in den Korb. Falls Sie einen Gürtel tragen, auch den.« Die Beamtin klang ungeduldig. Theres stellte zögernd ihre Tasche ab. »Worauf warten Sie? Drücken Sie den Knopf und treten Sie ein.«

Die Türe öffnete und schloss sich, sie war gefangen. Sofort setzte ein nervtötendes Piepsen ein. Die Beamtin schaute kurz auf und wühlte gleichmütig weiter in Theres' Handtasche, schraubte die Lippenstifthülle auf, zog die Kosmetiktasche mit den Tampons heraus, öffnete sie und zippte sie wieder zu. Sie drückte auf einen Knopf, die Glastür schwang auf.

»Kommen Sie zu mir.« Die Uniformierte fuhr mit einem

Stab ihren Körper entlang. Theres stand reglos. Alles blieb ruhig.

»Fehlalarm«, erklärte die Frau. »Sie können gehen.«

Im Gerichtstrakt war die Luft besser. Hohe helle Gänge zweigten links und rechts ab, Menschen warteten vor den Flügeltüren. Vor einer weiteren Schleuse eine Wand mit Schließfächern. Hastig verstaute sie ihre Tasche in einem davon. Ein kahler Gang mit Wartenden nahm sie auf. Der Pullover klebte ihr am Körper, sie roch ihren eigenen Schweiß.

Am Anmeldeschalter war Schluss. Der Beamte gab ihr den Ausweis zurück. »Tut mir leid. Seine Mutter war heute schon da. Sprechen Sie sich mit ihr ab. Am Donnerstag kann er wieder Besuch haben.«

»Aber –«

»Keine Ausnahme!« Er wandte sich dem Nächsten zu.

Das Fenster hinter ihm war offen. Sie blickte direkt auf den Zellentrakt: Eine hellgraue Fassade gleißte im hellen Licht, vergitterte Fenster standen eng nebeneinander. Sie sah ein junges fremdes Gesicht über dem Sichtschutzglas auftauchen, eine Hand, die die Gitterstäbe umklammerte. Einen Herzschlag lang trafen sich ihre Blicke. Übelkeit stieg auf, in ihren Ohren sirrte ein hoher Ton. Jemand rempelte sie unsanft an.

»Gehen Sie weiter. Worauf warten Sie?« Sie zog den Kopf ein, als hätte man sie geschlagen.

II

2018

Ana wirkt ganz fremd mit den kinnlangen Haaren.

Warum?, frage ich.

Sie zuckt die Achseln und sieht mich an, als könnte ich jeden Moment umfallen. Dabei komme ich langsam zu

Kräften. Das Atmen fällt mir leichter. Die Beine sind dünner, die Knöchel wieder schmal.

Ich rufe Sie an, bevor ich herkomme, sagt sie und geht in die Küche.

Es wird so schnell nichts mehr passieren. Der Herzschrittmacher, weißt du. Du musst keine Angst haben. Ich berühre das Pflaster unter dem Schlüsselbein. Eine Narbe wird bleiben. Darunter liegt das Ding, das einspringt, wenn mein Herz stolpert.

Und unter dem Kissen liegt mein Buch.

Sie bückt sich. Im Herbst, sagt sie mit dem Rücken zu mir und schrubbt das Spülbecken, als hielte sie Schmirgelpapier in den Händen, wenn alles gut geht …

Stipendium, höre ich, und ›nicht mehr kommen‹ und ›Nachbarin, die statt mir‹. Das Wasser läuft und läuft, und dann, endlich, wendet sie sich um.

Ich bin angenommen worden.

Sie spielt mit ihren Fingern.

Angenommen?

Auf der Akademie. Malerei, sagt sie ungeduldig, als wüsste ich Bescheid.

Ich höre es zum ersten Mal.

Die Mappe?

Arbeitsproben, ja. Sie zögert. Ich wollte Sie fragen, ob ich Sie zeichnen darf, aber dann …

Ana, sage ich. Bitte …

Sie schüttelt den Kopf. Es tut mir leid.

‖

Theres saß mit steifem Nacken neben Betti und atmete die abgestandene Luft auf dem Korridor. Sie unterhielten sich flüsternd. Alle paar Minuten knisterten die Lautsprecher, erstarben die Gespräche für einen Moment, hoben sich angespannte Gesichter. Dort und da sprang jemand auf und hetzte Richtung Besucherzone.

»Skopje, Theres! Was soll er denn in Skopje? Er kennt doch da niemanden.«

Theres zögerte. »Sein Vater ist Bosnier.«

»Du denkst …?« Ihre Augen wurden schmal.

»Ich glaube nicht, dass er zurückgegangen ist«, sagte Theres hastig.

»Ich hätte es wissen müssen! Und ich hab ihm noch geholfen, dich zu suchen!« Sie war bleich.

»Betti! Bitte –«

»Er wollte dich sehen, also bringen wir es hinter uns.« Sie drehte sich weg, lehnte den Kopf an die Wand und schloss die Augen.

»Betti?« Theres' Hand hing in der Luft. *Bringen wir es hinter uns.*

Die jungen Frauen neben ihnen, beide um die zwanzig, nahmen ihr Gespräch wieder auf. »Er ist so eifersüchtig«, sagte die Üppige und beugte sich über das Kleinkind im Buggy, das friedlich schlief. »Jeder Besuch beginnt mit einem Verhör. Wenn ich mich für ihn hübsch mache, ist er sich sicher, dass ich einen anderen habe.« Die Dunkelhaarige neben ihr nickte verständnisvoll. »Und wenn ich in Jeans und Pullover auftauche: Gib zu, du hast mich schon abgeschrieben.«

»Mein Mann hat mir letztens einen Zellenkollegen nach Hause geschickt. Der hatte Ausgang und sollte kontrollieren, was ich so treibe. Da hab ich ihm aber die Hölle heißgemacht beim nächsten Besuch, das kannst du mir glauben.«

»Es macht mich fertig. Ich gehe putzen, mache Überstunden, damit wir durchkommen. Besuche ihn, überweise Geld. Und er: Mach dies, mach das. Immer nur fordern.« Das Kind im Wagen bewegte sich, sie beugte sich vor und steckte ihm den Schnuller in den Mund. »Warum dauert das heute so lange?«

»Er ist total auf dich angewiesen«, mischte sich ein dünnes Mädchen ein. »Ob er Geld kriegt, frische Wäsche. Sich was kaufen kann. Ob der Anwalt auftaucht. Was soll er denn machen? Du kannst dir nicht vorstellen, wie schwer das ist. Wie langsam die Zeit da drin vergeht. Du wirst nach und nach verrückt vor lauter Warten. Ich weiß, wovon ich rede.« Sie malträtierte das Nagelhäutchen an ihrem Ringfinger, bis es blutete, und hob den Kopf. »Ist was?«, keifte sie.

Erschrocken wandte Theres den Blick ab. Es kann nicht mehr lange dauern, dachte sie, aber es verging der halbe Vormittag, bis sie endlich aufgerufen wurden.

Der erste Anblick war ein Schock: Eine Glasfront trennte Besucher und Angehörige. Theres quetschte sich neben Betti auf den ihnen zugewiesenen Platz. Ihre Schultern berührten sich. Links und rechts, viel zu nah, hockten andere und starrten wie sie in den Raum dahinter. Vor und hinter dem Glas standen Telefone, es war drückend schwül.

Der Lärmpegel stieg, als mehrere Männer hereingebracht wurden. Betti straffte sich und setzte ein kleines Lächeln auf. Ein unrasierter Mann mit Glatze steuerte direkt auf sie zu.

»Jan?« *Er hat sich die Haare geschoren.* Mit der Glatze, den dunklen Bartschatten sah er aus wie ein Ganove.

»Reiß dich zusammen«, zischte Betti.

Theres nickte. Das Herz klopfte ihr bis zum Hals.

Betti griff zum Hörer. »Jan, wie geht es dir. Ich hab heute –«

»Mam.« Er schluckte.

Sie hielt den Hörer so, dass Theres mithören konnte.

Er wandte den Kopf. »Ja. Hat nicht geklappt, Theres. Ich bin immer noch hier.«

Sie beugte sich zu Betti hinüber, aber die machte keine Anstalten, ihr den Hörer zu übergeben.

»Ich war beim Richter, Jan. Der Anwalt –«

»Der Anwalt redet Scheiße. Entschuldige, Mam.«

»Er sagt, du sprichst nicht mit ihm.«

»Er hört nicht zu. Er hat ganz klare Vorstellungen, was ich sagen soll. Wie ich mich verhalten muss.« Er fixierte Theres. »Das hat schon bei der Polizei nicht geklappt.«

Theres griff nach dem Hörer. »Kann ich kurz … Jan, Nina möchte –«

»Ich will nicht, dass sie mich besucht. Okay? Ich will nicht, dass sie mich so sieht. Sag ihr, dass ich sie … sag ihr …« Er blinzelte und presste die Lippen aufeinander. Seine Stimme splitterte. »Sie soll keinen Mist bauen«, sagte er gepresst. »Sie kann mir schreiben. Die Briefe werden geöffnet. Sie muss überlegen, was sie …«

Theres schluckte.

»Sag Nina … sag ihr … ich liebe sie.«

»Jan, es tut mir so leid.«

»Ich brauche einen anderen Anwalt«, sagte er schroff. Er nannte den Namen eines Strafverteidigers, den Theres aus den Zeitungen kannte.

»Ich kümmere mich darum«, versprach sie. Sie würde ihr Sparbuch angreifen. Zur Not konnte sie einen Kredit aufnehmen. »Brauchst du sonst noch was? Geld? Bücher?«

Sie wusste nicht weiter. *Wie geht es dir?* Wie soll es ihm schon gehen? *Bist du allein in der Zelle? Mit anderen? Sind … sind sie okay zu dir?*

Betti nahm ihr den Hörer ab. »Jan, kommst du klar?«

»Ja, Mam«, sagte er rau.

Es war alles so unwirklich. *Wir sprechen wie Puppen auf einer Bühne.* Er war so anders, so fremd hinter dem Glas. »Was hast du gesagt?«

»Ich möchte kurz mit Jan allein reden. Warte bitte draußen.«

Theres erhob sich mit weichen Knien.

Er beugte sich vor. Sein Gesicht war ganz nah. »Sag Nina, sie soll mir schreiben. Bitte.«

Ihr Blick verschwamm. Sie stolperte hinaus.

II

2018

Ana hat mich vergessen. Ich gehe auf und ab. Ich wähle ihre Nummer. Am Abend entschuldigt sie sich.

Ich habe, sagt sie wieder, jemanden für Sie. Eine Nachbarin. Sie werden sehen, sie ist nett. Ich komme morgen um elf.

Dreimal noch, denke ich. Nur noch dreimal.

Danke, sage ich. Danke, Ana.

Sie sagt: Schon gut.

Wir haben nie viel geredet. Aber jetzt ist es still. Ganz still. Die Hauskrankenpflege kommt und tut, was zu tun ist. Dann geht sie. Ich liege im Bett. Ich sitze am Fenster. Die Blätter tanzen auf der Wand und machen mir Angst. Ich stehe auf und hole mein Buch. Ich leere den Kopf aus, alles, was kommt.

1992

Irgendwann sind alle Gesichter ein Gesicht. Es stößt auf mich herab und entfernt sich. Kommt wieder ganz nah heran. Es stinkt aus dem Mund. Es grinst, es schwitzt. Es keucht und beißt sich auf die Lippen. Es grunzt und reißt das Kinn nach oben.

Die Decke des Raums. Die Wiese hinter dem Haus. Das hohe Gras. Die Brombeersträucher. Der Weg zum Fluss. Wir haben Fische gefangen. Mit bloßen Händen.

Vor der Tür grölt jemand. Einer schreit. Schüsse fallen. Der Donner ist einmal nahe. Dann wieder fern. Am Tag reinige ich die Latrinen. Ich schrubbe die Böden und schleppe Wasser über den Hof.

Wir stehen aneinandergedrängt vor dem Zaun, dahinter liegt der Wald. Blut sickert ins Gras. In den Staub. Und einer … einer lässt die Waffe sinken und geht auf sie zu und stößt mit dem Schuh … Und hebt … mit dem Schuh … er hebt ihr Kinn.

Nava!

Und dann … und dann …

Als alles vorbei ist, nehmen sie ihre Plätze wieder ein, als wäre nichts gewesen. Wechselt der Polizist die Uniform, sitzt der Nachbar rauchend vor seinem Haus. Die Scherben werden zusammengekehrt. Die Starken teilen unter sich auf, was übrig geblieben ist. Das ist nicht mehr mein Land.

Es wird sich nichts ändern zwischen uns, sagt mein Mann. Aber keiner von uns beiden erträgt den Blick des anderen. Er umarmt mich. Ich werde steif. Er kommt zu mir. Ich liege da wie tot. Er wendet sich ab und geht. Beide schämen wir uns.

Als ich in den Bus steige, sind er wie ich erleichtert.

Du kommst zurück. Bald.

Ich sehe mich um. Es sind die Frauen, die den Kopf senken. Die Blicke folgen ihnen.

Erst viel später habe ich erfahren, dass es Frauen gab, die aufgestanden sind. Die geredet haben. Sich erinnert. Und alles beschrieben. Wort für Wort.

Da war ich schon in Sicherheit.

||

Der Anwalt sah aus wie ein Anzeigenkeiler mit stark gegeltem, nach hinten gekämmtem Haar. Theres registrierte die teuren Möbel, seine protzige Uhr, den Maßanzug und überschlug ihre finanziellen Möglichkeiten. Das Geld auf dem Sparbuch war zum Großteil in die Geräte für die neue Küche geflossen. Zwölftausend, dachte sie, das wird nicht reichen. Sie konnte den Bausparvertrag auflösen. Den Schmuck ins Dorotheum tragen? Ja, zur Not auch das. Es wird keinem auffallen, dachte sie. Ich lege ihn ohnedies nie an. Mit Bettis Anteil …

Jans Adoptivmutter saß wie hypnotisiert vor dem Advokaten, mit geröteten Wangen, den Mund leicht geöffnet, die Hände im Schoß. Zwischen ihren Brauen stand eine steile Falte. Die feinen Haare klebten ihr am Kopf.

»Der Kollege sagt, Ihr Sohn«, sein Blick ging zwischen Betti und ihr hin und her, »will seine Familiengeschichte nicht vor allen ausbreiten. Er hat keine Angaben zu der geplanten Reise gemacht. Der Kollege beschreibt ihn als aufbrausend, auch gegenüber dem Haftrichter.«

Theres öffnete den Mund.

»Das ist doch verständlich. Er hat nichts getan«, sagte Betti ruhig.

»Schauen Sie, oft ist das einfach eine Sache der Chemie. Man muss seinem Anwalt vertrauen können. Bitte nicht falsch verstehen. Nichts gegen den Kollegen.« Er hob abwehrend die Hände. »Er ist ein Allrounder. Wir hingegen sind auf Strafrecht spezialisiert.« Er lehnte sich zurück.

Theres wurde rot. Offensichtlich gab es Spezialisten. Das hatte sie nicht gewusst. Noch ein Fehler!

»Es scheint tatsächlich keinerlei Beweise zu geben. Sagt der Kollege. Da werden wir ansetzen. Wir werden schauen, dass wir die Fluchtgefahr wegkriegen. Er kennt niemanden in Skopje. Der Tatvorwurf sollte sich entkräften lassen. Wer bitte lockert die Radmuttern an dem Wagen, den er selber fährt?«

Theres nickte.

»Und in den meisten Familien gibt es Meinungsverschiedenheiten, wenn die Kinder erwachsen werden. Das ist normal. Deswegen bringt man doch niemanden um.«

Bettis Stirn war wieder glatt. »Gut«, sagte sie knapp. »Was schätzen Sie: Wie lange wird das dauern?«

Es folgte ein kleiner Vortrag, in dem es von Begriffen wie *Fristen* und *Rechtsmittel* nur so wimmelte. Betti unterbrach den Anwalt mehrmals, fragte nach, und jetzt sprach er nur noch mit ihr. »Sind Sie vom Fach?«

»Mein Mann war Polizist«, erinnerte sie ihn.

»Klar.« Er lachte. »Da kriegt man eine Menge mit.«

Sie erhoben sich, Betti leistete eine Anzahlung, deren Höhe Theres den Atem verschlug. Sie räusperte sich. »Und die weiteren Kosten?«, fragte sie beklommen.

»Wir werden uns schon einigen«, sagte er und tätschelte ihre Hand.

Betti wirkte zufrieden, als sie nebeneinander die breite Treppe hinuntergingen. »Ich weiß«, sagte sie, »er ist bei Gott kein Sir. Aber er hat Erfolg. Er kämpft mit allen Mitteln und kriegt die Leute schließlich frei.«

»Denkst du, wenn er sofort übernommen hätte …«

Betti verhielt den Schritt und sah sie an. »Wir müssen das Beste aus der Situation machen.«

»Weißt *du*, warum er nicht redet? Lag es am Anwalt, oder –?«

»Was meinst du?«, fragte Betti scharf und setzte sich in Bewegung.

»Ich … er war so – anders«, murmelte Theres verzagt.

Es nieselte, als sie auf die Straße traten. Sie trennten sich sofort. Im Taxi ließ Theres ihren Tränen freien Lauf. Der

Fahrer drehte das Radio lauter. Die Scheiben beschlugen und wurden wieder klar. Die Straßenlaternen gingen an. Der Regen kam jetzt fast waagrecht. Sturmböen peitschten das Wasser in Schwaden quer über die Fahrbahn. Die Autos zuckelten im Schritttempo dahin, zwei, drei Fußgänger stemmten sich unter zerfetzten Schirmen gegen den Wind.

Theres fühlte sich schmutzig und beschämt. Sie dachte daran, wie die Beamtin in ihren Sachen gewühlt, Stück für Stück aus der Tasche gezogen und betastet hatte. An das ölige Lächeln des Anwalts, an Bettis Blick. *Ich habe alles verpfuscht.*

Warum, um alles in der Welt, hatte er nicht *sie* angerufen? Von wegen: Meine Mam schafft das nicht! Betti hatte alles im Griff. Keine Spur mehr von dem verhuschten Wesen, das zu seinem Mann aufsah, der von Medikamenten Betäubten. Sie marschierte durch, als hätte sie ihr Leben lang nichts anderes getan: Haftrichter, Besuchsbewilligung, Sozialer Dienst. Sie hatte Jan längst Geld überwiesen, als Theres noch am Telefonieren war, hatte Wäsche für ihn abgegeben, mit den ermittelnden Beamten gesprochen und mit der zuständigen Staatsanwältin. Und ihm jetzt auch noch den passenden Anwalt besorgt. *Mam würde alles für mich tun. Alles.*

Sie rang nach Luft.

»Alles in Ordnung?«

Sie nickte und putzte sich die Nase. Das Rauschen, ein silbriges Flimmern, erstarb. Die dunklen Augen des Taxifahrers im Rückspiegel waren voller Mitgefühl. Die Scheibenwischer bewegten sich, die Lichter der Autos vor ihnen verschwammen und wurden wieder klar.

Er hat mir vertraut. Langsam knöpfte sie den Mantel zu. »Lassen Sie mich hier raus«, sagte sie fast schroff und reichte ihm das Geld nach vorne.

»Hier schon?«

Sie nickte und stieg aus. Es goss noch immer in Strömen. Sein besorgtes, ihr zugewandtes Gesicht leuchtete auf, dann erlosch die Innenbeleuchtung und der Wagen fuhr los.

||

1992

Alles ist rot. Überall liegen Tote. Sie haben sie aufgehäuft, übereinandergeworfen wie Müll. Männer. Kinder. Frauen. So viele Frauen. Ich sehe die Fliegen auf den bleichen offenen Mündern grasen.

Und immer sehe ich Nava. Ihr kleines, blasses, schmutziges Gesicht zwischen meinen Händen, nachts, wenn sie nicht schlafen kann. Ich habe nichts getan, flüstert sie. Und: Warum? Warum tut ein Mensch so was? Ich zweige Wasser ab und bringe es ihr, aber sie wäscht sich nicht mehr. Sie rollt sich zusammen. Sie lacht ihnen ins Gesicht. Sie schreit und singt wie eine Verrückte. Die ganze Zeit.

Sie schleifen sie über den Boden. Sie bringen sie zurück.

Sie holen sie nicht mehr. Ihr Bauch wird rund.

Sie wollen uns tilgen, sagt sie. Wie Ungeziefer. Warum? Wir sind Menschen wie sie.

Ich lege mich hin. Ich stehe wieder auf. Ich greife zum Buch. Ich wende die Seiten. Die Tinte fließt aufs Papier.

Nava. Wie sie wispert und singt. Die ganze Zeit. Dann wird sie still.

Ich hätte es wissen müssen!

Sie spricht nicht mehr. Sie singt nicht mehr. Sie lässt das Brot liegen. Dann, mitten am Tag, rennt sie los. Ins Helle. Auf den Zaun zu. Dann fallen die Schüsse. Ich schaue auf die

Rücken der Männer. Auf den Schuh, der ihr Kinn hochhebt und loslässt. Noch einmal fällt ihr Gesicht in den Staub. Einer bellt. Zwei packen zu und schleifen sie über den Platz. Nava. Die Sonne trocknet ihr Blut.

II

Theres stand am Küchenfenster. Ein quietschgelbes Auto fuhr vorbei. Ein Hund hob sein Bein an ihrem Zaun. Der massige Mann am anderen Ende der Leine riss eine Zigarettenpackung auf, kratzte sich am Bauch, ließ das Papier achtlos fallen und zündete sich eine an. Hustend stieß er den Rauch aus. Der Hund zerrte an der Leine, die beiden bulligen Gestalten setzten sich in Bewegung.

Im Wohnzimmer verstummte der Fernseher, Thomas' Schritte kamen näher. »Warum antwortest du nicht?« Jetzt trat Nina aus dem Haus und winkte. Der Mann blieb stehen.

»Dir ist schon klar, dass wir auch eine Tochter haben. Ein Haus, einen Garten. Auch wenn du noch krankgeschrieben bist …«

Nina beugte sich über den Zaun, sie redeten kurz miteinander, dann stand sie auch schon auf dem Gehsteig. »Willst du mir sagen, dass ich all das vernachlässige? Meine Pflichten?« Theres sah den Dicken erfreut grinsen. Er watschelte näher, sein Doppelkinn zitterte.

»Jan. Frau Sudić. Diese Adoptivmutter. Und wer war das gerade am Telefon?«

»Caro.« Theres hielt den Atem an. Nina! Sie hockte vor dem Tier – den breiten, sabbernden Schädel direkt vor sich – und streichelte es. Der Hund wedelte wie verrückt. Der Mann lachte und tätschelte seine Flanke.

»Hörst du mir eigentlich zu? Ständig hast du zu tun. Und Nina? Und ich?«

»Was?« Jetzt lehnte sie am Zaun und plauderte mit dem Mann. Der Hund lag friedlich zu ihren Füßen. Theres atmete aus.

»Kannst du dich vielleicht umdrehen, wenn ich … Ach, mach doch, was du willst!«

Die Tür schlug zu, die Gläser auf der Anrichte klirrten leise.

‖

2018

Immer noch habe ich Gänsehaut, wenn ich daran denke: wie sie da sitzt und ihr Blick nach innen geht. Wie ihr Atem schneller und schneller wird. Sie legt ihre Hand auf die Stelle über dem Herzen, ich warte, dass sie zu keuchen beginnt, ihre Pupillen weit werden, die Hände zittern, krampfen, sie umkippt, aber mit einem Mal sagt sie ganz ruhig: Ich habe niemand.

Ich denke an die Narben auf ihren Armen, die sie sorgsam verbirgt, sehe sie sich aufrichten.

Sie drückt die Schultern nach hinten. Verstehen Sie?

Ja, sage ich. Ja, Theres, ich verstehe.

‖

Theres hatte keinen Blick für die Sommerwiesen, die Hügel, die Weinberge. Caro hatte sie gebeten, nach der Mutter zu sehen. »Vater hat angerufen: Es geht ihr nicht gut. Er ist in Graz. Kommt erst morgen Abend zurück. Und ich kann hier unmöglich weg.«

»Hat sie –?«

»Weiß ich nicht.« Sie war in Eile.

»Und wenn –«

»Dann rufst du den Hausarzt an. Er soll ihr was geben. Theres, nicht bös sein, ich muss gleich weiter.«

»Und wenn sie sich weigert, Caro?« Aber ihre Schwester hatte bereits aufgelegt. Sie drückte mehrmals die Wiederwahltaste und landete jedes Mal auf der Mailbox. Wütend warf sie das Handy auf den Beifahrersitz. Hol mich ab. Fahr dorthin. Mach dies, mach das. Kannst du noch schnell. Du bist ja sowieso zu Hause. Wann hatte das angefangen: dass sie ihre Zustimmung nicht mehr abwarteten? Deponierten, was sie loswerden wollten. Aufträge erteilten und auflegten. Nina, Thomas. Die Eltern. Und Caro.

Himmel, jetzt mach kein Drama draus. Wenn man dich *einmal* um was bittet …

Halbtagsjob. Eine Putzfrau. Was machst du eigentlich die ganze Zeit?

Theres umklammerte das Lenkrad und stieg aufs Gas. Der Blinker tickte, der Wagen surrte, scherte aus und ließ einen Sattelschlepper hinter sich.

Es war sinnlos, darüber nachzudenken. Familie, Haus, die mittlerweile florierende Tischlerei ihres Mannes – all das zählte nichts. *Wenn Caro einmal heiratet, wird er sie stolz zum Altar geleiten. Und das Schlimmste ist: Ich wollte das nie, und trotzdem kränkt es mich.*

In einem der Wälzer in Vaters Bücherschrank war sie auf ein Zitat gestoßen: »Jeder bekommt seine Kindheit über den Kopf gestülpt wie einen Eimer. Später erst zeigt sich, was darin war. Aber ein ganzes Leben lang rinnt das an uns herunter, da mag einer die Kleider oder auch Kostüme wechseln, wie er will.«

Sie dachte an Frau Sudićs Worte: Sie sind stark. Man weiß es oft selber nicht.

Erst später war ihr aufgefallen: Sie hatte die Ältere zum ersten Mal lächeln sehen.

Die Sonne stand schon tief, als sie den Wagen vor dem Haus ausrollen ließ. Eine Viertelstunde, schärfte sie sich ein. Keine Sekunde länger. Schauen, wie es ihr geht. Wenn notwendig, den Arzt rufen. Sie fasste den Schulterriemen ihrer Tasche fester.

Ein Auto mit Wiener Kennzeichen? Der Arzt? Theres spähte ins Wageninnere. Zeitungen und Bücher lagen auf dem Beifahrersitz, Parfum, eine Sonnenbrille und eine Stange Filterlose. Frida? Mit drei Schritten war sie am Gartentor und drückte die Klinke nieder.

Die ältere Schwester ihrer Mutter saß auf den Stufen vor dem Haus, eine Zigarette im Mundwinkel, die Augen geschlossen. Ihr schmaler Rock war ein Stück hochgerutscht und gab die gebräunten Beine frei. Ihre Füße steckten in flachen Schuhen. Sie hob den Arm gegen die Sonne. »Theres!« Ihr Gesicht leuchtete auf. Sie drückte die Zigarette am Geländer aus und eilte ihr entgegen. Sie reichte ihr kaum bis zum Kinn. »Komm her. Du lieber Himmel, wie lange haben wir uns nicht gesehen?«

Theres roch das vertraute herb-samtige Parfum. Ihr Herz tat einen Sprung. »Du hast dich nicht verändert.«

»Sag so was nicht.« Lachend machte Frida sich los. »Nach all den Jahren …« Immer noch der leuchtende Lippenstift, schlampig, hastig aufgetragen. Sie war selten in Eile, es war ihr schlicht egal. Das Rot zerfranste in den Fältchen, als hätten die Lippen feine Stacheln.

Fridas Blick ging zum Haus. Ihre Hand drückte Theres' Oberarm. »Alles in Ordnung, mach dir keine Sorgen. Irmgard hat mir gesagt, ich soll kommen, er ist nicht da«, nahm sie ihre Frage vorweg. Sie zog die vertraute blaue Packung aus dem Bund, klopfte eine Zigarette heraus und zückte das Feuerzeug. »Sie hält das Alleinsein nicht aus.« Eine Rauchwolke stieg auf.

»Sie trinkt.«

Frida zuckte die Schultern. »Einmal mehr, einmal weniger. Kein Wunder. Sie erstickt hier langsam.« Sie hustete. »Sie hat ihr ganzes Leben nach ihm ausgerichtet.«

»Sie kann ja gehen. Niemand zwingt sie.«

Frida befeuchtete ihre Lippen und zupfte mit spitzen Fingern ein Tabakbrösel aus dem Rot. »Wo soll sie denn hin? Zu dir?« Die Zigarette wippte auf und ab. »Zu deiner Schwester?« Sie war direkt wie eh und je.

Theres senkte den Kopf.

»Ich habe ihr angeboten, für eine Weile zu mir zu ziehen. Ich bin seit zwei Jahren in Pension. Wir könnten reisen. Vielleicht kommt sie auf den Geschmack.« Sie hustete erneut. »Hier geht alles nach seinem Kopf. Sie kommt gar nicht mehr vor.«

»Die Frau Direktor. Selber nie gearbeitet, aber Ansprüche. Da muss man eben Opfer bringen.«

»Es hat sich nichts geändert zwischen euch«, stellte Frida fest.

»Lassen wir das Thema.« Theres schluckte. »Entschuldige«, sagte sie nach einer Weile.

Frida hakte sich bei ihr ein. »Irmgard sagt, du hast deinen Sohn gefunden.«

»Er hat mich angerufen. Wir haben uns getroffen und –«

»Und?«

»Es ist ein Alptraum. Kurz darauf wurde er verhaftet. Nein«, wehrte sie ab, »die Eltern wissen davon nichts.«

Ihre Tante blieb stehen. »Was hat er getan?«

Theres schüttelte den Kopf. »Wenn sie mich nicht gezwungen hätten, ihn wegzugeben ... Vater hat nur an sich gedacht«, sagte sie mit wachsender Wut. »An seinen Ruf. Seine verdammte Partei. Und sie, sie hat den Mund nicht aufgemacht. Da haben sie zusammengehalten! Die Leute werden reden, also musste der Bankert weg.«

»Du hättest zu mir ziehen können. Aber du hast gesagt –«

»Daran erinnere ich mich nicht!« Ihre Hand fuhr an den Hals.

»Deine Mutter meint –«

»Die soll bloß ruhig sein. Das geht die gar nichts an. Sie hat mich alleingelassen, sie hat mich … Sie hat mich ausgeliefert.«

»Ihr solltet reden«, sagte Frida ruhig.

»Ach ja? Und mir wieder anhören, dass ich ihnen dankbar sein muss?«

Frida bückte sich und drückte ihre Zigarette aus. »Du allein entscheidest, was du machst, Theres. Ich will dir ganz bestimmt nichts einreden. Ich verstehe nur eines nicht: warum jede meint, es betrifft nur sie. Ihr steckt in der gleichen Scheiße.«

»Dass sie sich nicht schämt. Immer ist sie das Opfer.«

»Sag ihr wenigstens guten Tag. Komm, gehen wir ins Haus.«

In der Bodenvase im Vorzimmer standen weiße Lilien, die Lieblingsblumen ihrer Mutter. Es roch wie auf einem Begräbnis. Die Treppe mit dem polierten Handlauf, der sich unter den Fingerspitzen ganz seidig anfühlte, führte in das mit dunklen Möbeln vollgestellte Obergeschoss. Die Treppe knarrte.

Die Mutter stand auf der obersten Stufe. *Wie ein Star in einem alten Ufa-Film.* Sie war zurechtgemacht und hielt sich sehr gerade. »Seit wann bist du da?« Sie brachte die Treppe problemlos hinter sich und eilte mit einem nervösen Lächeln auf Theres zu.

Theres verschränkte die Arme vor der Brust. »Caro sagt, es geht dir nicht gut.«

Die Mutter lächelte tapfer. »Ich hatte wohl so was wie eine Panikattacke. Ich dachte … Weißt du, ich schlafe schlecht.

Und jetzt, wo dein Vater nicht da ist … Kommt, setzen wir uns ins Wohnzimmer.« Mit steifem Rücken stöckelte sie voraus. Sie wies auf das Sofa. Theres blieb stehen.

Ein Krug und zwei benützte Wassergläser standen auf dem Tisch. Niemand bot ihr etwas zu trinken an.

Die Mutter strich ihren Rock glatt und räusperte sich. »Theres, ich muss dir was sagen. Es fällt mir nicht leicht.«

Wütend funkelte Theres ihre Tante an. Vermutlich hatten sie und Caro das gemeinsam ausgeheckt. Frida verzog keine Miene.

»Als Carolin damals mit deinem Tagebuch dahergekommen ist«, hob die Mutter an, »wusste ich nicht, was ich tun sollte. Du hast alles bestritten: Ich bin nicht schwanger.«

»Was wird das hier? Wenn du dein Gewissen erleichtern willst, ist das der falsche Zeitpunkt.«

»Theres, setz dich, bitte.« Ihre Armreifen klingelten. »Ich hätte es früher merken müssen. Ich war so –«

»Und dann? Eine Abtreibung – und die Sache ist erledigt?«

»Du hast die ganze Zeit gegessen. Ich dachte –«

»Du dachtest!«, höhnte Theres. »Du hast zwei Kinder geboren und kriegst nicht mit, dass deine Tochter schwanger ist? Aber klar, es ging immer nur um ihn.«

»Theres.«

»Du hättest nie Kinder haben sollen.«

Die Mutter saß reglos. »Wir waren … Ich war zur gleichen Zeit schwanger wie du«, sagte sie leise.

»Du hast das Kind verloren?«

Die Mutter setzte mehrmals an, brachte aber kein Wort heraus.

»Was denn jetzt?«

Fridas Parfum stieg ihr in die Nase. »Dein Vater hat sie zum Abbruch gedrängt.«

»Es war nicht geplant. Und zu der Zeit … es war alles zu viel. Dein Vater wollte –«

»Dein Vater wollte! Dein Vater wollte«, schrie Theres. »Und du? Was wolltest du? Hast du jemals selber gedacht? Etwas gewollt? Getan? Verantwortet? Selber entschieden?«

Die Mutter war blass. »Mir wäre es … willkommen gewesen«, sagte sie kaum vernehmbar.

»Willkommen?« Theres lachte auf. »Du bist so erbärmlich. Du treibst dein Kind ab, weil *er* es sagt. Und zwingst mich, meines wegzugeben.«

»Du wolltest –«

»Weil ich nicht haben soll, was du nicht haben kannst?«

»Es reicht.« Frida sprang auf und packte sie an den Schultern. »Theres, hörst du – es reicht.« Die zierliche Person entwickelte erstaunliche Kräfte.

»Du tust mir weh.« Theres machte sich los und rieb sich den Arm.

Die Mutter sah sie unverwandt an. »Warum sagst du so was? Kannst du dich wirklich nicht mehr erinnern?«

Theres hob den Kopf. Ein hoher Pfeifton schrillte in ihren Ohren.

»Ich hatte deinen Vater schon so weit, aber da wolltest du das Kind nicht mehr.«

Das stimmt nicht, das ist einfach nicht wahr!

»Hast du alles vergessen, Theres? Wie verletzt du warst? Wie verzweifelt?«

Sie lügt. Warum lügt sie? Das Pfeifen ging in ein Sirren über, setzte aus und begann von neuem. Kopfschmerzen kündigten sich an.

»Du hast dich gegen alles versperrt. Man kam nicht mehr an dich heran. Ich hatte Angst, dass du dir etwas antust.«

»Das ist nicht wahr!«, flüsterte Theres tonlos.

»Dein Vater wollte die Freigabe. Ich habe ihn umgestimmt.«

»Ich erinnere mich nicht. Du lügst.«

»Du hast mich angeschrien: ›Edins Kind wächst hier sicher nicht auf. Nicht bei euch. Nicht in diesem Bunker. Das ist kein Leben für ein Kind.‹«

Das ist nicht wahr!

»Frida wollte dich aufnehmen …«

Und wenn er mir schreibt? Wenn er zurückkommt und ich bin nicht mehr da? Theres schlug die Hände vors Gesicht.

»Jan hat –«

»Halt den Mund. Jan geht dich gar nichts an.« Sie stolperte über den Teppich zur Tür, rannte durch den Gang und fand sich im Auto wieder. Sie lügt, murmelte sie. Sie lügt. Sie lügt. Ihre Kehle brannte.

Hatte Frida recht? Hatte sie alles verdrängt? Sich eine Geschichte zurechtgelegt, um ihr Gewissen ruhigzustellen?

Sie erinnerte sich an die Szenen mit ihrer Mutter – an Türenknallen, Vorwürfe, Schreiduelle –, aber das war später gewesen, Wochen nach Jans Geburt. Über dem Davor lag ein Nebel, der jetzt aufriss, lange genug, um ihr Angst zu machen, bevor er sich wieder über alles legte.

Das Tagebuch. Welches Tagebuch?, hatte die Mutter damals gefragt. Theres war sich absolut sicher. Und jetzt …

Waren denn alle verrückt geworden? *Oder … oder ich?*

Sie fuhr von der Straße ab und ging einen Feldweg entlang. *Ich wollte, wir wollten …* Romeo und Julia, dachte sie. Es hat sich richtig angefühlt. Alles. Zum ersten Mal.

Sie liegen im hohen Gras in der Wiese unten am Fluss. Schauen in den Himmel und halten einander an den Händen. Reden davon, was einmal sein wird. Träumen.

Er ist Realist. Wir werden eine Wohnung brauchen. Er spart eisern das wenige, das ihm bleibt. Sie fragt nicht, wie das gehen soll. Und wo seine Mutter wohnen wird.

Ein Zimmer genügt, sagt sie und schmiegt sich an ihn. Alles ist ganz einfach.

Sie legt sich aufs Bett: Komm. Die Sonne scheint ins Zimmer. Sie sehen einander die ganze Zeit in die Augen. Er sagt, dass er warten kann. Dass er Angst hat, ihr wehzutun.

Da küsst sie ihn und zieht ihn an sich.

Ljubavi moja. Er streichelt ihr Haar. Dein Vater. Ich werde mit ihm reden. Hab keine Angst.

Sie wusste nicht, wie sie zu ihrem Wagen zurückgekommen war. Es war längst dunkel. Wind kam auf und zerrte an ihren Haaren. Autos rauschten vorüber. Sie öffnete die Tür, das Licht ging an. Mücken tanzten im Gras. Hastig wählte sie Caros Nummer.

Es vergingen keine fünf Minuten, da schrien sie einander bereits an. »Ein Komplott? Du spinnst ja! Nein, ich wusste nicht, dass Frida – nein! Was redest du!« Es war wie früher.

»Du hast mich belogen.«

»Das ist nicht dein Ernst, Theres. Ich war ein Kind! Ich war acht Jahre alt!« Der Wind war stärker geworden, erste Regentropfen zerplatzten auf der Windschutzscheibe. »Kann sein, ich weiß nicht … Ich hatte das vergessen.«

Theres schwang die Beine ins Auto und zog die Tür zu. »Vergessen? Caro? Wir reden die ganze Zeit über nichts anderes – und du vergisst das?«

»Ich erinnere mich, dass Mutter dein Zimmer durchsucht hat. Ich wollte ihr helfen«, Theres hörte sie atmen, »ich wollte, dass sie mich lobt. Dass sie mich in den Arm nimmt. Aber sie hat es mir aus der Hand gerissen und ist aus dem Zimmer gestürzt. Den ganzen Abend haben sie einander angebrüllt. Ich saß unter der Treppe und hab mir die Ohren zugehalten. Und dann, dann warst auch du noch weg.«

Theres schwieg.

»Ich dachte, du lässt mich einfach allein. Dass du es nicht mehr ausgehalten hast. Ich hab dich beneidet. Ich wollte auch ins Krankenhaus. Alle würden sich um mich sorgen, statt mich anzuschreien. Wie damals nach meiner Blinddarmoperation … Theres«, sagte sie. »Es tut mir leid.«

||

2018

Sie ist nass bis auf die Haut und sieht erbärmlich aus. Theres.

Sie sitzt an meinem Tisch, während draußen der Regen niedergeht und der Wind sich gegen die Fenster wirft, in einer Strickjacke von mir, die ihr zu weit ist. Sie umklammert ihre Tasse.

»Was ist passiert?«

Sie trägt keinen Ring mehr.

»Ich muss mit jemandem reden«, flüstert sie. »Ich erinnere mich nicht. Ich habe alles vergessen oder durcheinandergebracht, und man muss sich doch erinnern? Wie es wirklich war. Wie es angefangen hat, und was man damals wollte, und … Ich lebe hinter einer Wand. Ich weiß nicht mehr, was richtig ist. Ich schaue den anderen zu. Ich gehe. Ich renne weg. Zurück. Nach vorn. Ich mache alles falsch.« Sie zittert. »Und es wird immer schlimmer.«

»Sie haben Familie«, sage ich.

Da hebt sie den Kopf. »Ich habe niemand.«

||

Betti hatte schlechte Nachrichten. »Jan wollte, dass ich dir Bescheid sage. Die Untersuchungshaft wurde um weitere vier Wochen verlängert.«

»Nein!«

»Der Anwalt meint, es ist noch nicht alles verloren. Er möchte, dass ich Jans Pass hinterlege. Er will noch einmal mit dem Richter reden, mit dem Staatsanwalt.« Sie klang sehr gefasst.

»Wie hat er es aufgenommen? Wie geht es ihm?« Sie presste den Hörer ans Ohr.

»Ich habe ihn nicht gesehen. Er ist seit gestern in der Krankenabteilung.«

»Was ist passiert? Hat er –?«

»Sich etwas angetan?«, hörte sie Bettis Stimme wie von weit her. »Nein. Es gab Probleme im Haftraum. Er hat sich geprügelt. Der Sozialarbeiter wird mit ihm reden. Er ruft mich am Nachmittag an.«

»Betti, soll ich zu dir kommen?« *Wir müssen … Man muss doch … Wie kann sie nur so ruhig bleiben?*

»Nicht nötig.« Sie hörte Betti seufzen. »Danke«, sagte sie dann. »Ich denke, es liegt an Jan.«

»Die Prügelei?« *Himmel, so rede doch!*

»Dass er immer noch dort ist. Er verweigert nach wie vor die Aussage. ›Mam, du musst dich in Acht nehmen, hörst du?‹ Das klingt doch paranoid? Ich rede wie gegen eine Wand.«

»Vielleicht hat er ja recht?«

»Glaube ich nicht. Ich hab sofort eine Sprechbewilligung bekommen. Der Besuch wird nicht überwacht. Theres, ich mache mir Sorgen.«

»Er trauert.«

»…«

»Vielleicht macht er sich Vorwürfe, weil sie Streit hatten?«

»…«

»Betti?«

Theres hörte sie schlucken. »Einmal, Theres«, sagte sie, »da hat ein älterer Bub ihn verprügelt. Er war noch klein. Er stand ganz still da und ließ es über sich ergehen. Mein Mann ist dazwischen und hat den anderen weggezerrt. ›Warum wehrst du dich nicht, verdammt?‹ Am Abend vorm Einschlafen hat er mir dann gesagt: ›Weil ich es verdient habe, Mam.‹ Es ging um nichts Großes. Eine Kleinigkeit«, sagte sie. »Verstehst du das?«

Weil ich es verdient habe.

»Vielleicht.« Ihr war zum Weinen.

Die Röntgenbilder waren in Ordnung, die Schwellung abgeklungen und die Flecken verblasst. In ein paar Tagen konnte sie wieder arbeiten gehen. Theres hielt einer fülligen alten Dame mit bläulich schimmerndem Haar die Tür auf und verließ die Arztpraxis.

Die Sonne stach herab. Sie hob die Hand, schaute nach links, nach rechts und überquerte die Straße. Jemand hatte einen Flyer hinter die Scheibenwischer gesteckt. Sie zerknüllte ihn ungelesen und steckte ihn in die Tasche. Ihr Handy meldete sich.

»Thomas, was gibt's?« Sie klemmte das Telefon zwischen Schulter und Ohr und angelte nach dem Autoschlüssel.

»Die Polizei hat angerufen: Ich soll Nina abholen. Wir sind auf dem Weg nach Hause.«

Sie fiel in den Sitz. »Polizei? Was ist passiert?«

»Mit ihr ist alles okay«, sagte er knapp. »Sie wollte eine Aussage machen.«

»Ja, ist sie denn verrückt geworden? Wo seid ihr? Gib sie mir.«

»Das hat jetzt keinen Sinn. Sie will nicht. Wir reden zu Hause.«

Als Theres eintraf, tigerte Thomas im Wohnzimmer hin und her. Nina sprang vom Sofa auf und ging gleich zum Angriff über. »Ich hab schon eine Predigt hinter mir.«

»Sie war heute nicht in der Schule, ist schnurstracks aufs Kommissariat gegangen und wollte eine Aussage machen. Der Beamte hat sie warten lassen und mich angerufen.«

»*Ihr* unternehmt ja nichts.«

Thomas wurde laut: »Kapierst du das noch immer nicht? Du hättest in Teufels Küche kommen können. Eine Falschaussage kann dich ins Gefängnis bringen. Das ist kein Spaß!«

»Jan geht kaputt da drin. Und Betti sagt –«

»Sie hat dich angerufen?«

»Sie hat versucht, dich zu erreichen. Sie hat geweint, Mama. Die haben ihn zusammengeschlagen!«

»Zusammengeschlagen?«

»Ich hab gedacht, wenn ich sage, dass wir die ganze Zeit zusammen waren, dann müssen sie ihn gehen lassen.«

»Aber du warst doch nicht –«

»Weil die dumme Kuh nichts sagen will!«

Theres sah Thomas an: Weißt du was?

»Wer? Von wem redest du?«

»Diese Ana.« Nina schob die Unterlippe vor. »Die hätte mitkommen können, aber die wollte nicht.«

»Ich versteh nicht –«

»Was hat unsere Putzfrau mit Jan zu tun?« Thomas kratzte sich am Kinn.

»Du hättest mit uns reden müssen.« Theres setzte sich zu ihr.

»Wie denn? Wann denn? Papa haut ab, sooft er kann – und du ersäufst in Selbstmitleid.«

»Jetzt reicht's aber!«

»Euer Kummer, euer Stress, eure Sorgen. Lass mich!« Sie

fuhr ihren Ellbogen aus. »Lasst euch doch scheiden! Haut doch ab. Ich komme schon allein klar.« Sie trampelte zur Tür.

»Ich will nicht, dass du so mit deiner Mutter redest.«

»Pfff!«

»Entweder du kommst jetzt her und entschuldigst dich, oder …«

»Oder was?«

Sie maßen einander. Er atmete aus. »Ich habe dir gesagt, was ich von deinem Alleingang halte. Ich möchte, dass du drüber nachdenkst. Das ist garantiert der falsche Weg, um ihm zu helfen. Damit bringst du ihn und dich in Schwierigkeiten. Sollen wir euch beide im Gefängnis besuchen?«

Nina zuckte die Schultern. »Mir egal.« Aber sie wirkte verunsichert.

»Du bist kein Kind mehr«, fuhr Thomas fort. »Du weißt, dass nicht immer alles so läuft, wie man es sich wünscht. Aber wenn man miteinander redet …«

Theres riss die Augen auf.

»… dann findet sich auch eine Lösung. Wir müssen gerade jetzt zusammenhalten. Und ich erwarte mir von dir, verdammt, dass du den Mund aufmachst, bevor du losrennst.«

»Aber ich –« Nina schluckte.

»Geh in dein Zimmer. Denk drüber nach.«

Theres stand auf.

»Lass sie«, sagte Thomas. »Es ist genug.«

II

Als Ana den Club verließ, war es bereits halb vier. Sie lief die schmale Gasse hinunter. Ihre Absätze klackten auf dem holprigen Kopfsteinpflaster und hallten in der Stille nach.

Sie saßen mit hochgezogenen Schultern, die Fingerspitzen in den Hosentaschen, auf dem Geländer der Haltestellenbegrenzung und blickten ihr entgegen. Unwillkürlich packte sie ihre Tasche fester. Sie drückte das Kreuz durch und starrte grimmig geradeaus.

Es funktionierte nicht. Sie richteten sich auf, einer nach dem anderen, und feixten. »Ein Mädchen wie du sollte nicht so spät allein unterwegs sein«, sagte der rechts außen übertrieben laut.

»Sagt wer?«, blaffte sie.

Alle drei wieherten und stießen einander an.

Ana verdrehte die Augen. Die Anzeigentafel verkündete: noch fünf Minuten. Sie zündete sich eine Zigarette an und schlenderte ans andere Ende der Verkehrsinsel, machte kehrt und ging wieder zurück. Noch drei Minuten. Zwei.

Er lehnte breitbeinig am Geländer und musterte sie. »Darfst du überhaupt schon rauchen?«

Am besten, man ignorierte solche Dumpfbacken. Ihr war kalt. Sie klemmte ihre Tasche zwischen die Oberschenkel und zog sich den Pullover an.

»Schau, sie ist erregt.« Wieder stießen sie einander an und kicherten aufgeregt. Sie waren höchstens sechzehn, siebzehn.

Genug! Sie baute sich direkt vor dem Großmaul auf. »Überleg dir, was du sagst!«

»Hey, komm, entspann dich.« Er wich zurück.

»Adi, die will was von dir!« Seine Kumpels gluckst en. »Alter, die geht aber ran!«

»Willst du ficken?« Der kleine Dicke mit der Kieksstimme rutschte vom Geländer und sah sich Beifall heischend um. Er zuckte zurück, als sie vorschnellte.

Sie packte ihn am Hemd und zog ihn zu sich. Ihre Gesichter berührten sich fast. »Weißt du, wie man Respekt schreibt?«

»Hey, komm … Mädchen.« Er grinste unsicher und versuchte sich ihrem Griff zu entwinden. Ana stieß ihn von sich, dass er gegen das Geländer prallte. »Dann solltest du das schleunigst lernen!«

»Scheißschlampe!«

Sie blickte in ein verkniffenes Gesicht. Er keuchte.

Mist, dachte sie. Die beiden anderen kamen näher.

||

Nina schälte lustlos Kartoffeln, zupfte an den Salatblättern herum und schaute unentwegt aus dem Fenster. Es gelang Theres nicht, sie zum Reden zu bringen. Während sie den Braten würzte und ins Backrohr schob, trat Nina von einem Bein aufs andere und antwortete geistesabwesend. »Nein, ich weiß nichts.« – »Ja, er hatte was mit dieser Ana. Keine Ahnung.« – »Jan hat am Auto nichts angefasst. Ganz sicher nicht. Als wir letztens bei –« Sie hob den Kopf, warf das Messer auf die Küchentheke und rannte los.

Theres sah sie auf den Briefträger zustürmen, ihn lachen und ihr einen Packen Post entgegenstrecken. Immer noch schmunzelnd zog er seinen Zustellwagen weiter. Die Haustüre fiel ins Schloss.

»Nina?« Aber ihre Tochter polterte bereits die Treppe hinauf. Jetzt war alles ruhig. Die Zeitung lag im Vorzimmer auf dem Boden. Theres bückte sich danach, stellte Ninas Schuhe ins Regal, zögerte und kehrte in die Küche zurück.

Fünf Minuten später beugte sie sich über die feine Bleistiftzeichnung: Nina in einem knappen Top, die Haare zurückgeworfen, strahlte ihr entgegen. »Ich wusste gar nicht, dass Jan so gut zeichnen kann.«

»Er doch nicht. Das hat ein anderer gemacht. Jan sagt, dass man da drin alles kaufen kann. Er wollte mir eine Freude machen. Schön, nicht? Schau, und hier ist er.«

Sie warf einen flüchtigen Blick darauf. »Woher hat er die Vorlage?«

»Ich hab ihm Fotos geschickt.«

»Du kannst ihm doch nicht einfach ... ich meine, die Typen da drin schauen sich dein Foto an und –«

»Chill, Mama.« Sie nahm beide Blätter wieder an sich. »Er gibt es nicht aus der Hand. Das hat er mir versprochen.«

»Aber –«

»Es hilft ihm, sagt er. Die Tage sind lang.«

»Und sonst? Was schreibt er?«

Nina zuckte mit den Schultern. »Ja, halt, wie der Tag so abläuft. Dass er daran denkt, was wir alles gemacht haben. Als er das erste Mal hier war, und wie aufgeregt er war. Wie wir baden waren, am See, du weißt schon, Mama, wo mich damals der große Fisch angestupst hat. Das hat er mir nicht geglaubt.« Ihre Augen leuchteten. »Ich war mit ihm auf der Aussichtswarte. Und er hat geschrieben, dass er Oma und Opa voll nett findet –« Sie schlug sich die Hand vor den Mund.

»Das ist jetzt nicht wahr!«

»Ja und? Wir waren dort.« Sie verschränkte die Arme vor der Brust.

»Wann? Weshalb erfahre ich –«

»Jetzt weißt du es.«

Nicht ausflippen, dachte Theres, sonst sagt sie gar nichts mehr. »Warum hast du –«

»Das sind auch Jans Großeltern! Er wollte mit ihnen reden.«

Alle hatten dichtgehalten.

»Das war ganz spontan, nichts Geplantes. Nach dem Tag am See. Wir haben von unterwegs angerufen und sind hingefahren.« Sie schien erleichtert, dass das Donnerwetter ausblieb. »Wir haben dort gegessen. Oma hat Jan das Haus gezeigt. Dein Zimmer.«

»Hast du noch mehr Geheimnisse?«

»Mama, du wärst ausgezuckt!«

»Und?« *Wie haben sie Jan aufgenommen? Was haben sie erzählt? Warst du die ganze Zeit dabei?*

»Er findet sie okay«, begann sie vorsichtig. »Ur-bürgerlich halt. Das Haus und so. Oma hat sich sofort an den Herd gestellt. Sie hat Jan nach seinen Adoptiveltern gefragt. Ob es ihm gut geht, ob er zufrieden ist. Jan wollte wissen, ob sie seinen Vater gekannt hat, aber den hat sie nie gesehen. Sie hat ihn umarmt, als wir gegangen sind. Aber ich glaube, er war enttäuscht.«

»Mhm.«

»Weil sie nichts über seinen Vater wussten. Und Opa war halt brummig. Am Anfang.« Sie lächelte. »Später haben sie sich über Autos unterhalten, und Opa hat Jan in die Garage geschleppt und sich dann noch seinen Wagen angesehen.«

»Seinen Wagen angesehen?« Theres schluckte. »Und … und wo warst du?«, fragte sie heiser.

»Ich hab Oma geholfen, das Geschirr abzuwaschen. Opa musste dann weg. Wir haben mit Oma Kaffee getrunken. Gegen halb sechs ist Jan dann gefahren.«

Thomas wird mich für verrückt halten!

»Mama?«

»Ja.«

»Sie können nichts dafür. Ich hab sie gebeten, dir nichts zu sagen. Ich wollte das selber tun. Aber …«

»Weiß Papa davon?«

»Dass Jan mit war – nein. Ich hab angerufen und gefragt, ob ich bei den Großeltern bleiben kann, Opa hat gemeint, das sei besser. Und Papa hat's erlaubt.«

Sie erinnerte sich: ›Sie schläft heute bei den Großeltern.‹ »Und Jan?«

»Der musste doch spätestens um zehn mit dem Wagen zurück sein. Sein Vater hätte sonst wieder Terror gemacht.«

Die Enkeltochter in Sicherheit bringen. Und Jan mit dem Wagen zurück. Es passte alles zusammen.

»Mama, was ist los? Du bist so blass.«

Sie schaffte es mit Mühe bis zum Spülbecken und beugte sich würgend darüber.

Diesmal, dachte Theres, kommt er mir nicht aus. Ich muss ihn allein erwischen. Ihn zum Reden bringen. Sie traute ihm ohne weiteres zu, vor ihr mit seiner Tat zu prahlen. *Und vor anderen stellt er mich dann als verrückt hin.* Am besten das Gespräch aufzeichnen. Genau! Sie tastete nach ihrem Handy. Sie hatte es erst heute früh aufgeladen, der Akku sollte reichen.

Und wenn sie sich irrte?

›Opa hat Jan in die Garage geschleppt und sich dann noch seinen Wagen angesehen.‹ Er hatte darauf geachtet, dass Nina bei ihnen blieb und Jan allein im Auto saß. Klar, es klang abwegig, geradezu verrückt. Andererseits: Hatte er sich je um andere geschert, wenn er etwas durchsetzen wollte? In der Politik war ihm jedes Mittel recht. Und Mutter? Mein Gott, die würde ihm immer ein Alibi geben. Aber warum, um Himmels willen?

Bereits seit einer ganzen Weile zuckelte Theres hinter einem Traktor her, der Holz aufgeladen hatte. Die Straße war schnurgerade, aber sie traute sich nicht zu überholen. Der Anhänger hoppelte über die Schlaglöcher, die Fracht schwankte. Mit Argwohn betrachtete sie die von einer Kette gehaltenen Baumstämme. Sie ließ sich ein Stück zurückfallen, streckte sich und rieb sich mit der Hand den Nacken. Im Rückspiegel sah sie zwei Autos rasch größer werden. Mit überhöhter Geschwindigkeit zogen sie an ihr vorbei.

Er hat die Muttern an den Rädern gelöst. Und den Dingen seinen Lauf gelassen.

Er hatte das nötige Werkzeug in der Garage: Steckschlüssel, Drehmomentschlüssel oder wie das Ding hieß. Nach dem letzten Schnee hatte er mit Caro gemeinsam an ihrem Wagen die Sommerreifen montiert. ›Dafür musst du nicht in die Werkstatt.‹ Beide waren vor dem Auto gehockt, Caro in Pumps und Businesskostüm, den Rock hochgeschoben, und er hatte sie angeleitet: ›So kannst du einstellen, wie stark die Radmuttern angezogen werden. Da kann man nichts falsch machen. Den Wert findest du im Bordbuch, schau – hier.‹

Sie hatte Caros Worte noch im Ohr: ›Ich will mich nur nicht ins Nirwana befördern, weil ich irgendwas übersehe.‹

›Carolin, das ist keine Hexerei.‹ Klar, seinem Mädchen traute er alles zu!

Eifersucht? Mein Gott, das war nun wirklich ihr geringstes Problem!

Er wird sich wundern, dachte sie, dass ich plötzlich vor der Tür stehe. »Nina hat mir gesagt, dass sie mit Jan bei euch war«, sagte sie laut. »Nina und Jan waren bei euch.« Ja, so in etwa. »Nina hat sich gefreut, dass ihr ihn so gut aufgenommen habt.«

Endlich bog der Traktor ab. Sie stieg aufs Gas.

»Und jetzt kommst du, um dich zu bedanken?« Sie kannte seine Reaktion im Vorhinein, sah sein Grinsen, seinen lauernden Blick.

»Nach unserem Gespräch hab ich das nicht erwartet.« Ja, das konnte klappen.

Ich muss einen klaren Kopf bewahren, murmelte sie. Er war ein Fuchs.

Der Fahrtwind hatte sie abgekühlt. Sie ließ das Seitenfenster nach oben surren, parkte den Wagen ein und griff nach ihrer Tasche. Der Weg durch den Vorgarten war viel zu kurz.

Sie hob die Hand zur Klingel, die Tür wurde aufgerissen. Sie stand vor ihrem Vater.

Er schien ebenso überrascht wie sie. »Theres! Was willst du?« Er war in Anzug und Krawatte.

»Mit dir reden.«

»Ich habe jetzt keine Zeit«, wehrte er ab. »Ich muss zu einer Sitzung.« Er riss das Handy ans Ohr. »Taxizentrale? Ja, ich brauche einen Wagen ...«

»Ich fahr dich hin«, sagte sie schnell.

Er stutzte, musterte sie, nickte. »Hat sich erledigt. Danke.« Er drückte auf dem Handy herum, steckte es in die Hosentasche und zog die Tür hinter sich zu. »Wo steht dein Auto?«

»Da vorne.« Sie beschleunigte den Schritt. »Wo ist Mutter?«

»Beim Arzt. Mit meinem Wagen. Sie sollte längst zurück sein. Weiß der Teufel, warum sie so lange braucht. Was rennst du denn so?« Er schnaufte, als sie bei ihrem Auto ankamen. »Du lieber Himmel. Hast du Feinde?« Er beugte sich vor, inspizierte die Beifahrertür und lachte dröhnend. »Da hat sich ja jemand ordentlich ins Zeug gelegt. Das macht man nicht im Vorbeispazieren. Oder bist du wo dagegengekracht?«

»Wird in den nächsten Tagen repariert.«

»Na ja, eine gute Fahrerin warst du noch nie.« Er stieg ein, kämpfte mit dem Gurt, fuhr den Sitz nach hinten und schnallte sich an. »Worauf wartest du?«

Sie startete, setzte den Blinker und fuhr los. *Das Handy!* Sie ließ es in die Seitentasche gleiten. Er hob die Hand, um einen Bekannten zu grüßen, schob den Ärmel zurück und schaute auf die Uhr.

»Jan war bei euch?«

Er lachte. »Ah, daher weht der Wind! Und jetzt willst du wissen, was ich ihm erzählt habe?«

»Ihr habt das nie erwähnt«, murmelte sie.

Wieder schaute er auf die Uhr. »Fahr schneller. Ich will nicht zu spät kommen. Herrgott, so pass doch auf!« Ein Hund stob mit eingezogenem Schwanz davon. Erschrocken trat sie auf die Bremse. Der Vater knurrte und schüttelte den Kopf.

Nach wenigen Minuten waren sie auf der Landstraße. Links und rechts stiegen Wiesen und Felder an. Ein leichter Wind wellte das Grün. Die Bäume am Straßenrand stemmten sich nach rechts. Theres öffnete das Fenster einen Spalt, beschleunigte und überholte einen Kleinlaster.

»Nichts hab ich ihm gesagt. Soll er mit deiner Version glücklich werden. – Jan, was für ein Name.« Sein Auflachen klang wie ein Keuchen. »Deine Mutter war natürlich aus dem Häuschen. Schau auf die Straße, verdammt! Wozu bin ich seinerzeit stundenlang mit dir herumgefahren?«

Die Übungsstunden mit dem Vater. Sie träumte heute noch davon. Nach zwei, drei Wochen hatten sie es sein lassen. Sie schaltete in einen höheren Gang.

Der Vater ruckelte in seinem Sitz. »Der benimmt sich nicht wie ihr Bruder, Theres.«

»Was?« Der Wagen schlingerte.

»Das muss dir doch aufgefallen sein! Wie er sie ansieht. Sie waren miteinander baden. Sie war im Bikini. Halbnackt.«

»Mein Gott, was redest du da!«

»Sie sind nicht miteinander aufgewachsen. Da funktioniert das nicht. Das Inzesttabu. Für den ist Nina ein hübsches junges Mädchen.« Er beugte sich zu ihr herüber. »Ich bin ja nicht blind.«

Theres klammerte sich am Lenkrad fest.

»Nina ist noch ein Kind. Sie denkt sich nichts, aber du …«

Er will mich provozieren. Ihre Lippen waren taub, ihre Hände kribbelten.

»Aber als er da vor mir stand: diese Ähnlichkeit! Er ist diesem Kerl wie aus dem Gesicht geschnitten.«

Sie trat auf die Bremse. Sie fielen in die Gurte. Ein Wagen schoss mit heulender Hupe an ihnen vorüber.

»Willst du mich umbringen?« Der Vater atmete schwer.

Langsam setzte sich der Wagen wieder in Bewegung. Sie fuhr jetzt beinahe im Schritttempo. Alleebäume. Mittelstreifen. Hellgrauer Asphalt. *Das hat er nicht gesagt! Das kann er nicht gesagt haben. Ich habe mich verhört.* Ihre Knie zitterten. »Er sieht wem ähnlich?«

»Na, seinem Erzeuger.«

»Woher weißt du, wie Edin ausgesehen hat?«, flüsterte sie.

»Genau – Edin!« Er kratzte sich am Kinn. »Edin Osmanović! Tanzt hier an und will mit mir reden. Was denn reden?« Er wurde lauter. »Was gab es da zu reden?«, wiederholte er. »›Ich liebe Ihre Tochter. Wir sind zusammen.‹ Zusammen! Dass ich nicht lache! Trägt die Nase verdammt hoch, der Kerl. Redet mit mir, als könnte er Ansprüche stellen.« Er lachte abfällig. »Anstatt die Heimat zu verteidigen, rennen sie davon wie die Hasen. Damals wie heute. Und so einer« – er hustete – »maßt sich an zu glauben, er ist der Schwiegersohn, auf den wir gewartet haben.«

So einer.

»Dass ich nicht lache!«

»Vater –«

»Wie die Hasen. Jetzt fahr schon. Herrgott!«

»Edin war bei euch?« Sie trat aufs Gas ohne nachzudenken. *Das Handy? Wo ist das Handy?*

»Was fummelst du denn da herum? Konzentrier dich auf die Straße, verdammt. Er ist frech geworden: ›Dann eben ohne Ihre Zustimmung. Theres ist bald volljährig. Ich werde warten. Sie trägt mein Kind …‹« Seine Stimme wurde laut vor Empörung. »Sie trägt mein Kind! Und du glaubst, dass ich …« Sie sah ihn den Kopf schütteln. »Ha!« Er lachte. »So ein Idiot.« Er sank in den Sitz zurück und atmete schwer. »Ich habe meine Beziehungen spielen lassen.«

Ihre Zähne schlugen aufeinander. Endlich bekam sie das Handy zu fassen.

»Er musste weg!«

»Du hast –« Sie ließ das Handy los.

»Sie haben ihn in ein anderes Bundesland verbracht. In den Westen. Keine große Sache.«

Er ist nicht abgehauen. Er hat mich nicht verlassen!

Die Stimme ihres Vaters kam wie durch Watte: »Dann hat er uns mit Briefen bombardiert. Und plötzlich, Monate später, stand er wieder da.« Seine Kiefer mahlten. »Da warst du schon im Spital.«

Als er hatte, was er wollte … Sei doch nicht so dumm, Theres!

»Er hat nicht lockergelassen. Da habe ich ihm gesagt, dass du bei der Geburt gestorben bist. Und das Kind. Mein Gott – ja! Jetzt schau nicht so! Was hätte ich denn tun sollen? Jedenfalls – es hat funktioniert. Wir haben ihn nie wiedergesehen.«

»Du hast *was*? Du hast gesagt, ich sei tot?«

Er griff ihr ins Lenkrad. Der Wagen schleuderte. »Schau auf die Straße, verdammt! Bist du denn verrückt geworden!«

»Ich bring dich um. Ich bring dich um.«

Die Bäume schossen auf sie zu. Ein langgezogenes Hupen. Jemand schrie. Sie bekam einen Schlag gegen die Brust. Dann war sie weg.

II

Immer wieder träume ich von den Verhören. Von der Verhandlung, die nie stattgefunden hat. Alles verwebt sich. Eine Decke, die mich erstickt.

Vesna, wie sie den Richtern Auskunft gibt, ohne eine Sekunde zu zögern: »Sie war neu bei uns. Nein, ich habe sie vorher nicht gekannt. – Der Chef ist selten gesichert raus. Er hatte keine Angst. Keine Höhenangst, genau. Ich habe sie zu ihm geschickt. Er gibt die Anweisungen. Er teilt die Leute ein. – Dann habe ich den Schrei gehört. – Nein, davor den Knall. Die Tür ist zugefallen. Der Wind. – Sie ist mitten im Zimmer gestanden, allein. Sie hat gezittert. Sie hat auf das offene Fenster gestarrt. Sie war kreidebleich. – Ich bin zum Fenster. Unten sind Leute gestanden. Sie haben heraufgesehen. Neben einem Auto lag der Chef. – Nein.« An dieser Stelle dreht sie sich zu mir um und sieht mich an. »Sie war nicht am Fenster. Sie stand mitten im Raum.«

Zeugen werden gehört. Polizeibeamte. Arianna, die mit uns gearbeitet hat. Eine Frau, die im gegenüberliegenden Haus einen Stock tiefer wohnt, sagt, sie habe nur den Mann gesehen, ungesichert auf dem Sims. »So hoch oben«, sagt sie, »ungesichert. Im fünften Stock!«

Der Gutachter redet lange. Es geht um mich. Er war bei mir im Spital. »Sediert«, sagt er. »Die Exploration war nur eingeschränkt möglich.« Ja, es sei denkbar, dass die Betroffene …

Die Geschworenen sehen mich an und machen ernste Gesichter.

Der Anwalt redet. Er ist vom Staat bezahlt.

Ich bin schuldig.

Sie haben das letzte Wort. Frau Sudić, hören Sie mich? Frau Sudić, Sie haben das letzte Wort.

Ich schüttle den Kopf.
Ich wache auf.

||

Das Erste, was Theres wahrnimmt, ist ein fiependes Geräusch, das nach einer Weile unvermittelt abbricht. Ein Flattern an ihrem Unterarm. Fledermäuse! Alles voller Fledermäuse. Das Fiepen! Sie haben Krallen. Sie greifen an! Was, wenn sie sich in ihren Haaren verfangen? Sie versucht, die Arme nach oben zu bringen, wenigstens einen, um ihr Gesicht zu schützen. Etwas zu sagen. Zu schreien – aber es kommt kein Laut. Ein Traum, denkt sie. Bestimmt träume ich nur. *Ich muss aufwachen, ich muss –*

Dunkel.

Ein Schnaufen wie von einem großen Tier. Stimmen, die näher kommen, sich wieder entfernen. Kälte kriecht ihren Rücken hinauf. Jemand keucht ihr ins Ohr. *Ich will hier raus. Ihr könnt mich doch nicht auffressen. Bei lebendigem Leib.* Es piepst wie verrückt. Sie kippt seitlich weg. Niemand hält sie.

Die Flugzeugtür wird aufspringen. Sie wird fallen. Durch die Wolken fallen, Hals über Kopf, zehn Meter pro Sekunde zum Quadrat, vom Wind gepackt, gebeutelt, hin- und hergezerrt, wird unten aufschlagen, zerplatzen. Wird tot sein.

Dunkel.

Etwas Schweres liegt auf ihrer Brust. Man hat sie eingemauert. Eine Betonplatte kommt näher und näher. Und dann … und dann …

Ein Hund. Ein großer Hund. Ein Bernhardiner. Er liegt ganz nahe bei ihr. Sie kann ihn atmen hören. Er leckt ihr über die Hände. Seine Zunge ist erstaunlich sanft. Sie muss keine Angst haben.

Einmal geht sie durch einen Garten, immer tiefer hinein ins hohe Gras. Überall hängen reife Orangen. Etwas berührt ganz sanft ihre Lippen. Er küsst sie. Sie weint. Er schmeckt nach Zitrone. Nicht weggehen. Nicht.

»Frau Rössler?« Sie macht die Augen auf und kneift sie gleich wieder zusammen. Die gleißende Helle tut ihr weh.

Rössler? Wer ist das? Ich heiße Bürger. Theres Bürger. Wo ist mein Kind?

»Frau Rössler? Hören Sie mich? Ich drehe Sie jetzt zur Seite und creme Ihnen den Rücken ein. Das wird Ihnen guttun.«

Es wird kalt. Etwas drückt auf den Bauch, etwas Hartes, ist kurz darauf weg und dann auf ihrer Brust. Ihr Bauch spannt. Es wird wieder wärmer. Etwas Sanftes hüllt sie ein. Geräusche, ein Murmeln verliert sich in der Ferne.

Wo bin ich? Warum kann ich nicht sprechen? Dieser Druck im Hals! Sie atmet gegen einen Widerstand, konzentriert sich auf das Geräusch, das ihr Atem macht. Sie hat Angst zu ersticken. *Müde. So müde. Ich will schlafen. Schlafen.*

Ihr Mund ist trocken. Sie schluckt und schluckt. Sie lassen mich verdursten. Der Hals tut weh. Eine ruhige dunkle Stimme gibt Atemkommandos. Sie wird immer leiser. *Angenehm.* Wärme durchströmt ihren Körper und hüllt sie ein.

Ein Krankenhaus also. Die Wäsche ist gelb und riecht nach Chemie. Gegenüber tickt eine Uhr. Ihre Zeiger springen von Zahl zu Zahl und zittern nach. Der Plafond ist weiß. Über der Milchglasscheibe stehen sechs Zentimeter Himmel. Er ist kitschig blau.

Schläuche verschwinden unter der Decke. Ein Tropf mit klarer Flüssigkeit schaukelt über dem Bett. Sie folgt den Tropfen, die sich quälend langsam lösen, durch den Schlauch. Der Venenzugang ist rosa.

Jemand hustet. Sie versucht sich umzudrehen. Es gelingt ihr nicht. Sie stemmt die Fersen gegen die Matratze, immer wieder, aber sie kriegt den Hintern nicht in die Höhe. Erschöpft gibt sie auf.

II

Der Bus schaukelte durch die Nacht. Die drei waren hinten eingestiegen. Ana wandte den Kopf. Sie hingen an den Halteschlaufen, dem Kleinsten war sichtbar übel. Er war blass und schluckte ein ums andere Mal. Sie hatten sie längst vergessen.

Sie krempelte die Ärmel auf und lehnte den Kopf an die Scheibe. Die Haltestellenanzeige leuchtete auf, der Bus scherte aus. Die Mädchen ihr gegenüber erhoben sich und drängten zum Ausgang, ihre Sitznachbarin folgte. Sofort füllten sich die leeren Plätze wieder. Ein verschwitzter Mann in Cargopants wuchtete seinen Körper neben sie. Ana fuhr die Ellbogen aus und spreizte die Beine. Der Kerl reagierte nicht. Ihre Unterarme berührten einander. Seine Haare kitzelten. Mit einem Ruck zog sie den Ärmel nach vorne. Der Mann schaute dumpf auf sie herab und hob seine Bierdose zum Mund.

»Nimm die Beine zusammen«, fuhr sie ihn an.

»Was ist mit dir?« Er glotzte.

»Du quetschst mich an die Wand.«

»Ah so, okay. Tschuldigung.«

Die Frau gegenüber grinste und setzte sich ebenfalls breitbeinig hin. Ihr Rock spannte über den Schenkeln. Der Mann neben ihr reagierte sofort. Ihr Grinsen verstärkte sich. Sie war ungeschminkt und hatte kinnlanges tiefschwarz gefärbtes Haar. Erst jetzt sah Ana, dass sie eine Beinprothese trug.

»Hast du … hast du Lust, noch was trinken zu gehen?« Der Bieratem des Dicken nahm ihr die Luft.

Sie verzog das Gesicht. »Das ist nicht dein Ernst?«

Zwei Glatzen wechselten einen Blick und kamen näher. »Belästigt er Sie?« Sie waren sichtlich auf Streit aus.

»Verpisst euch.« Ana beugte sich vor, das Stoppsignal leuchtete auf.

Der Bus wurde langsamer und fuhr in die Haltestelle ein.

II

2018

Sie hat mir versprochen, mich zu begleiten, aber sie meldet sich nicht. Ich greife zum Hörer, ich sitze im Taxi, ich lege meine Karte aufs Anmeldepult. In einer Sesselreihe nehme ich Platz, bis ich aufgerufen werde.

»Alles in Ordnung, Frau Sudić?«, fragt der Arzt. Er hat kleine Hände, buschige Brauen und ist in Eile. »Ihr Herz ist kleiner geworden«, sagt er. »Das ist gut.«

Schon sitze ich wieder unter der großen Uhr und warte auf das Taxi. Ärztinnen und Pfleger rennen hin und her. Die Sohlen ihrer Schuhe quietschen. Ein älterer Mann schiebt gleichmütig ein Bett vorüber. Unter der Decke liegt ein blasser Mensch. Er rührt sich nicht, seine Augen sind geschlossen. Patienten schlürfen Kaffee aus Plastikbechern und warten ergeben.

Ein kleines Mädchen hüpft auf mich zu. Sie strahlt mich an. »Was schreibst du?« Ihre Haut ist rau, die Stimme heiser.

»Marie!« Ihre Mutter springt auf. »Entschuldigen Sie.«

»Zeichnest du?« Das Mädchen lacht. Ihre Nase kräuselt sich.

»Nein.«

»Was denn?« Sie legt den Kopf schief.

»Marie, die Dame möchte –«

»Ich schreibe meine Geschichte auf«, sage ich leise.

Sie sieht mich an und nickt. »Und dann malst du die Bilder. Das Haus, in dem du wohnst. Die Bäume. Die Sonne. Alles.«

»Ja«, sage ich. »Vielleicht.«

II

Es war dunkel, nur ein Deckenlicht schimmerte kalt. Apparate keuchten. Vorsichtig schob sie sich Zentimeter um Zentimeter vor und versuchte, die Lade ihres Nachtkästchens aufzukriegen. Schweiß trat ihr auf die Stirn. Stöhnend sank sie ins Kissen zurück.

Wussten Nina und Thomas, wo sie war? Warum saß niemand an ihrem Bett? War es noch Sommer oder schon Herbst? Sie räusperte ihren Hals frei, bewegte den Mund, aber es kam kein Ton. Hinter ihr piepste es hektisch los.

Ich habe die Stimme verloren!

Sie versuchte es noch einmal. Ein leises Zischen. Ein Flüstern. *Ich bin stumm.* Sie tastete ihr Gesicht ab, die Kehle. *Warum ist niemand da?* Wo war die Klingel? Der Schmerz spaltete ihren Nacken. Ihre Hand krallte sich in die Decke, auf den Lippen lag der Geschmack von Blut.

Ein ohrenbetäubendes Schrillen ließ sie auffahren. »Keine Sorge, alles okay.« Der Mundschutz bewegte sich. Hellgraue Augen schauten auf sie herab. »Alles in Ordnung, Frau Rössler. Alles gut.« Die Schwester trug Handschuhe und eine Haube.

War sie in Quarantäne? Auf einer Intensivstation?

»Sie sind im Spital. Ich bin Schwester Silvia.« Sie erhob

sich langsam, ohne Theres' Hand loszulassen. »Sie hatten einen Unfall. Wie geht es Ihnen, haben Sie Schmerzen?«

»Kopf.« Sie versteht mich nicht, dachte Theres verzweifelt. Vorsichtig hob sie den rechten Arm und deutete in Richtung ihres Kopfes.

»Kopfschmerzen? Das ist normal. Der Arzt kommt gleich zu Ihnen. Verstehen Sie mich gut?«

Theres brachte ein Nicken zustande. Der Schmerz bohrte sich tiefer in den Nacken. Er hämmerte in ihren Rippen. Sie verzog das Gesicht. Die Schwester strich über ihren Arm.

»Ich hole jetzt den Arzt. Bin gleich wieder bei Ihnen. Dann bekommen Sie auch etwas zu trinken. Gut?«

Theres blinzelte. Sie war wie gerädert.

Gesichter tauchten über ihr auf und schwammen wieder weg. Augenpaare blickten ernst oder aufmunternd auf sie herab. Neben ihrem Bett stand ein Paravent. Dahinter rumorte es. Die unangenehmen Geräusche, die sie ständig umgaben, hatten jetzt ein Echo. Das unablässige Saugen, Brummen und Piepsen erinnerte sie an eine Fabrik.

»Frau Rössler? Hören Sie mich?« Ein Mann im weißen Mantel beugte sich über sie. »Wie geht es Ihnen? Müde, oder? Das ist normal.« Theres mochte seine Stimme. »Wir haben Sie nach dem Unfall ein Weilchen in den künstlichen Tiefschlaf versetzt, Ihnen also praktisch eine starke Narkose gegeben, damit ihr Körper sich besser erholen kann.«

Sie schloss die Augen und öffnete sie gleich wieder.

»Gut. Wir wollten sichergehen, dass Ihre Lunge keinen Schaden nimmt. Sie haben Rippenbrüche. Eine Herzmuskelprellung. Und ein Schleudertrauma. Das ist für die Kopfschmerzen verantwortlich. Die Lunge ist so weit okay.«

So weit okay! Es war also nicht so schlimm? *Was ist das mit dem Herzen?* Ihr Atem ging schneller.

Er nahm ihre Hand. »Sie haben Schmerzmittel und starke Schlafmittel bekommen. Sie wurden künstlich beatmet, deshalb der Druck im Hals und das Flüstern. Keine Sorge, die Stimme kommt wieder. Die Schwester wird Ihnen was zum Schreiben bringen. So weit klar?«

Sie nickte und verzog das Gesicht.

»Vorsicht.« Er hob die Hand. »Nicht gleich loslegen. Und – spielen Sie nicht die Heldin. Wenn Sie Schmerzen haben, läuten Sie.« Er erhob sich. Die Schwester stellte das Kopfteil hoch und setzte sich mit einer Schnabeltasse zu ihr.

Es ging überraschend schnell. An den folgenden Tagen verschwanden die Schläuche, einer nach dem anderen. Sie übersiedelte auf die Normalstation. Hob morgens, mittags und abends die Cloche vom Teller, schluckte, obwohl sie keinen Appetit hatte, tapfer Bissen um Bissen der faden Krankenhauskost und ließ sich dafür loben.

Nina war da gewesen, hatte ihren Kopf aufs Kissen gelegt und geweint, und Thomas hatte ihre Hand gehalten, vorsichtig, als wäre sie aus Glas. Der Tisch neben der Tür quoll über vor Blumen. Jede Bewegung tat ihr weh, aber es ging aufwärts. Die Physiotherapeutin hatte ihr versprochen, dass alles wieder in Ordnung kommen würde, wenn sie beide nur nicht nachließen.

Die junge Frau im Nebenbett bekam nie Besuch. Sie sang zur lauten Musik in ihren Kopfhörern und geisterte nachts umher. Wenn sie ins Zimmer zurückkam, stank sie nach Rauch. An Schlaf war nicht zu denken. Theres schrak auf, wenn die Klingel ging, wenn die Schwestern kamen und hinter dem Sichtschutz werkten.

Im grellen Licht versuchte sie mit geschlossenen Augen, sich anderswohin zu denken. Nach Hause. Sie ging durchs Wohnzimmer, die Treppe hinauf und setzte sich an Ninas

Bett. Sie stand im Bad neben Thomas. Er legte den Arm um sie, und alles war wie früher.

Die Bilder festhalten. So lange wie möglich.

Dahinter lauerte etwas, an das sie sich zu denken verbot.

Die Ärzte hatten ihr versichert, dass mit ihrem Kopf alles in Ordnung war. »Kann sein, dass Ihnen die eine oder andere Erinnerung verloren geht, dass Sie sich an das unmittelbare Unfallgeschehen nicht erinnern können. Manchmal kommt alles zurück, manchmal nicht.«

Wie ein Film, der immer wieder flimmerte, einzelne Sequenzen verzerrte, stecken blieb, zogen die letzten Monate an ihr vorbei. Einmal wurden die Kopfschmerzen stärker, dann wieder schlief sie ein und vermischte Erinnertes mit Geträumtem.

Aber das mit Jan, das war real.

Sie war mit ihrem Vater losgefahren. Sie erinnerte sich an den Weg zum Auto. Wie war es zu dem Unfall gekommen? War er verletzt? Niemand sprach darüber.

Wo ist Mutter? Und Caro?

Alle wollen dich besuchen, aber der Arzt meint, das ist zu früh.

Der Unfall?

Das Wichtigste ist, dass du wieder gesund wirst.

Sie wurde in einen Kernspintomografen geschoben. Lauschte fasziniert dem Blubbergeräusch ihres Herzens und schaute bang auf den Bildschirm, während die Ärztin mit dem Schallkopf über ihre lädierten Rippen fuhr. Musste sich im Bett aufrichten. Turnen. Sich bewegen. Setzte zitternd, gestützt von einem neuen Pfleger, der ständig Kaugummi kaute, und ihrer Physiotherapeutin mit dem Grübchen am

Kinn, einen Fuß vor den anderen. Bis zum Schwesternstützpunkt und zurück. Sank schweißüberströmt ins Bett.

Thomas, wie geht es Jan?

Das ist doch …

Mama weiß, dass er noch in Haft ist.

Nina, wir haben doch gesagt …

Die Spannung war zum Greifen.

Am nächsten Tag kam Thomas mit Caro. Hinter ihnen schob sich der Stationsarzt ins Zimmer. Er schloss die Tür. Sie richtete sich auf, alarmiert. »Wo ist Nina? Ist alles –«

»In der Schule.« Thomas betrachtete seine Schuhe, Caro lächelte nervös.

»Und Jan, was ist mit Jan?« Langsam, dachte sie, du musst langsam reden. Sie verstehen dich sonst nicht. In ihren Ohren sirrte es unangenehm laut.

»Mit Jan ist alles okay.«

»Sie erinnern sich an Ihren Unfall?«, schaltete sich der Arzt ein. Er zog einen Sessel zum Bett und ließ sich nieder.

Theres schaute von einem zum anderen. »Nein.«

»Sie waren mit Ihrem Vater unterwegs. Sie sind von der Straße abgekommen. Der Wagen ist an einen Baum geprallt. Ihr Vater war sofort tot.«

»Tot?«

»Es tut mir leid.«

Tot. Sie verstand nicht.

»Mein Beileid.«

Caro biss sich auf die Lippen, Thomas zog die Schultern hoch und atmete aus. Sie hörte seine Armbanduhr ticken. Alle schauten auf sie herab. Sie musste etwas sagen. Ganz starr war sie. Kein Zittern. Kein Weinen. Nichts.

»Der Schock«, sagte der Arzt. »Wir werden Ihnen etwas zur Beruhigung geben.« Er stand auf.

»Nein!« Sie drückte die Ellbogen nach hinten. Bohrte ihre Fersen in die weiche Unterlage und versuchte, ihren Körper Stück für Stück nach oben zu schieben. »Ich will nicht beruhigt werden.«

»Theres.« Thomas kam näher. Caro folgte ihm wie ein Schatten. Ihr Gesicht war ernst und gefasst.

Tot. Sie fühlte nichts. Müsste sie nicht traurig sein? *Der Vater ist tot.* Sie würde schwarze Kleidung brauchen für die Beerdigung. *Muss ich da hin?* Nein, dachte sie, nein. *Begrabt ihn ohne mich.*

Ich habe meine Beziehungen spielen lassen ... ihn in ein anderes Bundesland verbracht ... Willst du mich umbringen? Sie streckte die Hände von sich weg, als könnte sie so die Erinnerung bannen.

Tanzt hier an und will mit mir reden.

Das Bett schwankte wie ein Schiff. Die Gesichter blieben unbewegt.

Edin. Edin Osmanović, genau!

Jemand tastete nach ihrem Puls. »Schwester!«

Ihr war schlecht.

»Theres?« Getrampel. »Schwester!« Ein Pfeifen im Ohr. Alles drehte sich.

»Hören Sie mich?« Die Stimme kam von weit her.

Sie stöhnte.

»Haben Sie Schmerzen?«

Nein. Nein – keine Schmerzen. Nur Angst.

II

Der Schweiß bricht mir aus allen Poren. Wieder kommt eine Durchsage, fährt eine Schnellbahn ein, springt die Anzeige um. Menschen hasten an mir vorüber. Ich schaue in müde, erschöpfte Gesichter. Der Strom teilt sich, fließt zusammen und verschwindet über die Stiegen nach unten.

Das Mädchen, ihre Tochter, hat angerufen: Mama kann nicht kommen. Sie liegt im Spital.

»Pass doch auf!« Ein Mann rempelt mich an. Ich weiche zurück.

Ich kann das nicht.

Ich habe niemanden.

Hinter den Bahnsteigen leuchten die Fenster eines Versicherungsgebäudes orangerot auf. Der Lift spuckt Menschen aus, der Bahnsteig füllt sich. Der Lautsprecher knistert. Die Türen schließen mit einem satten Ton, der Zug fährt ab.

Ich wende den Kopf. Ich kehre um.

Die Taube auf der großen Uhr lacht mich aus.

||

Als wäre der Bann gebrochen, gaben jetzt ihre Besucher einander die Klinke in die Hand. Arbeitskolleginnen schauten vorbei und hatten es eilig. Caro brachte Wäsche, Thomas und Nina saßen an ihrem Bett und bemühten sich, nicht über den Unfall zu sprechen, nicht über Jan. Nur ihre Mutter ließ sich nicht blicken. »Es geht ihr nicht so gut. Tante Frida ist bei ihr.«

Theres sehnte sich nach Ruhe, aber man ließ sie kaum je allein.

Am Abend, in der Dämmerung, setzte sich eine Krankenschwester zu ihr aufs Bett und versuchte sich als Therapeutin. »Ich weiß, wie Sie sich fühlen. Wenn Sie reden wollen ...«

Die Psychologin kam und zog unverrichteter Dinge wieder ab. Theres schloss die Augen. Ihre Gedanken kreisten um den Unfall. Das Gespräch mit dem Vater. Sie schluckte die Tabletten, schlief traumlos und wachte mit dem Gedanken an ihn wieder auf.

Er war tot.

Das änderte alles.

II

Sie war ein gutes Stück größer als Ana und roch gut. Sie stiegen an derselben Haltestelle aus.

»Also«, sagte Ana.

»Ja.«

Beide blieben stehen.

»Vielleicht sehen wir ...«

Die andere nickte.

Anas Mund wurde trocken. Jemand rempelte sie an, entschuldigte sich, Gelächter brach aus und ebbte wieder ab. Die Rücklichter zweier Autos leuchteten auf. Der Bus hupte und rumpelte davon.

»Also ...« Die Frau berührte mit dem Zeigefinger Anas Hals und setzte sie in Flammen.

Ana stand wie angewurzelt und blickte ihr nach, wie sie – einfach so! – davonging, sich umwandte, die Hand hob, sich um die eigene Achse drehte, als würde sie tanzen, die Straße überquerte und sich immer weiter entfernte. Sie sah den kurzen Rock über dem unversehrten und dem dünnen künstlichen Bein wippen, die halbhohen Schnürstiefel ausschreiten ... Und rannte los.

Sie erreichte sie nach einem kurzen Sprint.

»Hey.«

»Hey. Ging ja schnell.«

»Ich muss auch in diese Richtung. Ana. Ich wohne da vorne.« Ana keuchte. »In dem gelben Haus. Und du?«

»Ein Stück weiter die Straße hinauf.«

Noch immer wusste Ana ihren Namen nicht. »Du bist verdammt schnell.« Die andere grinste. Ana wurde rot. »Darf ich dich was fragen? Wo hast du –« Sie deutete auf die Prothese.

»Wo mein Bein geblieben ist? Motorradunfall.«

»Das tut mir leid«, stotterte Ana. »Du bist gern gefahren?«

Endlich blieb sie stehen. Ana vergaß zu atmen, als sie ihr die Hand auf den Arm legte. Sie fühlte den leichten Druck, ein Streicheln. »Aber – ich fahr doch«, sagte sie. Ihr Gesicht war ganz nah. »Zum Glück war's das linke Bein. Ich hab also keine Sonderanfertigung gebraucht. Doppelkupplungsgetriebe, ich schalte per Tastendruck am Lenker und – ich bin immer noch verrückt danach.« Ihre Haare streiften Anas Wange, sie lachte und ging weiter.

»Ich bin gleich da«, verkündete Ana das Offensichtliche. »Magst du … Kommst du noch mit?«

Die Frau hob den Kopf. Gespannt. Zum Sprung bereit. »Verdammt«, schrie sie und rannte los.

II

2018

Am späten Vormittag ist der Bus fast leer. Trotzdem schlägt mein Herz schneller. Es ist nicht weit. In der Anmeldung frage ich nach dem Weg.

Ich klopfe an die Tür. Zwei Betten. Das eine ist leer. Sie hat die Augen geschlossen. Ich setze mich zu ihr.

»Theres«, sage ich leise.

Ihre Wimpern heben sich. Langsam dreht sie den Kopf. Ihre Augen werden groß. Sie schluckt. Dann greift sie nach meiner Hand.

Sie redet, bis sie heiser ist.

Ich höre zu.

Ich muss es tun, sagt sie.

Sie wartet meine Antwort nicht ab.

II

Gleich am nächsten Morgen rief sie Betti an. »Ich muss mit dir reden.«

»Warum flüsterst du? Worum geht es?«

»Nicht am Telefon. Wann kannst du hier sein?«

Die letzten Wochen hatten ihre Spuren hinterlassen. Sie sieht erschöpft aus, dachte Theres.

Betti blieb im Mantel, als würde sie frieren. Feine Fältchen knitterten um ihre Augen. »Du hast gesagt: Nicht am Telefon.«

»Ja. Ich werde eine Aussage machen. Ich kann ihn entlasten.« Sie wartete auf eine Reaktion, aber ihr Gegenüber rührte sich nicht. »Ich kann beweisen, dass er es nicht war. Aber ich wollte zuerst mit dir ...«

Bettis Gesicht zerfloss.

»Alles okay? Ist dir – soll ich –« Theres schwang ihre Beine über die Bettkante und streckte sich nach der Klingel.

»Lass.« Sie schüttelte den Kopf. »Was weißt du, Theres? Und – wie soll das gehen?«

»Mein Vater hat gestanden«, sagte sie. Ihre Stimme klang fest.

»Jan hat nichts davon gesagt, dass er dort war.« Betti knetete ihre Hände.

»Einen Tag vor dem Unfall. Nina sagt, es sei gut gelaufen. Sie haben sich über Autos unterhalten und mein Vater hat sich das von Jan angesehen.«

»Und?«

»Er war eine Weile allein draußen.«

»Dein Vater?«

»Ja. Gibst du mir bitte das Wasser. Danke.« Sie trank einen Schluck. »Dann hat er Nina gedrängt, bei ihnen zu übernachten. Jan ist ins Auto gestiegen und allein nach Hause gefahren.« Es war ganz einfach. Sie musste es nur aussprechen. Und es vor der Polizei, bei Gericht wiederholen. »Am nächsten Tag hatte dein Mann den Unfall. Es sollte nicht ihn, sondern Jan treffen.«

»Das ist doch kein Beweis!«

»Er hat alles zugegeben.«

»Aber – warum?«

»Er hat sich eingebildet, dass Jan etwas von Nina will. Dass er nicht wie ein Bruder für sie empfindet, dass ich blind bin und nichts mitkriege. Blutschande.«

»Inzest? Bist du …«

»Sicher, dass ich mir das nicht einbilde? Mein Kopf ist in Ordnung, Betti. Ich kann mich an alles erinnern. An jeden einzelnen Satz.«

»Und jetzt?«

»Sie müssen ihn gehen lassen.« Sie brachte ein kleines Lächeln zustande. »Mach dir keine Sorgen. Es ist vorbei.«

II

Es ging alles ganz schnell: Sie hob den Kopf, die Brauen, schob Ana beiseite und rannte laut schreiend los, Ana ihr nach – auf die drei Typen zu, die vorne bei der Plakatwand, wo vor drei Tagen die Straßenlampe ausgefallen war, jemanden, ein Mädchen, hochzerrten. Ihre Beine knickten weg. Das T-Shirt war hochgerutscht und gab ihren Bauch frei. Sie wimmerte und versuchte sich loszumachen, aber ihre Hände waren überall. Die Typen lachten. »Komm schon. Gehen wir in den Park.« Wieder zogen sie sie hoch.

»Polizei!« Drei Köpfe flogen herum. Die Kleine sackte in sich zusammen, aber da hatte die Frau die Kerle schon erreicht und brüllte sie an und schlug nach ihnen. »Weg da! Haut ab!«

Sie schienen unschlüssig. »Die hat – die ist besoffen.«

Ein Fenster flog auf. »Ruhe! Was ist das für ein Lärm? Was ist da los?«

»Rufen Sie die Polizei!«, rief Ana.

Der Mann brummte etwas. Das Fenster schlug zu.

Sie kamen wieder näher. Der Jüngste preschte vor.

»Bleib stehen. Fass mich nicht an! Ich sag das nur einmal.« Plötzlich hatte sie eine Spraydose in der Hand.

Ana riss den Kopf herum und presste ihr Gesicht in die Armbeuge. Sie hörte einen der Typen aufjaulen. Eine Hustenattacke folgte.

Sein Gesicht war knallrot. Er keuchte, wich zurück. Krümmte sich und schrie. Die anderen nahmen ihn in ihre Mitte und schleiften ihn weg. »Lass die Hure!«

»Ich bring dich um. Wir sehen uns!«, drohte der zweite aus sicherer Entfernung. Er keuchte.

Anas Augen brannten. »Ist das nicht –«

»Ja. Verboten.« Die Frau zog sich das Tuch vom Gesicht. »Alles okay? Hilf mir.«

Ana ging in die Knie. »Was zum Teufel …? Nina?«

||

Theres betrat das Haus wie eine, die nach einer langen Reise heimkehrt. Ana war da gewesen. Die Fenster blitzten. Sie stellte ihre Tasche ab und ging langsam durch alle Räume. Sie öffnete und schloss den Kleiderschrank, in dem ihre Blusen, die Sakkos und Jacken von Thomas einträchtig nebeneinander auf den Bügeln hingen, zog sich um und legte sich aufs Bett.

»Kann jemand gut und böse zugleich sein?«

»Was meinst du?«

»Opa. Opa hat mich sehr gern gehabt. Und ich ihn.«

»Ich weiß.«

»Und trotzdem ...«

»Manchmal macht man etwas, weil man glaubt zu wissen, was gut und richtig ist. Man denkt nicht weiter, welche Folgen das haben kann. Für sich selber. Für andere.«

»Bin ich schuld, Mama?«

»Nein, Liebes. Um Himmels willen – nein!«

Sie drückte das Gesicht ins Kissen, das intensiv nach Weichspüler duftete und bald wieder nach ihr riechen würde. Hörte unten ihren Mann telefonieren und Nina herumrumoren.

Gleich morgen würde sie zur Polizei gehen, den Richter anrufen. Ja, man konnte zugleich gut sein und böse. Dinge tun, die Mut erforderten, andere verletzten und trotzdem richtig waren, weil sie das Gleichgewicht wiederherstellten. Versuchen, ein Unrecht wenigstens abzumildern, wenn es schon nicht wiedergutzumachen war.

Sie dachte an Frau Sudić, die ihre Hand gehalten und ihr zugehört hatte. »Warum jemand so etwas tut? Weil es immer so war, dass er bestimmt, was geschieht. Weil man sich darauf verständigt hat, dass er es darf. Er hält es für normal. Weil keiner ihn daran hindert! Und das – das ist ein Verbrechen.«

II

Das Mädchen! Sie hatte alles zerstört.

Sie schleppten sie zu Ana in die Wohnung, weil es dahin näher war, zogen sie aus und packten sie aufs Sofa. Binnen Minuten stank das ganze Wohnzimmer nach Schnaps. Ana öffnete die Fenster. Die Kleine wollte nicht liegen bleiben. Sie jammerte, weinte.

Ana war sauer. »Was machst du überhaupt hier, mitten in der Nacht?«

»Ich konnte nicht schlafen, Ana. Ich wollte mit dir reden.«

»Reden?«

»Über Jan und alles.«

»Jan?«

»Ihr Bruder.«

»Und deine Eltern?« Die Frau runzelte die Stirn. »Die müssen doch merken …«

Die Kleine schoss hoch. »Du darfst ihnen nichts sagen. Versprich's mir. Schwör!«

»Ihre Mutter liegt im Spital.«

»Boah, ist mir schlecht. Papa hat zu tun.« Sie schluckte. Sie war aschgrau. »Er hat im Betrieb übernachtet.«

»Leg dich hin.«

Draußen wurde es hell. Die Vögel schrien.

»Vielleicht sollten wir die Polizei rufen? Wenn sie K.-o.-Tropfen –«

»Hol einen Eimer. Schnell!«

Das Mädchen bäumte sich auf und übergab sich. Sie

hustete, würgte, kotzte wieder und fiel erschöpft aufs Kissen zurück.

»Sie ist sturzbesoffen.«

Das Sofa hatte nichts abgekriegt. »Wie heißt du eigentlich?«

»Charlotte. Gib mir ein Handtuch. Mach's bitte nass.« Sorgsam wischte sie dem Mädchen das Gesicht sauber.

Ana wünschte sich an ihre Stelle. Da liegen und zu Charlotte aufschauen. Und die Zeit steht still ...

»Besser, du legst noch ein Handtuch unter.« Charlotte stand auf und gähnte. »Ich muss nach Hause«, sagte sie. »Noch ein bisschen Schlaf kriegen, bevor mein Tag losgeht.«

»Wo arbeitest du?«

»In einem Labor.«

»Laborassistentin?«

Charlotte lachte und schüttelte den Kopf. »Chemikerin.«

Ana wollte, dass sie blieb. Dass sie sich auszog und neben sie legte. Sie wollte ihren Schlaf bewachen, ihren Atem hören und sehen, wie sie die Augen aufmacht, blinzelt, gähnt und sich streckt. Wollte mit ihr in der Küche sitzen, ihr Gesicht berühren, am Fenster stehen und ...

»Bringst du sie nach Hause, wenn sie wach ist?«

»Das wird sie ja wohl allein schaffen!«

»Ich dachte ...« Charlotte kniff die Augen zusammen, zögerte, machte ein, zwei Schritte auf die Tür zu – ohne Ana zu berühren, ohne ...

Ana schluckte.

Da drehte sie sich um. »Du wirfst sie aber jetzt nicht raus?«

»Nein, ich –«, stammelte Ana.

»Mir ist schlecht«, jammerte das Mädchen.

Das war's dann, dachte Ana. Sie hatte gute Lust, sie zu schlagen.

II

Theres scharrte mit den Füßen und schaute auf den hohen Haaransatz des Mannes vor sich. Er war schon älter und sah müde aus. Unter seinen Augen hingen schwere Tränensäcke, die sie an einen alten Fernsehkommissar erinnerten, der allerdings schlanker gewesen war und Anzüge getragen hatte. Ihr Gegenüber war in Uniform und tippte erstaunlich routiniert.

Theres hatte darauf bestanden, allein herzufahren, und Thomas hatte sich ohne Diskussion gefügt und ihr ein Taxi bestellt. Seltsam, dachte sie, auf einmal werde ich gehört. Selbst Caro – kein Versuch, sie von einer Aussage abzubringen, obwohl es für sie am schwierigsten war.

Nur die Mutter: Bist du dir wirklich sicher, Theres? Die Schande. Mein Gott, die Schande.

Sie wird darüber hinwegkommen, dachte Theres.

Der Polizist wiederholte seine Frage.

»Ich weiß nicht genau. Ich glaube, vorher. Ja, unmittelbar davor.«

»Dann füge ich das noch ein. Bevor er mir ins Lenkrad griff …« Er hielt kurz inne, korrigierte, nickte und tippte weiter. Der Drucker ratterte los. »Dann sind wir fertig, Frau Rössler. Lesen Sie Ihre Aussage noch einmal durch und unterschreiben Sie hier.«

Er streckte sich zur Seite. »Wir haben übrigens Ihr Telefon gefunden.« Theres sah sein Hemd am Bauch aufklaffen, weißes Fleisch und kurze schwarze, borstige Haare, sah einen Plastikbeutel zwischen ihnen in der Luft schweben – und darin ihr Handy.

Jetzt war alles aus!

Von wegen nett. Er hatte sie in Sicherheit gewiegt, sie reden lassen, Mitgefühl gezeigt – nur, um sie jetzt hochgehen zu lassen. Die Aufnahme! *Ich bring dich um. Ich bring dich um.*

Sie glotzte den Beamten an, sah seinen Mund sich bewegen,

ohne etwas zu verstehen, das Telefon, den Siegelring am kleinen Finger, die abgestoßene Tischkante vor sich. Sie war unfähig, sich zu bewegen. Krampfte die Hände ineinander, löste sie, hielt sich am Tisch fest. Alles begann zu schwanken.

»Sie können's mitnehmen.« *Mitnehmen. Ihr könnt sie mitnehmen.*

Es war zu Ende.

Sie wusste nicht, wie sie ins Erdgeschoss gekommen war. Der Polizist am Ausgang nickte ihr zu und drückte den Türöffner. Sie stolperte ins Freie und überquerte den Parkplatz. Ihr ganzer Körper schmerzte, als hätte sie Kohlen geschleppt. Sie stützte sich an einem Fahrradständer ab, sah die Tür sich erneut öffnen und schließen, sah zwei Uniformierte zu einem Streifenwagen gehen und eine fette Katze geduckt über den Grünstreifen schleichen. Zitternd griff sie nach ihrem neuen Handy und rief Thomas an. Bitte hol mich ab.

Während der Fahrt hielt sie die Augen geschlossen. Er ließ sie in Ruhe.

Als er anhielt, um in die Bank zu laufen, wühlte sie ihr altes Telefon aus der Tasche. Der Akku war fast leer. Ihre Hände flatterten.

Er hat mir ins Lenkrad gegriffen. Sie sieht den Beamten nicken: Da waren seine Fingerabdrücke drauf.

Ich hab ihm gesagt, du bist tot.

Ich bring dich um!

Sie drückte auf dem Gerät herum. Es fiel ihr aus der Hand. Sie bückte sich hastig, probierte es erneut. Da war nichts. Keine Aufzeichnung. Kein einziges Wort von ihrem Streit. Keine Straßengeräusche. Nichts.

»Nichts«, flüsterte sie. »Nichts.« Ihre Knie bebten.

Ninas Zimmer sah völlig verändert aus: Die Wände waren nackt, die tausend Kleinigkeiten – Stofftiere, Glitzerkram, Parfumfläschchen, die Lichterkette über dem Bett – waren verschwunden.

Auf dem Schreibtisch stand ein einziges Foto in einem Plexiglasrahmen: Jan und Nina am See. Sie trug ihren grünen Bikini, seine Hand lag auf ihrer Hüfte, beide lachten, hinter ihnen war ein Eisverkäufer zu sehen. Der Himmel war sehr blau.

Du musst erzählen.

Was erzählen, Nina?

Von Edin.

Ich hab versucht zu vergessen.

Wie er plötzlich vor ihr steht. Und sie errötet. Und es hasst. Und sich dumm vorkommt. Knallrot. Und hässlich. Wie sie wegrennen will und stehen bleibt und ihn anstarrt.

Die Packung mit den Rosinen fällt ihr aus der Hand und platzt auf. Er bückt sich mit ihr, sie stößt sich an seiner Schulter.

Ihre Gesichter berühren sich fast. Er hat ernste Augen. Er legt seine Hand auf ihre Wange. Wie eine Schale. Einen Augenblick nur. Wimpern wie ein Mädchen. Lang und dicht.

Sie versucht, die Rosinen zusammenzuschaufeln. Er nimmt eine neue Packung aus dem Regal. »Komm.« Er zieht sie hoch. Sie will seine Hand nicht mehr loslassen. »Ich hab dich gesucht, weißt du.«

»Warum?« Verwirrt. Atemlos.

Er lacht. »Die Geschichte. Du erinnerst dich? Wir wissen nicht, wie sie ausgeht. Aber wir müssen anfangen, sie zu schreiben.«

Nach einer Weile gingen sie nach unten. Überall standen Blumen. Bald wird Jan wieder bei uns sitzen. Sie lächelte ihre Tochter an.

»Man geht aus dem Haus und weiß nicht, ob man zurückkommt«, sagte Thomas. »Man kann sich nicht sicher sein, dass die Menschen, die man liebt, am Abend auf einen warten. Man verdrängt das einfach. – Theres, ich hatte solche Angst um dich. Ich hab gedacht, dass du es vielleicht … absichtlich getan hast.«

»Absichtlich? Den Unfall?«

»Das hätte ich mir nie verziehen.«

Die Tage zogen sich. Mehrmals rief sie bei Gericht an: Der Richter war in einer Verhandlung. Bei Tisch. Oder bereits außer Haus. Der Akt liege beim Staatsanwalt.

Sie lungerte mit einer Zeitung, einem Buch auf dem Sofa herum, wurde von Mann und Tochter ermahnt, sich zu schonen, und absolvierte gewissenhaft Kontrolltermine, Atemgymnastik und Physiotherapie.

Am Freitag – das Wartezimmer ihres Arztes war gerammelt voll gewesen und sie hatte trotz Termins fast eine Stunde gewartet – blinkte der Anrufbeantworter: acht Anrufe in Abwesenheit. Mit unterdrückter Nummer, fünfmal hatte niemand aufs Band gesprochen. Dann hörte sie Bettis helle Stimme: »Theres, wo bist du? Ich hab Jan abgeholt. Ruf mich an.«

So war sie die Letzte, die von seiner Enthaftung erfuhr.

Sie schaltete ihr Telefon ein.

Eine Nachricht von Nina poppte auf. »Jan ist wieder da. Bin unterwegs zu ihm.«

Bei ihr war die ganze Zeit besetzt, aber Betti meldete sich sofort. »Er ist schon wieder weg. Heute früh, ja. – Erst ein

Beamter. Dann stand er da, mit einem Karton mit seinen Sachen. Ich bin zu ihm gerannt. Er hat seine Sachen abgestellt und mich umarmt. Er roch ganz fremd. – Ja. Gleich nach Hause. Er wollte duschen, sich umziehen. Sich den Anstaltsmief abwaschen, hat er gesagt. Wir haben miteinander gegessen. Er hat Nina angerufen. Dann ist er weg. – Nein, Nina hab ich nicht gesehen.«

||

2018

Heute war Ana zum letzten Mal da. Wir hatten Streit.

»Warum stehen Sie in der Küche herum? Lassen Sie mich meine Arbeit machen.« Unwirsch dreht sie sich weg.

Sie trägt einen kurzen Rock. Die Haare sind jetzt raspelkurz, sie hat Ringe unter den Augen. So kenne ich sie nicht. Sie bearbeitet den Tisch, als müsste sie ihn glatt hobeln. Ihre spitzen Ellbogen stechen nach mir.

Ich weiß nicht, was ich falsch gemacht habe. »Ana, was ist passiert? Ist alles in Ordnung? Vielleicht solltest du –«

Sie fährt mich an: »Warum wissen immer alle ganz genau, was richtig für mich ist? Was ich tun soll?«

»Ich wollte doch nur –«

»Und immer kommt jemand und macht alles kaputt. Es ist sinnlos.« Ihre Stimme bebt. Sie wehrt meine Hand ab.

»Ana, wenn du …« Aber ich rede gegen eine Wand.

Es nützt nichts, wenn ich mir sage: Es sind meine Gespenster. Wenn ich mir sage: Ihr geschieht nichts. Damals war Krieg.

||

Klick. Aufgelegt. Wütend knallte Theres den Hörer auf die Gabel. Wieder war die Nummer unterdrückt und der Anrufbeantworter blieb stumm. Kein Wunder, dass sie solchen Mist träumte: sie selber, auf dem Boden liegend, eine andere über ihr, selbstbewusst lächelnd. Mit blutrot geschminktem Mund.

Falsch verbunden. Man konnte sich doch wenigstens melden!

Ihre Nase juckte, sie kratzte sich. Sie hatte Durst, machte kehrt und ging in die Küche. Das Wasser sprudelte ins Glas. Sie betrachtete ihre Hand. Die Brandnarbe war kaum noch zu sehen. Vor dem Haus stand ihr neuer weißer Kia. Der Unfallwagen war nicht mehr zu retten gewesen. Totalschaden. *Man hat ihn aus dem Blech schneiden müssen.* Sie hatte großes Glück gehabt.

Sie stellte das Glas ab. Diesmal war es das Handy.

Jan! »Wie geht es dir, bist du –?«

Er unterbrach sie sofort. »Blutschande. Hat er das wirklich gesagt, dein Vater?«

»Jan, ich freu mich so.« Ihre Stimme kratzte. »Ist alles in Ordnung? Magst du herkommen? Ich bin zu Hause.«

»Mann, ist der Typ krank. Mam sagt, er hat gestanden?«

»Ja. Jan, ist Nina bei dir?«

»Okay«, sagte er schwer atmend. »Eins noch – als du mich besucht hast, Theres … ich war mir nicht sicher, ob du mir glaubst. Du bist nicht mehr gekommen.«

»Deine Mam wollte das so.« Sie räusperte sich. »Natürlich glaube ich dir, Jan. Ich weiß, dass du nichts damit zu tun hast.«

»Nina bleibt heute bei mir. Ist okay, oder?«

»Ich … es …«

Aber er hatte bereits aufgelegt. Sie versuchte es mehrmals, aber weder Nina noch er gingen ans Telefon.

Theres atmete auf, als es zehn Minuten später erneut läutete. »Jan? – Ach, Sie sind es, Ana.«

»Ich werde nicht mehr kommen. Sagen Sie diesem Psycho, er soll mich in Ruhe lassen. Und Ihre Tochter soll aufhören, mich zu belagern. Sie himmelt ihn an. Sie macht, was er ihr sagt. Ich bin nicht –«

»Nina?«

»Haben Sie noch eine?«

»Ana, was ist passiert?«

»Ich hab keinen Bock darauf. Echt nicht. Sie müssen sich jemand anderen suchen. Ich schicke Ihnen die Schlüssel per Post.«

»Sie müssen –«

»Per Einschreiben, klar. Und sagen Sie ihm: Wenn er sich noch einmal bei mir meldet, rufe ich die Polizei.«

Gegen Mittag tauchten sie endlich zu Hause auf. Theres sah sie aus einem Taxi steigen. Sie lachten. Ninas Haare flogen. Jan legte den Arm um ihre Schultern und zog sie an sich. Er war breiter geworden, kräftige Muskeln zeichneten sich unter seinem T-Shirt ab. Er sah aus wie einer dieser Kerle, die immer Ärger machen. Hastig trat sie einen Schritt vom Fenster weg.

Der Schlüssel drehte sich im Schloss, die Schnalle von Ninas Rucksack klirrte gegen den Spiegel. Theres legte das Salatbesteck aus der Hand und schraubte die Essigflasche zu.

»Mam war es also doch nicht«, hörte sie Jan sagen. Sie blieb stehen.

»Hast du wirklich gedacht, ich meine –?«

»Ich weiß nicht, warum deine Mutter plötzlich damit kommt, aber es ist besser so«, beschied er.

»Du denkst –«

»Ich denke gar nichts. Es ist gut, wie es ist. Komm.«

Mam war es also doch nicht. Wovon zum Teufel redete er? Sie öffnete die Tür.

Erschrocken blickten sie ihr entgegen. Nina blinzelte nervös. Jan runzelte die Stirn. »Theres.«

Er zögerte, dann umarmte er sie. Er ließ sie sofort wieder los.

Theres atmete aus. »Deine Haare«, sagte sie hilflos. »Warum hast du dir die Haare abrasiert?«

Er scharrte mit den Füßen. »War nicht ganz freiwillig.«

»Hat dir jemand –«

»Mama, lass ihn«, mischte sich Nina ein. »Ich hab Hunger.« Sie drängte sich an ihr vorbei. »Du auch, Jan?«, rief sie aus der Küche.

»Ich will das vergessen, Theres, okay? Sie wachsen wieder nach.« Er grinste schief. »Aber – schaut eigentlich ganz gut aus, findest du nicht?«

»Ungewohnt«, sagte sie. Und endlich: »Schön, dass du wieder da bist. – Äh, Jan? Ana hat angerufen.«

»Vergiss Ana. Schnee von gestern.«

Sie versuchte vorsichtig anzuknüpfen, wo sie aufgehört hatten, aber er hielt Abstand. Die meiste Zeit hockten Nina und er oben in Ninas Zimmer. Dann lief laute Musik, und Theres ging mit einem Tablett belegter Brote hinauf, mit einem Krug Saft, stand eine Weile da, stellte schließlich die Jause auf der Kommode ab und schlich wieder hinunter. Sie polierte Gläser, räumte auf und wartete, bis oben die Musik verstummte.

Beim Abendessen saß Jan neben Nina am Tisch und schaufelte das Essen in sich hinein, als wäre er am Verhungern. Beide standen auf, sobald sie fertig waren. Wenn sich ihre Blicke begegneten, lächelte er schief. Bevor Thomas nach Hause kam, waren sie schon wieder unterwegs.

»Gehst du mir aus dem Weg?«
»Nein.«
»Hab ich irgendwas falsch gemacht? Bist du sauer?«
»Wie kommst du drauf?«
Sie kam nicht mehr an ihn heran.

2018

Es ist kühler geworden. Wir waren im Park. Ich hatte ganz vergessen, wie schön das ist. Enten pflügen durch das Wasser. Vergnügt sehen sie aus. Die Sonne wärmt. Es riecht schon nach Herbst. Der Himmel ist sehr weit. Wie zwei Kinder stehen wir im Wald. Unsere Schultern berühren sich.

Hier, sagt sie, habe ich Jan das erste Mal gesehen. Ihre Hand ist eisig. Ich habe alles falsch gemacht, sagt sie. Sie sieht mich an. Er ist mir fremd geworden.

Es macht einen kaputt.

Sie reißt die Augen auf.

Man ist anderen auf Gedeih und Verderb …

Frau Sudić! Mein Gott, wie dumm ich bin! Sie sind … Sie waren …

Da höre ich mich sagen: Das ist vorbei.

Als Theres nach Hause kam, war Feuer am Dach. Nina stand mit verheultem Gesicht im Wohnzimmer, die Hände vor der Brust verschränkt. »Ihr könnt mir gar nichts verbieten.«

»Und ob wir das können, Madame. Du bist noch keine

sechzehn. Ich lasse dich ganz sicher nicht mit dem wegfahren! Auf den Balkan! Lachhaft.«

»Aber Jan will –«

»Jan will, Jan will … es ist mir egal, was Jan will. Soll *er* fahren. Du bleibst hier.«

Nina protestierte. »Du bist nie da, aber immer bestimmst du! Dabei –«

Er fuhr herum. »Was?«

Sie zuckte mit den Schultern. »Du bist nur sauer, weil er –«

»Halt den Mund.« Er packte Theres am Arm. »Ich muss mit dir reden«, sagte er. »Allein.«

»Aber –«

»Nina, du bleibst hier. Wir sind gleich wieder da.« Er zog sie aus dem Zimmer und schloss die Tür. »Der fährt mit meiner Tochter nirgendwohin. Der ganz bestimmt nicht.«

»Thomas, sie kann uns hören.«

»Hast du ihr was versprochen?«

»Nein.«

»Herrgott«, zischte er. »Und warum packt sie dann ihre Sachen?«

»Sie hat –?«

»Ja«, sagte er knapp.

»Ich rede mit Jan.«

»Nein! Ich kümmere mich darum«, sagte er, »du machst gar nichts.«

Theres wäre gerne ans Meer gefahren, ein Wochenende wenigstens: schwimmen, den Strand entlanglaufen, abends durch die engen Gassen bummeln – Salzgeruch in der Nase und die Haut ganz zart vom Sonnenöl. Immer hatten sie sich Geschichten ausgedacht – über ihre Nachbarn im Hotel, die Familien am Strand, Pärchen, die händchenhaltend vorüberschlenderten –, bis Thomas irgendwann aufgesprungen war und sie ins Wasser gescheucht hatte. Ein Ortswechsel, dachte Theres, würde uns guttun. Ein bisschen Abstand von allem.

Sie brachte Urlaubskataloge nach Hause, aber Thomas zuckte die Schultern und Nina weigerte sich, ohne Jan wegzufahren.

»Dann frag ihn.«

»Sicher nicht«, fuhr Thomas auf.

»Papa!«

»Kaum ist er wieder da …« Seine Kiefer mahlten. »Er bringt alles durcheinander.«

»Siehst du denn nicht, wie sie sich verändert?«, fragte er am Abend im dunklen Schlafzimmer.

»Ich weiß nicht.«

»Sie himmelt ihn an.«

Theres runzelte die Stirn. War es Betti gewesen? Nein, Ana. Sie himmelt ihn an. »Sie freut sich, dass er wieder da ist. Das ist doch normal.«

»Normal?«

»Du bist eifersüchtig«, sagte sie erstaunt.

Thomas schnaubte.

2018

Vielleicht kommt der Tag, an dem ich Theres von dem Mädchen, der jungen Frau erzähle, die ich war, bevor die Granatfeuer uns erst in die Keller trieben und dann in die Verzweiflung. Von meiner Familie, meiner Mutter, meiner Nana und meinem Land vor dem Krieg.

An dem ich sie frage, wovon sie als Kind geträumt hat.

Noch immer schämt sie sich, aber das muss sie nicht.

Ich denke an Ana. Sie hat mir den Schlüssel gebracht.

Es tut mir leid, sagt sie. Es lag nicht an Ihnen. Ihre Schritte hallen im Stiegenhaus.

Und im Hof steht eine Frau und strahlt ihr entgegen.

‖

Im Nachhinein ist es einfach zu sagen, man hätte etwas merken müssen. Dass es Anzeichen gegeben hat, Kleinigkeiten, die darauf hinwiesen, wie alles zusammenhing. Sie hatte nichts bemerkt.

Nina kam die Treppe herunter. Sie sah hinreißend aus im roten Pullover, der ihr schmales Gesicht mit den großen dunklen Augen zum Leuchten brachte. Seit Jan allein aufgebrochen war, ging sie weg, auf Partys, übernachteten wieder Freundinnen bei ihr. Alles ging seinen gewohnten Gang.

Immer noch wurden Theres' Knie weich, wenn sie eine Straße überquerte, wenn sie im Auto saß. Der überstandene Schrecken hatte sich eingebrannt. Sie klammerte sich ans Lenkrad und stieg mit Nackenschmerzen wieder aus. War eine lausige Beifahrerin geworden, die steif neben Thomas saß und zusammenzuckte, sobald er eine Hand vom Steuer nahm. Jedes Mal bremste sie im Geiste mit.

»Du musst Geduld haben. Das legt sich wieder«, tröstete er sie. Er hatte bereits den Autoschlüssel in der Hand.

»Nina, dein Pyjama!« Sie wedelte mit der Tragtasche.

»Danke, Mama.« Sie stutzte. »Was hast du? Ist was?«

»Fahrt vorsichtig.«

»Jaaa.«

»Du kannst dein Auto in die Garage stellen. Ich hole Nina ab. Dann kannst du dich morgen ausschlafen.«

Sie nickte.

Langsam ging sie auf das Haus zu. Der Apfelbaum beugte sich unter seiner Last. Der Garten stand in voller Blüte.

Thomas wird wiederkommen. Es wird immer so weitergehen. Wir werden gemeinsam vor dem Fernseher sitzen und nebeneinander aufwachen. Einander das Salz reichen. Er wird sich nicht ändern. Ich werde nachts aufatmen oder mit ihm streiten. Mein Bettzeug packen und ins Gästezimmer gehen. Mich Nina zuliebe zusammenreißen. Im Bad weinen. Ihm schließlich verzeihen.

Wovon hast du geträumt als Kind?

In ein paar Jahren wird Nina ausziehen. Dann bin ich mit ihm allein.

Wovon hast du geträumt?

Von einem Leben wie die Eltern? Die Mutter?

Es war noch nicht zu spät.

Wenn er zurückkommt, wird sie mit ihm reden.

Sie wird ihm sagen: Ich möchte, dass du gehst.

Als sie das Haus betrat, klingelte das Telefon. Sie hob ab. Wortfetzen wehten an ihr Ohr, ein Lachen, das verzweifelt klang. »Mutter? Ich versteh dich nicht. Nimm die Hand vom Hörer. Mutter?«

Am anderen Ende der Leitung war es still. Dann krachte etwas zu Boden. Sie vernahm ein Keuchen.

Sie hat wieder getrunken! Wo zum Teufel war Frida? Theres lehnte sich an die Wand und schloss die Augen. »Mutter?« Sie seufzte ergeben. Sie würde hinfahren müssen, den Arzt anrufen. *Sie muss endlich in die Klinik.* Irgendwann war es genug!

»Dein Mann betrügt dich.«

Das war nicht ihre Mutter!

»Wer ist da? Wer sind Sie?« Sie stieß sich von der Wand ab.

»Er hat es dir noch nicht gesagt? Er wird dich verlassen. Er kommt zu mir.« Sie hörte die andere schlucken. »Wenn du mir nicht glaubst …«, lallte sie. »Ich weiß alles, er hat mir alles erzählt.«

Auflegen, dachte Theres. Auflegen! Aber es war wie ein Zwang. »Sie sind doch –?«

»Zwei Jahre!«, rief die Frau. »Mehr als zwei Jahre das ganze Auf und Ab. Das Versteckspiel. Nur, weil du ihn nicht freigibst, obwohl er dich darum gebeten hat.«

Gebeten hat?

»Und dieser Bursche, der ihm Druck macht, der ihm droht. Gestern noch –«

»Gestern? Hören Sie …«

Dass die Menschen, die man liebt, am Abend auf einen warten … Absichtlich … das hätte ich mir nie verziehen … Es tat trotz allem weh.

»Ich hab das Warten satt«, schluchzte die Frau. »Warum klammerst du dich so an ihn? Warum bist du nicht tot? Warum bist du immer noch da? Warum?«

Theres schwankte zwischen Wut und Mitleid.

»Das blaue Auto, der Audi vor dem Haus, das ist doch deines?«

»Das blaue Auto?«

»Du bist gegen den Baum gefahren.« Sie trank. Sie hustete. »Warum lebst du immer noch?«, lallte sie. »Die Schrauben, alle Schrauben an allen vier Rädern. Zwei Mal. Das muss doch genügen, das muss doch … verdammt!«

Theres hörte Glas splittern, einen dumpfen Laut.

Dann war die Leitung tot.

Anne Goldmann

Das Leben ist schmutzig

Ariadne 1194 · ISBN 978-3-86754-194-7

Ein altes Mietshaus in der Wiener Vorstadt, wo jede und jeder Geheimnisse hat, wird zum Tatort …

»Kaleidoskopartig, warmherzig und geradezu sensationell unzynisch.« *Spiegel online*

»Sehr präzise, sehr liebevoll und mit einer ganz eigenwilligen Spannung. Ein paradoxes Meisterstück.« *Berliner Zeitung*

Triangel

Ariadne 1202 · ISBN 978-3-86754-202-9

Vollzugsbeamtin sucht Frieden im Grünen. Doch unterm Rosengarten lauert ein grausiges Geheimnis, und zwei Männer drängen sich in ihr Leben – der eine will Liebe, der andere Geld.

»Der entlassene Strafgefangene, die Justizbeamtin, der Liebhaber – ein Reigen der Unehrlichen. Enorm.« *KrimiZEIT-Bestenliste*

»Eine eigenwillige Geschichte von Scham, Angst und Befangenheit, die nicht mehr loslässt. Und in ihrer Raffinesse an die Britin Celia Fremlin erinnert.« *Perlentaucher*

Lichtschacht

Ariadne 1220 · ISBN 978-3-86754-220-3

Lena ist neu in der Stadt, schlägt sich mit Jobs durch, hofft Freunde zu finden. Eines Abends sieht sie, wie eine fremde Frau vom Dach gestoßen wird. Wem soll sie sich anvertrauen?

»Das ist Hitchcock. Und Highsmith. Ein schleichendes, sprachlich schönes, hochwirksames Gift.« *Die Welt*

Anne Kuhlmeyer

Drift

Ariadne 1225 · ISBN 978-3-86754-225-8

Regen ohne Ende. Straßen und Brücken versinken in schlammigen Fluten. Ein Grüppchen Überlebender sitzt fest: Fremde, unfreiwillig zusammengepfercht, bis eingefahrene Verhaltensweisen kollidieren. Und der Pegel steigt …

»Anne Kuhlmeyer entwirft gekonnt ein Thriller-Szenario, doch das ist nur der Anfang. Es geht um die Magie der Literatur, um die Kraft des Erzählens angesichts einer Wirklichkeit, die in hohem Maße verunsichert.« Joachim Feldmann, *CulturMag*

Dagmar Scharsich

Die gefrorene Charlotte

Ariadne 1048 · ISBN 978-3-88619-548-0

Berlin 1989, die Zeit scheint stillzustehen. Arglos und geduldig schiebt Cora den Leihbücherwagen durch die Charité. Dann bekommt sie zum 30. Geburtstag sechs Puppen geschenkt, und plötzlich ist nichts mehr so, wie es immer war. In Coras Familie bricht der Tod ein, sie erhält dubiose Botschaften, Leute verschwinden in Richtung Ungarn, ringsum spitzt sich die Atmosphäre zu.

»Von einer erstaunlichen schriftstellerischen Meisterschaft: Ein Feuerwerk von umwerfend originellen Metaphern in allerbester Brecht'scher Tradition.« *Stiftung Lesen*

Der grüne Chinese

Ariadne 1180 · ISBN 978-3-86754-180-0

Opulenter historischer Krimischmöker. 2009: Die eigensinnige Antiquarin Marie gerät an Heftchenkrimis aus der Kaiserzeit – und Sütterlin-Manuskripte. Ein Rätsel und ein zweiter Erzählkosmos voller Action: Wanda von Brannburgs Abenteuer im Jahre 1909. In Berlin trifft die junge Frau auf Künstler, Schurken, Idealisten und eine politische Intrige …

Monika Geier

»Monika Geier schreibt mit einer verblüffenden Leichtigkeit hervorragende Kriminalromane. So meisterhaft wie die besten britischen Krimis.« Elmar Krekeler, *Die Welt*

Wie könnt ihr schlafen

Ariadne 1110 · ISBN 978-3-88619-840-5

Jungkommissarin Boll wird in die Pampa geschickt. Da wartet ein Herrenhaus mit einer alten Babyleiche: Dorfhorror mit feinen Pointen.

Neapel sehen

Ariadne 1136 · ISBN 978-3-88619-866-5

Die Lehrerin Aurelie liegt tot im Steinbruch. Alle Finger zeigen auf die Containersiedlung. In brütender Hitze findet Bettina Boll eine Blutspur.

Stein sei ewig

Ariadne 1150 · ISBN 978-3-88619-880-1

Boll soll die Provinzvariante eines Kunstraubs aufklären. Böse Überraschung: Ein kalt inszenierter Mord schockt die Architekturfakultät.

Schwarzwild

Ariadne 1174 · ISBN 978-3-86754-174-9

Verdächtige Knochen im Wildschweingehege. Eine spurlos verschwundene Wandersfrau. Kriminalkommissarin Bettina Boll forscht nach.

Die Herzen aller Mädchen

Ariadne 1184 · ISBN 978-3-86754-184-8

Bettina Bolls große Chance: Das BKA will ihre Hilfe. Es geht um Geheimnisse in sehr alten Büchern und um Bomben…

Müllers Morde

Ariadne 1200 · ISBN 978-3-86754-200-5

Mord durch CO_2: Historiker Romanoff stellt einem Killer namens Müller nach. Bad Guy oder Rächer? Ein großes Duell beginnt.

Monika Geier

Die Hex ist tot

Ariadne 1216 · ISBN 978-3-86754-216-6

Eine Serie geöffneter Gullideckel: kein Fall für die Kripo. Nur dass im Gulli eine Leiche steckt. Boll ringt mit bösen Hexen …

Alles so hell da vorn

Ariadne 1223 · ISBN 978-3-86754-223-4

Im Frankfurter Puff wird ein Bulle erschossen, eine junge Hure ist auf der Flucht. Bettina Boll sucht die perfide Vorgeschichte.

Gudrun Lerchbaum

Wo Rauch ist

Ariadne 1233 · ISBN 978-3-86754-233-3

Sie ist daran gewöhnt, dass Leute wegschauen, wenn es schwierig wird. Aber ein toter Journalist, und niemand stellt Fragen? Vom Rollstuhl aus nimmt Olga Schattenberg den Kampf gegen die Apathie auf. Und weiß, dass sie es allein nicht schaffen wird. Nur wo Verbündete finden? Vielleicht auf dem Friedhof?

Anita Nair

Gewaltkette

Deutsch von Karen Witthuhn · Ariadne 1226 · ISBN 978-3-86754-226-5

»Finsterer indischer Sozialrealismus, sehr geschickt verpackt in eine dicke Schicht gut geschriebener Genreprosa und humorvoller Milieuzeichnung. Ein vielfarbiges kleines Gesellschaftsporträt: weit mehr als einfach nur ein Krimi.« Katharina Granzin, *taz*

»Die Luft scheint zu vibrieren vor Aufbruchstimmung. Wie Gowda seinen Fall zusammenpuzzelt, montiert Anita Nair aus einer Vielzahl von Schlaglichtern ein düsteres Bild des indischen Silicon Valley, wie das Gebiet um Bangalore heißt.« Sofia Glasl, *Süddeutsche Zeitung*

Liza Cody

»Sie ist die Beste. Wie sonst niemand schafft Cody es, hochgradig unterhaltsame Genreliteratur zu schreiben, in der beiläufig die großen und kleinen Übel der Gesellschaft verhandelt werden.« *taz*

Miss Terry

Deutsch von Grundmann & Laudan

Deutscher Krimi Preis 2017 · Ariadne 1219 · ISBN 978-3-86754-219-7

Nita hat Arbeit und eine hübsche Wohnung. Aber sie sieht anders aus. Als ein Verbrechen geschieht, zeigen alle Finger auf sie.

»Codys Romane machen die Gegenwart zum Thema, haben einen doppelten Boden. Das beflügelt – herrlich, besonders wenn der Müllcontainer ferkelt.« *Süddeutsche Zeitung*

Lady Bag

Deutsch von Laudan & Szelinski

Ariadne 1228 · ISBN 978-3-86754-228-9

»Haarsträubender, herzzerreißender Höllentrip durch Londons Unterwelt. Was Lady Bag zu einem der aufregendsten Kriminalromane des Jahres macht, ist Codys Entscheidung, die Geschichte ausschließlich aus der Perspektive der Obdachlosen zu erzählen.« Marcus Müntefering, *Krimi-welt.de*

»Sie hat kein Geld, keine Zähne, keine Peilung, aber sie hat große Klasse.« Thekla Dannenberg, *Perlentaucher*

Krokodile und edle Ziele

Deutsch von Else Laudan

Ariadne 1227 · ISBN 978-3-86754-227-2

Lady Bag ist zurück! Kaum aus dem Knast, gerät sie mit Gott und der Welt aneinander …

»Anspielungsreich, unordentlich, assoziativ wie die Welt seiner Protagonisten. Ein an den anarchischen Witz Till Eulenspiegels erinnernder, wahnwitzig komischer kontrollierter Wut- und Verzweiflungsausbruch.« Tobias Gohlis, *Krimibestenliste*